MÛR POUR LA VENGEANCE

(Roman à Suspense en Vignoble Toscan, tome 5)

FIONA GRACE

Fiona Grace

L'auteure débutante Fiona Grace est l'auteure de la série LES HISTOIRES À SUSPENSE DE LACEY DOYLE, qui comporte neuf tomes (pour l'instant), de la série des ROMANS À SUSPENSE EN VIGNOBLE TOSCAN, qui comporte quatre tomes (pour l'instant), de la série des ROMAN POLICIER ENSORCELÉ, qui comporte trois tomes (pour l'instant) et de la série des ROMANS À SUSPENSE DE LA BOULANGERIE DE LA PLAGE, qui comporte trois tomes (pour l'instant).

Comme Fiona aimerait communiquer avec vous, allez sur www.fionagraceauthor.com et vous aurez droit à des livres électroniques gratuits, vous apprendrez les dernières nouvelles et vous resterez en contact avec elle.

CHAPITRE PREMIER

Quand Olivia Glass arriva au travail par une matinée d'hiver légèrement venteuse, elle fut étonnée de voir une femme en tailleur gris chic faire impatiemment les cent pas devant la porte de la salle de dégustation de La Leggenda.

Olivia se sentit perplexe parce que les heures d'ouverture de l'exploitation viticole étaient bien indiquées en ligne et aussi affichées sur la pancarte en bronze brillant accrochée à l'entrée. Olivia était arrivée une heure avant l'ouverture pour préparer les lieux et ne s'était pas attendue à y trouver quelqu'un.

Elle avança plus vite sur l'allée pavée tout en remettant son foulard en place et en tapotant ses cheveux blonds mi-longs.

Enthousiasmée par le changement de rythme, Erba, la chèvre qu'Olivia avait adoptée, trottina devant elle et son épaisse fourrure hivernale orange et blanche ondula dans le vent. La jeune chèvre fit malicieusement un détour par un des pots de fleurs en pierre ornée du parking où, remarqua Olivia, une Range Rover argentée toute neuve était garée. Erba sauta agilement dans le pot. Une fois dedans, elle tira sur le pied de géraniums, que l'on avait enveloppé d'une couche de paille pour le protéger contre le gel.

— Erba ! Descends ! dit Olivia pour réprimander sa chèvre qui profitait visiblement de la situation pour frimer devant cette visiteuse matinale.

— *Buon giorno !* dit Olivia à l'inconnue.

À ses cheveux foncés et à sa tenue stylée, elle supposa qu'elle était de la région.

— *Posso aiurtala ?*

Même si sa prononciation était encore maladroite, Olivia se sentit fière de demander « Puis-je vous aider ? » dans la langue du pays. Elle faisait des progrès énormes. Un mois auparavant, elle en aurait été incapable.

Malheureusement, l'autre femme ne sembla pas impressionnée par les efforts d'Olivia.

1

— Vous n'avez pas l'accent italien, dit-elle avec un vif accent britannique après avoir jeté un coup d'œil désapprobateur à Erba. Vous n'êtes pas un des propriétaires, les Vescovi, n'est-ce pas ?

Confondue, Olivia secoua la tête avec regret.

— Je n'appartiens pas à la famille des Vescovi, admit-elle. Je travaille ici. Je suis la sommelière en chef.

Elle inspira pour demander à la femme qui elle était mais, avant qu'elle n'ait pu parler, la femme continua précipitamment, comme si elle n'avait le temps ni de bavarder ni d'écouter une explication.

— J'aimerais visiter les lieux, si possible.

— Nous n'ouvrons que dans une heure, donc, nous ne pouvons pas vous proposer de dégustation de vin. Aimeriez-vous que je vous présente les lieux ou êtes-vous venue pour une autre raison ? demanda Olivia.

Elle espérait que cette étrange femme accepterait de revenir plus tard, quand ils seraient vraiment ouverts, ou qu'elle accepterait au moins d'expliquer sa présence en ces lieux.

Elle ne fit ni l'un ni l'autre. En fait, elle croisa les bras, pencha la tête en arrière et contempla Olivia du haut de son nez parfaitement droit.

Olivia eut l'impression désagréable que demander autre chose risquerait de l'offenser. De plus, si elle lui offrait une visite rapide, où serait le mal ?

— Entrez, je vous prie, proposa-t-elle.

Elle sortit ses clés et déverrouilla la porte en bois imposante. Le chat en strass qui se trouvait sur son porte-clés, cadeau de son nouveau petit ami Danilo, brilla dans le soleil matinal bas. Quand Olivia regardait le chat, ça la rendait toujours heureuse.

Souriante, elle recula et l'inconnue en tailleur gris anthracite entra vigoureusement dans le hall en faisant résonner les dalles de granit avec ses talons hauts.

Que fait-elle ici ? se demanda Olivia. C'était très mystérieux ! Bien que cette femme connaisse l'existence de la famille Vescovi, elle ne semblait pas les connaître personnellement. Aucun des trois Vescovi (Marcello, Antonio ou Nadia) n'avait mentionné sa venue la veille.

Olivia espérait que cette inconnue ne trouvait pas qu'il faisait trop froid à l'intérieur. Allumer les feux dans le hall et dans la salle de dégustation était une des premières tâches quotidiennes d'Olivia et aussi la raison principale pour laquelle elle venait en avance les matins de temps froid. Ces pièces spacieuses au plafond élevé étaient glaciales au début de la journée.

— Il fait bien meilleur quand les feux sont allumés, dit-elle aimablement.

Elle savait qu'elle enfonçait une porte ouverte, mais elle voulait parler un peu. Même si cette femme était pressée, il n'y avait aucune raison de ne pas la mettre à l'aise.

À la grande inquiétude d'Olivia, la femme fouilla dans son grand sac à main en cuir, en sortit un porte-bloc noir et commença à noter quelque chose dessus.

Est-ce une inspectrice de la santé et de la sécurité ? se demanda Olivia. Elle ne travaillait à La Leggenda que depuis quelques mois et elle ne savait pas si les inspectrices pouvaient effectuer des visites en personne de temps en temps. Cela dit, Olivia se serait attendue à ce que l'inspectrice soit italienne et qu'elle conduise une voiture plus ordinaire que ce véhicule argent vif tape-à-l'œil qui trônait dehors.

— Vous faites une inspection ? demanda-t-elle en espérant comprendre la situation.

— Ouvrez, s'il vous plaît, dit la femme en montrant les grandes portes cintrées qui menaient à la salle de dégustation.

Avec hésitation, Olivia les ouvrit. Le client avait toujours raison, mais cette rencontre lui paraissait très fâcheuse. Cette femme allait-elle expliquer pourquoi elle était ici ?

Non, elle allait seulement entrer dans la grande salle de dégustation nette et propre sans même la remercier ! Olivia se demanda si elle ressentait un frisson en voyant cet espace majestueux, avec des posters encadrés, des informations sur les murs et des chaises et des tables disposées partout dans la salle. Enfin, bien sûr, il y avait la pièce maîtresse : le long comptoir de dégustation en bois avec son décor impressionnant de tonneaux en bois et le logo doré de La Leggenda qui trônait au-dessus.

La femme arpenta la salle, suivie par Olivia quelques pas derrière.

— Où sont vos toilettes ? demanda-t-elle soudain.

— Elles sont là — commença Olivia, mais la femme l'interrompit.

— D'accord. Je vois la pancarte, maintenant. Elle n'est pas très visible, dit la femme d'un ton désapprobateur.

Elle partit avec détermination dans le couloir et Olivia, consternée, la vit entrer tout droit dans les toilettes des hommes !

— C'est la mauvaise porte ! cria Olivia, mais la femme ne répondit pas.

C'est forcément une inspectrice, décida Olivia. Autrement, elle n'aurait pas commis une erreur aussi évidente. La pancarte était bien visible ! Au moins, si tôt et en l'absence de visiteurs, aucun incident embarrassant ne pourrait se produire.

Olivia attendit au bout du couloir en remuant avec gêne.

Une minute plus tard, la femme sortit et entra dans les toilettes des femmes.

Alors, la porte se rouvrit brusquement et la femme repartit dans la salle de dégustation d'un pas lourd tout en griffonnant sur son bloc. Qu'écrit-elle ? se demanda Olivia, qui aurait aimé qu'elle n'ait pas les sourcils froncés pendant qu'elle écrivait ses impressions. Olivia craignait qu'elles ne soient négatives.

La femme regarda les portes qui se trouvaient à l'autre extrémité de la salle de dégustation.

— Vous avez un restaurant sur site ?

— Oui. Il est très connu, précisa Olivia en espérant impressionner la femme, chose qu'elle n'avait pas réussi à faire jusqu'à présent.

— Voyons.

Visiblement toujours aussi peu impressionnée, l'autre femme s'était parlé à elle-même mais, malgré ce détail, Olivia la suivit pendant qu'elle passait la porte à deux battants avec détermination.

— Pourquoi regardez-vous partout ? essaya de demander Olivia en espérant que sa question exprimerait plus de la décontraction que sa suspicion croissante.

Privée de réponse, elle sentit que la femme considérait ses questions comme un bruit de fond dénué de sens.

Quand la femme eut jeté un coup d'œil rapide dans le restaurant, avec ses tables polies et ses meubles étincelants de propreté pour la journée qui allait commencer, elle alla dans la cuisine.

— Attendez ! s'exclama Olivia, mais la femme l'ignora, bien sûr.

Olivia sentit son estomac se nouer. C'était le domaine de sa rivale, Gabriella. La restauratrice aux cheveux couleur fauve avait été la petite amie de Marcello, qui l'avait gardée à l'exploitation viticole même après la fin de leur relation. Depuis qu'Olivia était arrivée à l'exploitation viticole, Gabriella l'avait considérée comme une menace et la relation entre elles avait été houleuse en permanence.

4

Si Gabriella entrait maintenant et trouvait une inconnue en train de fouiller dans sa cuisine, elle serait furieuse, pas contre la femme aux cheveux foncés, mais contre Olivia, qui l'avait laissée entrer.

À ce moment, Olivia entendit un crissement fébrile de roues dans le parking. Le son de la Fiat de sport de Gabriella était caractéristique. Elle arrivait au pire moment qui soit !

Olivia se retourna brusquement, regarda le parking avec anxiété puis se retourna vers la cuisine, où la femme était encore occupée.

— Vous avez fini ici ? cria-t-elle, mais le seul son qu'elle entendit fut celui des pas de la femme qui s'enfonçait encore plus loin dans le territoire de Gabriella.

À l'extérieur, une portière de voiture claqua. Consternée, Olivia eut envie d'agiter les bras. Il semblait qu'elle ne pourrait pas expulser cette inconnue autoritaire sans lui prendre le bras et la faire sortir physiquement. Cependant, si elle n'agissait pas tout de suite, la troisième guerre mondiale risquait d'éclater à tout moment. En fait, Olivia changea d'avis quand elle entendit le cliquetis hâtif des talons hauts de Gabriella sur les pavés extérieurs. La guerre ne *risquerait* pas d'éclater. Elles étaient à quelques moments d'une conflagration, à moins qu'Olivia ne concocte un plan d'urgence pour l'éviter.

CHAPITRE DEUX

À la volée, Olivia ne trouva qu'une seule stratégie. Il faudrait qu'elle gagne du temps en retardant Gabriella à la porte. Comme l'étrange femme semblait être pressée, elle cesserait probablement son inspection assez vite. Si Olivia pouvait retarder la restauratrice, cela pourrait permettre d'éviter toute sorte d'ennuis.

Olivia se précipita vers l'entrée latérale du restaurant et y arriva en même temps que Gabriella. Avec ses cheveux écaille de tortue qui formaient un chignon parfait et son maquillage impeccable, bien qu'un peu trop généreux en mascara, Gabriella avait l'air aussi impeccable que toujours.

Dès qu'elle vit Olivia, son humeur s'assombrit et elle lui lança un regard noir et agressif.

— Que veux-tu ? demanda-t-elle d'un ton autoritaire.

— Je voulais te demander quelque chose, dit Olivia d'un ton innocent.

Gabriella prit immédiatement un air suspicieux.

— Quoi ?

Excellente question ! Sentant bouillir ses cellules grises, Olivia se creusa la cervelle pour trouver une idée.

Heureusement, l'inspiration lui vint.

— Cette mare, là-bas, dit-elle en désignant du doigt le plan d'eau décoratif qui s'étendait au loin, au-delà des jardins du restaurant. Hier, un des clients m'a demandé s'il y avait des poissons dedans. Comme je n'ai pas su quoi répondre, j'ai pensé que je pourrais te le demander.

Gabriella lui adressa un regard incrédule, comme si Olivia avait commencé à bafouiller en grec ancien.

— Il n'y a pas de poissons dans la mare. Elle est purement ornementale. Pourquoi me demandes-tu ça, de toute façon ? Je suis trop occupée pour répondre à des questions stupides sur les animaux de la mare ! La prochaine fois, demande à Marcello ou va regarder toi-même.

Son regard sombre était si intense qu'Olivia avait l'impression d'être exposée à des rayons X.

— Tu devrais être au travail. Je vois que les feux ne sont pas encore allumés !

6

Quand Olivia entendit ce conseil professionnel non sollicité, elle se hérissa. Est-ce que Gabriella se prenait pour sa patronne ? Comment pouvait-elle lui ordonner d'allumer les feux alors, pendant les deux dernières semaines, Olivia les avait allumés avant que Gabriella n'arrive à l'exploitation viticole ?

C'était le problème, décida Olivia. Gabriella se prenait vraiment pour sa patronne et c'était en partie pour cela qu'elle n'avait aucun respect pour elle.

Gabriella n'avait pas encore fini. Comme ce sujet lui plaisait de plus en plus, elle continua.

— Ton travail, c'est de vendre du vin aux invités, pas de les encourager à arpenter la propriété pour y chercher des poissons !

Alors qu'Olivia réprimait une réponse défensive, elle entendit des pas derrière elle. Elle espéra que cela signifiait que la femme en tailleur gris avait fini son inspection éclair.

— Merci pour l'information, dit froidement Olivia en se détournant.

Elle avait obtenu une réponse, même si elle avait été exprimée de manière très impolie. Ce qui était plus important, c'était qu'elle avait réussi à éviter que Gabriella n'explose de rage en trouvant une inconnue dans sa cuisine !

Gabriella entra en tapant des pieds, marmonnant encore sur un ton furieux :

— Des poissons ! Des poissons ?

Olivia repartit en toute hâte à la salle de dégustation en se demandant si la femme avait besoin qu'on l'aide encore et en espérant qu'elle allait finalement expliquer qui elle était et pourquoi elle était ici.

Cependant, elle arriva trop tard. La femme sortait déjà du hall d'un pas vigoureux. Quand Olivia se précipita à l'extérieur, la Range Rover était en train de foncer dans l'allée en faisant rugir son moteur.

La femme était partie sans même dire au revoir ni fournir de raison pour sa visite mystérieuse et Olivia ne put s'empêcher de se demander si cette visite étrange finirait par lui apporter des ennuis ou par en apporter à La Leggenda.

Essayant d'oublier l'incident, Olivia repartit en toute hâte dans le hall pour commencer le travail qu'elle aurait effectué même si Gabriella ne l'avait pas menée à la baguette avec autant d'impolitesse. En disposant le bois dans la cheminée, Olivia songea avec fureur au manque de respect de la restauratrice.

Olivia ne savait pas du tout comment gérer cette agressivité. Elle avait essayé d'être gentille et serviable. Elle avait essayé d'être froidement professionnelle. Arrachant une flamme au petit bois, Olivia se souvint qu'elle avait même essayé d'ignorer Gabriella, mais c'était impossible parce qu'elles travaillaient dans des salles voisines de la même exploitation viticole très animée.

Elles avaient mal commencé dès le premier jour, se souvint Olivia en utilisant le vieux soufflet en cuir pour faire grandir le feu. Comme Gabriella était l'ex-petite amie de Marcello, elle aurait été jalouse de toutes les femmes célibataires qu'il aurait pu embaucher. Le fait qu'une attraction mutuelle ait existé entre Marcello et Olivia n'avait fait qu'aggraver la situation.

Quand Olivia et Marcello avaient convenu de ne pas sortir ensemble parce que cela aurait pu compromettre leur relation professionnelle, Gabriella avait réagi en étant plus aimable pendant quelque temps. Olivia avait tenu à parler de son nouveau petit ami en présence de Gabriella parce qu'elle avait espéré que cela contribuerait à la paix mondiale. Cela avait brièvement fonctionné, mais Gabriella avait alors trouvé une autre raison d'être en colère. Elle avait commencé à se vexer qu'Olivia soit sommelière en chef et bénéficie d'une quantité croissante de responsabilités.

Olivia se dit que cela avait été une chance pour elle. Au moins, comme cela, elle pouvait travailler indépendamment. Si Gabriella avait été sa patronne, la vie aurait été invivable.

Repartant dans la salle de dégustation pour allumer le feu suivant, Olivia vit que son jeune assistant, Jean-Pierre, venait d'arriver.

— Bonjour ! Euh, je veux dire, *buon giorno* !

La salutation amicale de Jean-Pierre désamorça les pensées noires d'Olivia.

— *Buon giorno*, répondit-elle en se disant qu'il était très amusant qu'elle, une Américaine, et Jean-Pierre, un Français, fassent de leur mieux pour se parler italien autant que possible parce qu'ils étaient déterminés tous les deux à améliorer leurs compétences linguistiques.

En italien hésitant et laborieux, Jean-Pierre recommença à parler en tirant sur ses mèches brunes rebelles d'un air pensif.

— C'est une belle matinée, bien que froide. Puis-je t'aider à mettre le feu ?

Olivia tendit le soufflet à Jean-Pierre avec un sourire d'encouragement alors qu'il avait dit « mettre » au lieu d'« allumer ».

— Volontiers ! C'est fatigant d'employer le soufflet. Tu peux me remplacer. Moi, je vais aller chercher les bouteilles de vin et les préparer pour les clients.

Jean-Pierre prit le soufflet d'un air confus.

Repartant au comptoir de dégustation, Olivia repensa à ce qu'elle avait dit. Sa prononciation avait été correcte, n'est-ce pas ?

— Zut, dit-elle à voix basse.

Sa prononciation avait été parfaite, mais elle avait utilisé le mauvais mot. Au lieu de *rimuovere*, qui signifiait « enlever », elle avait utilisé « *rompi* ». Elle venait de dire avec assurance à Jean-Pierre qu'elle allait casser les bouteilles ! Il n'était pas étonnant qu'il lui ait jeté un coup d'œil nerveux quand elle était entrée dans la salle de stockage par la porte latérale.

Apprendre une langue étrangère, c'était assurément un travail de longue haleine, décida Olivia en se sentant soulagée que la plupart des visiteurs de l'exploitation viticole soient des étrangers, même en saison basse, en hiver.

Elle consulta les notices de dégustation imprimées puis installa quelques bouteilles de sangiovese rouge, l'assemblage de rouges Miracolo, cru célèbre de l'exploitation viticole, le nouvel assemblage de rouges que Nadia la vigneronne avait créé récemment et deux vins blancs (le vermentino et le chardonnay) ainsi que le Metodo Classico, vin pétillant de La Leggenda.

Le rosé qu'elle avait créé avait été une réussite inattendue malgré l'inexpérience d'Olivia en assemblage de vins. En fait, il se vendait si bien qu'il avait été retiré du menu de dégustation, car les stocks baissaient. Nadia avait promis que, à la prochaine saison, ils en fabriqueraient trois fois plus avec la même recette d'Olivia.

Cela la rendait très fière et cela la rapprochait de quelques pas de son but, qui était de devenir une viticultrice à succès avec sa propre production de vin.

Elle entendit des voix à l'extérieur et comprit que les premiers clients de la journée arrivaient. Elle se concentra alors sur son travail. Les touristes espagnols qui entrèrent dans l'exploitation viticole portaient des anoraks, car ils voulaient visiblement profiter des pistes de ski enneigées du nord du pays.

— Bienvenue et *buon giorno*, dit-elle aux clients quand ils se dirigèrent vers le comptoir, ravis d'avoir pris le temps, au milieu de leurs activités en extérieur, de visiter La Leggenda. Aimeriez-vous profiter du menu complet ou goûter trois vins sélectionnés ?

— Juste trois, *por favor*, dit la femme du devant du groupe en souriant.

— Rouge, blanc ou un mélange ? demanda Olivia.

Alors qu'elle parlait, elle se souvint de la raison pour laquelle elle adorait son travail. Présenter les vins de qualité de La Leggenda à de nouveaux enthousiastes, c'était une joie pure.

Olivia se remémora brièvement sa vie d'avant, où elle avait été gestionnaire de comptes publicitaires à Chicago. Là-bas, elle avait vécu le contraire, surtout quand il avait fallu qu'elle satisfasse la majorité des clients qui, avec leurs projets immenses et leurs budgets minuscules, piquaient des crises monumentales quand les résultats ne correspondaient pas à leurs attentes.

— Je crois que nous devrions nous concentrer sur vos rouges, dit la femme, approuvée par les hochements de tête du reste du groupe. Nous sommes des amateurs de vin rouge et nous avons entendu parler de votre célèbre assemblage Miracolo !

— Excellente idée, répondit Olivia avec enthousiasme.

Quand elle versa leurs premières portions de dégustation, des bruits de pas résonnèrent à l'extérieur et Marcello entra précipitamment. Le propriétaire beau et bronzé de l'exploitation viticole avait l'air stressé. Le téléphone pressé contre l'oreille, il se rua dans le couloir.

— Notre premier vin est le sangiovese rouge, dit Olivia en se demandant ce qui était arrivé pour mettre Marcello dans un tel état. Le sangiovese de notre exploitation viticole est classique. Terreux, avec une saveur de cerises noires, il est conservé en fûts de chêne pendant quelques mois pour acquérir les tons épicés et poivrés qui ajoutent une grande complexité à ce vin délicieux.

Quand elle versa le vin, Marcello remonta le couloir à la même vitesse qu'avant et, cette fois-ci, il sortit de l'exploitation viticole au pas de course. Dans le parking, elle entendit des cris faibles.

Souriant aux clients tout en les regardant savourer ce rouge italien traditionnel délicieux, Olivia réprima son inquiétude. Elle espérait qu'il n'y avait pas de crise. D'habitude, Marcello était très calme. La seule fois où Olivia l'avait vu courir, cela avait été quand son itinéraire de jogging vespéral l'avait emmené sur la desserte par laquelle elle rentrait à la maison avec Erba.

— Le vin suivant est celui que vous attendiez avec impatience, notre assemblage de rouges Miracolo, expliqua Olivia. À l'origine, il a été conçu par erreur, par M. Vescovi, le père des deux frères et de la sœur qui sont aujourd'hui à la tête de l'exploitation viticole.

Alors qu'elle parlait, on entendit des bruits de pas à l'extérieur et Olivia vit entrer à toute vitesse les trois Vescovi dont elle venait de parler aux clients !

Marcello était en premier, suivi de près par Antonio, maigre et aux cheveux bruns et qui, d'après l'aspect boueux de ses bottes, avait été en train de travailler sur une des plantations de vignes voisines. La petite Nadia venait en dernier. Elle était beaucoup plus petite mais, alors qu'elle courait sur le carrelage avec ses chaussures à talons hauts, elle avait l'air férocement résolue à ne pas se laisser distancer.

Au fond du groupe, un couple regarda cette agitation d'un air curieux. Olivia jeta un coup d'œil à Jean-Pierre en levant les sourcils, mais son assistant secoua la tête et haussa très discrètement les épaules. Il ne savait pas ce qui se passait, lui non plus.

Gardant son sourire calme collé au visage comme s'il ne se passait rien du tout, Olivia continua à raconter son histoire en versant le Miracolo.

— M. Vescovi père a cru qu'il avait commis une erreur terrible, car il avait utilisé des vins venant des mauvaises cuves pour l'assemblage. Il s'est dit qu'une grande quantité de vin allait être gâchée et que ce serait un coup terrible pour la petite exploitation viticole que La Leggenda était à cette époque. Toutefois, heureusement pour nous, il a décidé de goûter le vin avant de le jeter. Il a compris tout de suite qu'il avait accidentellement créé quelque chose d'exceptionnel et qui allait rendre La Leggenda célèbre. C'est pour cela qu'il a appelé ce vin « Miracolo », car son existence vient d'un miracle !

Ses clients avaient l'air fascinés. C'était la partie de l'histoire de La Leggenda qu'Olivia aimait le plus raconter. Il était incroyable que l'on ait obtenu un résultat aussi bon suite à une erreur catastrophique.

Alors qu'elle pensait aux catastrophes avec inquiétude, Olivia entendait des voix fortes qui venaient du bureau de Marcello. Il semblait qu'une dispute venait d'éclater.

Elle s'efforça de rester concentrée sur ses clients, satisfaite de les voir hocher la tête en goûtant le Miracolo primé.

— Je prends une caisse de ce vin-là, s'il vous plaît, lui dit le client le plus proche. Il est délicieux ! Il est fait pour les après-skis !

— Moi aussi, j'en veux une caisse, dit la femme du fond du groupe. Il nous en faut assez pour nos vacances et pour en ramener à la maison !

Contente que ce groupe passe des bonnes commandes, Olivia donna la feuille à Jean-Pierre, qui s'éloigna en toute hâte pour préparer les caisses.

— Notre dernier vin rouge de la journée est un tout nouvel assemblage créé par Nadia, notre vigneronne en chef, dit Olivia.

Du bureau, elle entendit la vigneronne en question crier :

— Non ! Absolument pas ! Non !

Olivia versa le troisième assemblage.

— Conformément aux tendances du marché international, ce nouvel assemblage est principalement à base de cabernet sauvignon avec un peu de merlot, une goutte de sangiovese et quelques grappes de Barolo local. Quand Nadia a créé ce vin, elle a imaginé qu'il serait la boisson parfaite pour une soirée près d'un feu de bois. C'est pour cela que ce vin est le mélange Focolare, ou Coin du Feu.

Elle vit les membres du groupe approuver d'un hochement de tête tout en goûtant ce vin, qui était la fierté de Nadia.

— Je prends aussi une caisse de celui-là, s'il vous plaît, dit un membre du groupe. Nous allons bien faire un feu tous les soirs dans notre chalet, hein ?

— Notre assistant sommelier va saisir vos achats, dit Olivia en souriant pendant que Jean-Pierre avançait fièrement.

Dès que les clients portèrent leur attention sur lui, Olivia quitta le comptoir en toute hâte. Une crise venait sûrement d'éclater ! Comment allait-elle pouvoir aider ses collègues ? Alors qu'elle entrait à toute vitesse par la porte latérale, Marcello sortit avec détermination de son bureau, suivi de près par Nadia et Antonio.

— Olivia, es-tu disponible ? demanda-t-il d'un ton anxieux.

— Oui.

— Il faut qu'on se réunisse immédiatement ! Viens au restaurant ! Jean-Pierre, rejoignez-nous dès que possible.

Avec un moment de culpabilité, Olivia se souvint de la visite de l'étrange femme, au cours de laquelle aucune de ses questions n'avait obtenu réponse. S'il était arrivé quelque chose qui avait stressé Marcello si vite après cette inspection surprise, cela ne pouvait pas être une coïncidence. Olivia avait-elle commis une terrible erreur en autorisant l'inspection ? Elle soupçonnait fortement que cette réunion allait servir à annoncer des ennuis, soit pour l'exploitation viticole soit pour elle.

CHAPITRE TROIS

Olivia entra rapidement dans le restaurant avec les Vescovi. Antonio avait l'air en colère. Nadia avait les yeux étincelants et le menton relevé d'une manière qui, selon Olivia, signifiait qu'elle était prête à se battre. Marcello, enfin, avait l'air inhabituellement nerveux. Pensif, il plissait ses yeux bleu profond et, debout à côté de la table, il tapotait des doigts sur la chaise en attendant que les autres s'asseyent.

Sentant la tension dans l'air, Olivia était de plus en plus certaine que c'était elle qui avait causé cette catastrophe, quelle qu'elle soit, et que l'inquiétude actuelle était liée à ce qui s'était passé ce matin. Au lieu de la convoquer dans son bureau pour lui en parler en privé, Marcello allait en discuter en présence de tous les Vescovi et de son assistant vigneron !

Quand Jean-Pierre eut accompagné le groupe de touristes jusqu'à la sortie avec un « *Ciao* » amical, il se dépêcha de rejoindre Olivia et les Vescovi.

— Gabriella ! appela Marcello.

Olivia se crispa. Elle n'allait pas participer à la réunion, elle aussi ?

Gabriella arriva de la cuisine en s'essuyant les mains sur son tablier. Olivia fut étonnée de voir que son attitude était aimable et coopérative. Elle ne montrait rien de l'attitude combative et franchement agressive qu'elle avait eue avec Olivia.

— Y a-t-il un problème ? demanda gentiment Gabriella.

Alors, quand eut capté l'attention de tout le monde, elle jeta un coup d'œil entendu à Olivia.

— Est-ce que quelqu'un a provoqué une crise ?

— Asseyez-vous, asseyez-vous, ordonna impatiemment Marcello.

Au grand soulagement d'Olivia, Marcello ne montra pas immédiatement à Gabriella qu'il était d'accord avec sa supposition. En fait, sa pique avait eu l'air de l'agacer.

Avec un raclement de chaises, ils se dépêchèrent tous d'obéir à Marcello.

— Que se passe-t-il ? demanda Jean-Pierre d'un air perplexe.

Le souffle coupé, avec mille pensées qui se bousculaient dans sa tête, Olivia attendit que Marcello prenne la parole.

14

— On vient de nous offrir ce que je ne peux qu'appeler une opportunité unique ! annonça Marcello.

Olivia sentit son cœur accélérer. Elle s'était attendue à une mauvaise nouvelle, mais il semblait que ce soit l'inverse. Qu'est-ce que cela pouvait bien être ?

— Dites-nous en plus ! demanda Jean-Pierre le souffle coupé, visiblement aussi anxieux qu'Olivia.

— Au dernier moment, au tout dernier instant, nous avons été nominés pour participer à un événement exclusif, auquel on n'accède que par invitation, expliqua Marcello. Cet événement s'appelle le Platinum Tour.

Alors, ce fut au tour d'Olivia d'avoir le souffle coupé. Elle avait entendu parler de cet événement quand elle avait habité aux États-Unis. Même si elle ne le connaissait pas en détail, elle se souvenait que les agents du marketing en parlaient à voix basse et que certains professionnels du marketing passaient parfois toute leur carrière à essayer d'y impliquer des entreprises et des clients. Fascinée, elle écouta la description de Marcello.

— Le Platinum Tour est un événement extrêmement populaire et recherché. C'est un voyage luxueux auquel un petit nombre de personnes accède par invitation. Il est réservé à l'élite fortunée : les chefs d'entreprise, les PDG internationaux, les célébrités, les milliardaires et autres influenceurs. Il a lieu de façon saisonnière et un des chapitres du voyage est le Chapitre Toscan. Pendant son voyage, le groupe visite un petit nombre de domaines viticoles extrêmement prestigieux.

Un silence haletant se fit dans la salle. Olivia vit le reflet de son étonnement et de son espoir dans les yeux de Jean-Pierre. Marcello allait-il dire qu'ils faisaient partie de l'édition de cette année ?

— Les exploitations viticoles choisies restent habituellement les mêmes, car ce voyage préfère les établissements que les clients connaissent et apprécient. Toutefois, hier, il s'est produit une catastrophe à l'exploitation viticole Vino Montagna.

C'était un autre nom familier. Vino Montagna était une exploitation viticole de premier plan dans la région. Olivia l'avait visitée récemment. Ses copropriétaires étaient une star du cinéma oscarisée et un des designers les plus éminents d'Italie. L'exploitation était fréquentée par beaucoup de célébrités.

— Un court-circuit électrique a provoqué un grave incendie dans la salle de dégustation, expliqua Marcello. Par conséquent, Vino Montagna est fermée jusqu'à la fin de l'hiver, pendant les rénovations. C'est pour cela que nous avons été approchés par les organisateurs du Platinum Tour pour remplacer Vino Montagna.

Les pièces du puzzle se mettaient en place pour Olivia. Cela devait être pour cette raison que l'étrange femme avait effectué sa visite accélérée plus tôt dans la journée. Comme pour confirmer ses pensées, Marcello reprit la parole.

— Ils ont une liste d'exigences très strictes. L'organisatrice du voyage, Stella Markham, a mené une inspection tôt ce matin. Après avoir visité l'exploitation viticole et examiné tous les bâtiments, elle a dit que nous satisfaisions tout juste à leurs exigences, dit Marcello.

— Donc, voilà qui elle était ! laissa échapper Olivia.

Heureusement qu'elle était arrivée tôt, se dit-elle, heureuse que son mauvais présage ait été erroné.

— Tu l'as laissée entrer ? demanda Marcello. Tu as bien fait, car elle avait une liste d'autres établissements au cas où nous n'aurions pas été disponibles. Bravo, Olivia.

Olivia sentit le soulagement l'envahir. Heureusement, ses actions les avaient sauvés et elle n'avait pas été aussi imprudente qu'elle l'avait craint.

— Toutefois, maintenant, il faut que nous prenions une décision, poursuivit Marcello d'un air grave. Le voyage arrive ici après-demain. Ça passe ou ça casse. Nous allons devoir dépasser leurs attentes en qualité de service, de cadre et de nourriture. Tout devra être parfait pour que nos clients soient heureux. Malheureusement, nous n'avons pas beaucoup de temps pour nous préparer. Pourrons-nous y arriver ou devrions-nous refuser ?

Olivia était tellement excitée qu'elle eut envie de bondir sur sa chaise. La réponse était forcément oui ! Cependant, Antonio secouait la tête et Olivia vit que Gabriella fronçait les sourcils.

— Je dis non, dit Antonio. Le délai est trop court et notre exploitation viticole n'a pas assez bonne apparence. Il faut remplacer des carreaux dans la salle de dégustation. Les pots de fleur de l'extérieur n'ont pas l'air bien beaux. Même le pavage du parking a souffert du froid. Nous ne pouvons pas prendre le risque de décevoir des clients d'un tel calibre. Nous serions la risée de la région.

— Puis-je voter ? demanda Jean-Pierre. Quand Marcello hocha la tête, le jeune Français s'écria :

— Oui, bien sûr ! Quelle opportunité ! Ces petits détails ne comptent sûrement pas tant que ça ! Après tout, cet établissement a une longue histoire et ils viennent pour le vin.

— Je suis d'accord. Nos vins les séduiront. S'il y a quelques dalles de fendues, quelle importance ? Nous devons saisir cette opportunité et faire tous les efforts nécessaires. Je dis oui, affirma Nadia avec insistance et en donnant un coup de poing sur la table.

Gabriella croisa les bras.

— Je suis contre pour les mêmes raisons qu'Antonio. Si nous échouons, ça gâtera notre réputation. Les chaises de mon restaurant ont besoin de retapisser et les murs d'une couche de peinture. Ces milliardaires mépriseront l'établissement s'il a l'air miteux.

Marcello regarda Olivia et sentit son estomac se nouer.

Il y avait deux votes pour, deux contre et, maintenant, c'était à son tour.

Sachant qu'elle allait se faire détester encore plus par Gabriella, Olivia décida quand même de se forcer à avoir le courage de ses convictions et hocha la tête.

— Je crois que nous devons accepter. Je suis allée à Vino Montagna et leur dallage n'était pas parfait. Personne ne s'attendait à ce qu'il le soit. Nous y avons quand même passé un moment très agréable, pas seulement grâce aux vins, mais aussi grâce à la connaissance étonnante qu'ils en avaient et à l'accueil que nous avons reçu. Pour moi, c'est ça qui a fait la différence, dit Olivia.

Elle sourit tendrement en se souvenant de cette excursion, car cela avait été leur deuxième rendez-vous, à elle et à Danilo.

— Tu n'as pas les mêmes goûts qu'un milliardaire, lui siffla Gabriella les yeux plissés.

Olivia ignora délibérément son agressivité. Maintenant, ils étaient trois en faveur et deux contre. Marcello allait fournir la décision finale. S'il disait oui, ils accueilleraient les voyageurs. S'il disait non, alors, Olivia pensait que ce serait tout.

Un silence tendu s'installa dans la salle. Tout le monde attendait impatiemment de savoir ce que Marcello allait dire.

CHAPITRE QUATRE

Marcello hocha la tête de manière décisive.

— Je ne participerai pas au vote. Ce n'est pas nécessaire, dit-il au grand étonnement d'Olivia, qui entendit Gabriella pousser un petit cri outré mais n'osa pas jeter de coup d'œil à la restauratrice offensée. Je vois que nous avons une majorité. La majorité a décidé et nous accepterons d'accueillir les voyageurs. Je vais immédiatement rappeler Stella et lui communiquer notre décision.

Marcello se leva et repartit dans son bureau. Ce ne fut qu'à ce moment-là qu'Olivia regarda les autres. Antonio semblait encore plus inquiet. Nadia était triomphante. Jean-Pierre avait l'air excité et Gabriella crucifiait Olivia sur place de son regard sombre et furieux.

— Donc, nous allons tous subir une énorme quantité de stress et de dérangement pour un stupide événement unique ? siffla Gabriella.

Nadia s'appuya sur la table d'un air menaçant.

— Un événement unique ? Qu'en sais-tu ? Les accidents, ça arrive. Il y aura d'autres incendies ! Nous deviendrons peut-être l'établissement de secours officiel de ce voyage. Ils décideront peut-être même de revenir chez nous !

— Même un événement unique nous serait bénéfique, non ? dit Jean-Pierre. Si les milliardaires apprécient cet endroit, ils reviendront et en parleront à leurs amis !

— S'ils en ont, marmonna Gabriella.

— Je crois que c'est une grande opportunité, conclut Jean-Pierre en faisant semblant de ne pas avoir entendu Gabriella. J'ai toujours voulu rencontrer un milliardaire.

Olivia était d'accord. Elle était ravie qu'ils aient été choisis et ne comprenait pas sur quoi reposaient les avis négatifs.

— Nous devons travailler en équipe. Si nous collaborons, ce sera la meilleure expérience que ces gens vivront pendant leur voyage, dit Olivia.

Elle avait l'impression d'être la pom-pom girl du groupe, même si personne ne l'acclamait. L'unité était de toute façon essentielle. Si le groupe était déchiré par des disputes, ce serait un désastre. Or, Olivia voyait déjà que Gabriella et Nadia voulaient en découdre toutes les deux.

Antonio se leva.

— Je vais immédiatement réparer le dallage défectueux, dit-il avant de sortir à grands pas.

— Je vais changer mon emploi du temps des deux jours suivants. Espérons qu'aucun de nos clients qui ont déjà réservé ne sera gêné par ce voyage idiot. Si quelque chose va mal, et je suis sûre que ça arrivera, ça sera entièrement de ta faute, Olivia, cracha Gabriella en reculant bruyamment sa chaise et en repartant dans la cuisine d'un pas lourd.

*

À dix-sept heures, quand Olivia s'en alla, le soir était devenu sombre, froid et brumeux. Quand elle sortit de la salle de dégustation, elle se retourna, appréciant la lueur dorée qui, sortant par l'embrasure de la porte, promettait la lumière d'un feu et l'hospitalité.

Alors, à sa grande surprise, une silhouette familière apparut dans l'embrasure de la porte.

Un moment plus tard, Marcello la rejoignit en se mettant une veste. Ses cheveux foncés avaient l'air décoiffés suite à la journée stressante qu'il avait visiblement eue, mais son regard était chaleureux et son sourire aussi.

— Olivia. Je suis content que tu ne sois pas encore partie. J'ai été retardé dans mon bureau, où je préparais le Platinum Tour. J'avais espéré te parler plus tôt.

Curieuse, Olivia dit :

— De quoi s'agit-il ?

Elle était certaine que ce serait une chose liée au voyage, mais les paroles suivantes de Marcello l'étonnèrent.

— Peux-tu m'accompagner à Chianti demain ? Nous devrons partir tôt, à huit heures trente, et nous devrions rentrer au milieu de l'après-midi. Il y a une chose importante dont je voudrais discuter avec toi.

Importante ? Quelle chose pouvait être importante au point que Marcello ait besoin de se rendre dans la région de Chianti pour lui en parler ?

Olivia imagina des quantités de choses. L'impatience la submergea et, soudain, demain lui parut trop distant. Pourquoi Marcello ne pouvait-il pas le lui dire maintenant ? Elle se sentit tentée de le supplier de lui indiquer au moins de quoi il s'agissait, puis elle décida de ne pas le faire pour éviter d'introduire trop de familiarité dans leurs relations professionnelles.

— Pouvons-nous nous permettre de prendre ce temps-là avant l'arrivée des milliardaires ? demanda-t-elle en pensant à tout ce qu'ils auraient à faire demain.

— Oui. J'ai chargé Nadia et Jean-Pierre de s'occuper de la dégustation du vin en même temps que de la préparation du voyage, dit Marcello pour la rassurer.

— Dans ce cas, j'adorerais t'accompagner. Ce sera formidable, dit-elle avec enthousiasme, voyant dans l'éclat malicieux des yeux de Marcello qu'il sentait qu'elle était très curieuse mais qu'il ne voulait pas lui en dire plus dans l'immédiat.

Parfois, Olivia aurait souhaité ne pas être sur la même longueur d'onde que Marcello. La facilité avec laquelle il lisait dans ses pensées était déconcertante. Elle se rendit compte qu'elle pensait souvent à la même chose que Marcello alors que c'était plus rare avec Danilo. Était-on censé être plus en phase avec son patron qu'avec son petit ami ? Olivia n'en était pas sûre !

— Vivement demain matin, dit Marcello avec un sourire énigmatique.

Olivia se creusa la cervelle pour trouver d'autres questions susceptibles de la renseigner, mais l'inspiration lui fit défaut. Elle ne pouvait pas demander comment elle devrait s'habiller. Elle allait en excursion avec un propriétaire d'exploitation viticole, au milieu de l'hiver toscan. Il était parfaitement évident que son ensemble devrait avoir du chic, de la chaleur et de l'élégance.

— Bonne soirée, dit-elle à contrecœur en renonçant à sa recherche infructueuse d'informations.

— Toi aussi. Es-tu sûre que tu ne veux pas que je te remmène chez toi ?

C'était une autre question que Marcello avait l'habitude de poser à Olivia dès qu'il la voyait dehors à l'heure de la fermeture.

— J'adore faire le trajet à pied, dit Olivia.

Même par une soirée froide et brumeuse, c'était absolument vrai. Pour Olivia, marcher nonchalamment sur les routes tranquilles nimbée de brouillard et le visage caressé par de fines gouttes d'eau tout en contemplant les silhouettes des arbres qui étaient tout juste visibles dans l'obscurité, c'était une aventure à chaque fois. Ça la ravissait tout autant que lorsqu'elle parcourait cet itinéraire en plein soleil et appréciait chaque détail des collines, des forêts et de la marqueterie des champs qui constituaient le paysage vallonné.

— On se voit demain, confirma Marcello avant de repartir à l'intérieur.

Encore prise par la curiosité, Olivia remonta la desserte. Elle savait que, même dans le brouillard et dans l'obscurité, Erba entendrait ses pas et l'attendrait. Sans surprise, dès qu'Olivia eut atteint le sommet de la colline, elle entendit un bruit des sabots arriver de la laiterie où Erba passait ses journées.

Avançant tranquillement dans l'obscurité brumeuse, Olivia se souvint qu'elle allait passer une soirée spéciale avec Danilo. Ce soir, elle espérait qu'elle allait percer à jour un des plus gros mystères de la vieille ferme qu'elle avait achetée et rénovée.

Cela avait semblé être une idée folle d'acheter une propriété de huit hectares de terrain rude et abandonné dans les collines de la Toscane, mais Olivia était tombée amoureuse de cette ferme. Depuis, elle avait découvert qu'on y avait produit du vin à une époque reculée, puis qu'on l'avait abandonnée et laissée tomber en ruine.

Fascinée, Olivia avait découvert une vieille réserve fermée à clé cachée dans les collines boisées. Pendant des mois, elle avait cherché la clé parce qu'elle avait refusé de forcer la serrure pour découvrir ce qu'il y avait à l'intérieur du petit bâtiment isolé.

Récemment, Danilo avait découvert une vieille clé d'apparence très ancienne. Il l'avait trouvée près du fond du tas de gravats qui avait occupé la grange avant qu'Olivia n'en ait fait une salle de vinification.

Ce soir, Danilo allait venir chez Olivia après le travail. Ils prévoyaient de monter à la réserve pour voir si la clé fonctionnait. Olivia craignait ce qu'ils allaient trouver à l'intérieur et était heureuse que Danilo vienne chez elle pour qu'ils puissent ouvrir la porte ensemble. Au moins, si l'endroit s'avérait être vide, ils pourraient se réconforter l'un l'autre par la suite.

Jusque-là, dans sa ferme, Olivia avait fait deux découvertes incroyables. La première avait été une bouteille de vin antique non ouverte, qui était actuellement dans un magasin spécialisé pour que l'on restaure l'étiquette. La seconde était un éclat de verre beaucoup plus ancien qui, après identification, s'était avéré venir d'une bouteille inestimable originellement fabriquée par une exploitation viticole locale.

Y aurait-il de nouveaux trésors à découvrir ? Olivia était impatiente de le savoir.

Elle était impatiente de revoir Danilo ! N'avait-elle pas énormément de chance de sortir avec un homme beau, gentil, drôle et d'excellente compagnie ? De plus, même s'ils n'étaient sortis ensemble que deux fois, Olivia commençait à se rendre compte que Danilo était aussi très romantique.

Le problème, c'était qu'ils ne pouvaient passer que très peu de temps ensemble. En fait, cela faisait une semaine entière qu'ils ne s'étaient pas vus, chose à laquelle Olivia ne se serait pas attendue au commencement d'une relation. Cependant, Danilo, menuisier et artisan du bois de profession, avait récemment reçu une avalanche de commandes urgentes. La veille, il avait dit à Olivia que sa liste de travaux était finalement vide et que tout avait été livré.

Qu'allait-elle faire en premier ? Réfléchissant à ses projets pour la soirée, Olivia s'arrêta un moment pour admirer la petite plantation de vignes située près de l'allée. Les jeunes ceps prospéraient, malgré le froid et surtout grâce à l'aide et aux conseils de Danilo. Quand Olivia pensa à lui, elle sourit.

Danilo aimerait-il voir la petite production de vin qui fermentait dans la grange ? Même s'il n'y avait pas grand-chose à voir, Olivia était sûre qu'il observerait avec intérêt la progression du vin de glace qu'elle avait produit après avoir récolté les raisins qui avaient gelé sur les vignes sauvages de sa ferme. C'était son tout premier cru en tant que viticultrice indépendante et, à chaque fois qu'elle pensait à sa maturation, elle ressentait un mélange d'excitation et d'appréhension.

En se rendant à la réserve, ils pourraient passer devant la grange, examiner ensemble le vin en cours de fermentation puis revenir à la ferme pour dîner.

Donc, le dîner était sa prochaine priorité. Il fallait qu'Olivia se mette aux fourneaux !

Cependant, quand elle ouvrit la porte de devant, son téléphone produisit un bip pour annoncer un message. Elle le prit rapidement. Danilo allait-il arriver plus tôt ?

Quand elle le lut, le découragement l'envahit.

— Désolé ! Nous allons devoir remettre notre soirée à plus tard. Je ne peux pas venir. D

Tel était le message laconique et froid.

Contemplant les mots, Olivia laissa échapper un soupir anxieux, saisie par la déception. Pourquoi Danilo ne pouvait-il pas venir ? Il savait que c'était une soirée importante. Ce n'était pas un dîner ordinaire, mais le soir où ils allaient essayer la clé !

Dans son message bref, il n'avait même pas fourni de raison, constata Olivia en se sentant à nouveau incertaine de leur relation. Quelle était la raison ? Pourquoi ne la lui disait-il pas ? Pourquoi ne l'avait-il pas appelée ? Ou alors, au minimum, pourquoi n'avait-il pas ajouté une rangée de X ou d'émoticônes en forme de cœur ? Peut-être l'avait-elle mal compris. Peut-être ne ressentait-il rien pour elle.

Olivia avait déjà été trompée et elle avait du mal à faire confiance aux gens. Sur le plan rationnel, elle savait qu'une relation ne pouvait pas progresser de « amis » à « engagement profond » d'un seul coup mais, dans son cœur, elle craignait que cette annulation inattendue ne signifie que leur relation était sans issue.

Je me fais peut-être des idées et il n'y a jamais eu de vraie relation, se dit Olivia d'un air abattu en entrant dans la cuisine d'un pas traînant.

Le chat noir et blanc qu'elle avait adopté, Pirate, bondit sur le comptoir en miaulant frénétiquement. Peu lui importait que la soirée d'Olivia ait été annulée. Tout ce qui comptait pour lui, c'était qu'elle lui serve son dîner immédiatement.

Malgré elle, Olivia se sentit mieux. Avec Pirate, il était impossible de rester abattu. Il faisait toujours quelque chose de distrayant. Cependant, alors qu'elle tendait la main vers le paquet de croquettes, prête à en verser dans son bol, Olivia changea d'avis.

Elle allait réessayer de faire entrer Pirate dans le porte-chats. Comme Pirate avait été un chat sauvage, il n'avait pas été castré et n'avait pas reçu de piqûres. Il devenait urgent de l'emmener chez le vétérinaire. Le problème, c'était que Pirate ne voulait ni aller chez le vétérinaire ni entrer dans le porte-chats.

Il était déroutant de savoir qu'un félin aussi gentil et affectueux pouvait se transformer en créature féroce en un instant. Cependant, Olivia avait non seulement vu la chose mais en avait aussi personnellement subi les conséquences ! Le sparadrap qu'elle portait encore au poignet le prouvait.

— Viens, Pirate ! dit-elle en essayant de prêter une autorité apaisée à sa voix.

Espérant que son toucher gentil mais ferme apaiserait le chat, elle le ramassa.

Pirate enroula son corps léger dans les mains d'Olivia en ronronnant avec vigueur. Olivia espéra que, cette fois-ci, ses efforts seraient couronnés de succès.

— Quel beau matou tu es, roucoula-t-elle en le berçant doucement dans ses bras tout en traversant la cuisine avec détermination en direction du porte-chats.

Pourquoi font-ils les entrées si petites ? se demanda-t-elle en s'agenouillant et en essayant de rapprocher Pirate de l'entrée étroite sans lui poser les pattes par terre.

— Entre, mignon matou ! Non !

Poussant un sifflement, Pirate redevint sauvage, se tortilla, échappa à Olivia et lui envoya un coup de patte furieux. Olivia retira sa main juste à temps. Elle ne voulait vraiment pas se faire griffer une fois de plus. Ça piquait !

Avec un grognement, Pirate se rua dans le salon. Olivia prit le sac de croquettes et poursuivit son chat en secouant le sac de manière attirante tout en sentant l'agacement monter en elle.

— Nourriture ! Nourriture !

Cependant, Pirate avait changé d'avis. Visiblement, il avait décidé que sa liberté comptait plus que son dîner. Il fonça dans le hall et monta à l'étage en faisant résonner les marches en bois sous ses pas. Olivia savait d'expérience qu'il se réfugierait sous le lit dos au mur. Si elle voulait réessayer de l'attraper, elle devrait ramper sous le lit mais, grâce à sa position stratégique, Pirate pourrait rester dans son refuge en toute sécurité tout en envoyant des crochets du droit toutes griffes dehors.

— Bon, dit Olivia en capitulant. Tu as gagné.

Découragée, elle retourna à la cuisine et versa les croquettes dans le bol du chat. Elle savait qu'il comprendrait très vite qu'elle avait abandonné et reviendrait aussitôt pour manger avec contentement comme si cette scène dramatique de capture n'avait jamais eu lieu !

Quand elle rangea la poche de croquettes, son téléphone commença à sonner. Espérant que Danilo avait changé d'avis, Olivia prit le téléphone. Ce n'était pas Danilo, mais elle fut réconfortée de constater que c'était sa meilleure amie, Charlotte, qui l'appelait des États-Unis.

— Salut, dit-elle.

— Que se passe-t-il ? demanda immédiatement Charlotte, qui avait visiblement senti l'humeur d'Olivia.

— Tout va bien.

Agacée, Olivia serra les lèvres quand elle vit Pirate redescendre l'escalier avec assurance.

— Je voulais dire, qu'est-ce qui ne va pas ? dit patiemment Charlotte.

— Rien ! Je viens de rentrer et je vais passer une soirée tranquille à la maison, dit Olivia, décidant de montrer qu'elle vivait bien sa solitude et qu'il n'y avait aucun intérêt à embêter Charlotte avec ses inquiétudes relationnelles.

— Oh. Je trouvais que tu avais l'air triste.

— Pas du tout, dit fermement Olivia.

— Eh bien, je viens de rentrer de chez le coiffeur. Elle a mis plus de mèches rouges dans mes cheveux et j'adore ça.

— Envoie une photo ! Je veux voir ça, dit Olivia, qui se sentait mieux en pensant aux mèches brun roux de son amie joyeuse.

— Promis. Es-tu en train de préparer le dîner ?

Olivia jeta un coup d'œil au réfrigérateur. Il était plein de délicieux ingrédients et elle avait acheté des gnocchis frais la veille. Elle pourrait préparer une sauce tomate à l'ail pour ses gnocchis et les recouvrir de parmesan râpé afin d'obtenir un résultat réellement délicieux.

Olivia se dit fermement qu'il fallait qu'elle ait un peu de discipline. Il était trop tôt pour commencer à préparer à manger. Elle décida de consacrer une heure à une corvée pénible mais nécessaire.

— Pirate mange son dîner après avoir *encore* refusé d'aller dans le porte-chats, annonça Olivia à son amie avec un soupir. Pourtant, mon dîner va devoir attendre. Pour l'instant, je monte à l'étage. J'ai commencé à carreler les murs de la salle de bain et il faut que je termine.

— Je me souviens qu'ils étaient en sale état. Je croyais que tu paierais quelqu'un pour le faire. Tu le fais toute seule ? dit Charlotte avec admiration.

La salle de bain originelle avait été grande mais mal plâtrée et, un jour, quelqu'un avait collé un papier peint bleu épais sur les murs. Dans une salle de bain ! L'endroit avait été rempli de bandes de papier qui se détachaient du mur et de morceaux de plâtre qui en tombaient. Olivia avait pris l'habitude de se baigner dans ce qui ressemblait à un chantier de construction pendant la période où elle avait retiré des murs des couches du vieux papier peint au grattoir et au ciseau.

Maintenant, section par section, elle recarrelait les murs en une teinte crème pastel en y intégrant quelques carreaux de mosaïque qui

25

apportaient une touche vert brillant. Olivia savait qu'elle ne serait pas très bonne à cette tâche, mais elle était fière de ses efforts personnels.

— Je ne suis pas experte en carrelage et c'est un travail très dur, admit Olivia. Néanmoins, j'économise de l'argent et ça m'occupe mes soirées. On ne peut pas étudier l'italien tout le temps.

Elle mit son téléphone sur haut-parleur et le posa sur le bord de la baignoire avant d'ajouter de l'eau au mélange sec qui attendait dans le conteneur. Elle mélangea bien le tout, prit un des carreaux lisses couleur crème et le mit en place. Elle appréciait l'odeur argileuse du mortier.

— À propos d'étudier l'italien, demanda Charlotte en baissant la voix d'un ton curieux, as-tu étudié de bons Italiens ces derniers temps ?

Olivia laissa échapper un rire ironique.

— Si c'est sur ma vie sentimentale que tu m'interroges, la vérité, c'est qu'elle n'est pas très différente de l'époque où j'étais célibataire, admit-elle tristement en mettant soigneusement un autre carreau couleur crème à sa place.

— Et Danilo ? Je croyais que tu allais lui préparer un beau dîner.

— Je devais le faire, mais il a annulé.

Olivia savait que Charlotte allait entendre la déception dans sa voix.

— Donc, c'est pour ça que tu avais l'air triste. Ne t'inquiète pas. Je suis sûre qu'il doit être occupé à cette époque de l'année, dit Charlotte d'un ton apaisant.

— Je me demande si je suis allée trop vite.

Olivia préleva un autre gros morceau de mortier et plaça un autre carreau. Elle avait bien dépassé la moitié, maintenant. Cette tâche pénible serait bientôt terminée.

— Bien sûr que tu te le demandes. Sinon, tu ne serais plus toi-même. Aborder une nouvelle relation, ça n'a rien de facile. Ça comporte beaucoup d'incertitude. Tu voudrais sans doute faire un saut dans le temps, jusqu'au moment où les choses seront plus avancées.

— C'est exactement ce que je ressens.

Charlotte avait très bien résumé l'angoisse d'Olivia. Olivia était réconfortée que son amie la connaisse aussi bien.

— Je sauterais bien trente ans.

— Trente ans ? Tu raterais tous les moments amusants. Sois courageuse ! Souviens-toi de ce que tu m'as dit. Lui aussi, il a été seul longtemps et il craint probablement d'aller trop vite ou de te bousculer.

— Tu as raison. Il faut juste que j'essaie de ne pas paniquer, convint Olivia à contrecœur.

— Et Marcello ? Est-il encore célibataire ? demanda Charlotte d'un ton lourd de sens.

— Oui, mais n'oublie pas que nous avons passé un accord. Pas de relations amoureuses au travail.

Olivia choisit un autre carreau vert brillant pour créer un contraste. Ces carreaux verts étaient ses préférés. Elle se sentait toujours excitée quand il était temps d'ajouter un carreau vert.

— Mmm. Est-ce que Marcello connaît l'existence de Danilo ?

— Je n'ai pas eu l'occasion de lui en parler. Je veux dire, que veux-tu que je fasse ? Que j'aille le voir pour lui dire que je sors avec quelqu'un ? En supposant que je sois avec Danilo ! En fait, on n'est sortis ensemble que deux fois.

Ramassant un peu plus de mortier, Olivia comprit qu'elle avait l'air sur la défensive. Quand Charlotte laissa échapper un autre « Mmm », ça n'aida pas du tout.

— Nous partons en excursion demain, dit-elle.

— Toi et Danilo ?

— Non. C'est Marcello qui m'emmène. Je ne sais pas où. C'est un voyage d'affaires, mais il a dit qu'il avait quelque chose d'important à me dire. Cela dit, un voyage d'affaires, ça n'aura rien de difficile, vu que ça se passera probablement dans un vignoble, dit Olivia.

— As-tu pensé qu'il avait peut-être des intentions sentimentales ? Que c'est peut-être ça, la chose importante ? Et s'il avoue que tu l'as incité à repenser la règle « Pas de relations amoureuses au travail » ?

Horrifiée, Olivia faillit se plaquer une main sur la bouche. Juste à temps, elle se souvint que ses doigts étaient recouverts de mortier gris collant.

Charlotte avait peut-être raison, comprit-elle. Si tel était le cas, l'excursion du lendemain deviendrait un désastre embarrassant.

Soudain, Olivia se mit à redouter cette journée.

CHAPITRE CINQ

Le lendemain, alors qu'Olivia se rendait à l'exploitation viticole dans la matinée froide mais ensoleillée, elle débordait d'émotions contradictoires. D'un côté, elle craignait que Charlotte ait bien deviné et que Marcello ne lui dise qu'il avait changé d'avis et qu'ils pouvaient entreprendre une relation sentimentale.

De l'autre côté, elle se sentait soulagée que la journée d'aujourd'hui comprenne une excursion qui lui permettrait d'échapper aux préparations hâtives pour le Platinum Tour dans lesquelles tous les employés de La Leggenda seraient impliqués.

Quand Olivia passa le coin et rejoignit le sentier qui menait à l'avant de l'exploitation viticole, elle vit que Marcello était déjà là. Il examinait les parterres qui s'étendaient des deux côtés de la porte d'entrée. À ce moment de l'hiver, les parterres contenaient surtout de la verdure, mais Marcello les contemplait avec espoir.

— Je vois des bourgeons, dit-il à Olivia en se tournant et en souriant. Le printemps n'est peut-être pas si loin que nous le pensons ! Bientôt, une nouvelle énergie fera son apparition. J'adore le printemps !

Olivia se rendit compte que le mot « adore » lui faisait battre le cœur et cela la consterna, car ses peurs refirent surface. On aurait dit que Marcello préparait l'atmosphère avant même le trajet, ou même qu'il en annonçait le but.

Il salua Olivia de la façon italienne traditionnelle, avec un baiser sur chaque joue. Quand il se pencha en avant, une mèche de ses cheveux la frôla et la chatouilla doucement. Elle sentit l'odeur fraîche de son gel de rasage et l'arôme boisé de sa veste de cuir.

— Tu arrives toujours tôt. Comme je le sais, ça m'incite à arriver plus tôt, lui dit-il d'un ton flatteur.

Souriant, Olivia supposa qu'elle avait identifié le problème. Ils essayaient tous les deux d'arriver plus tôt que l'autre. Elle imagina que cela signifiait qu'ils avaient une attitude similaire ou, en tout cas, une passion pour l'entreprise merveilleuse dans laquelle ils travaillaient.

D'habitude, l'idée d'avoir des qualités en commun avec son patron lui aurait inspiré des sentiments positifs mais, maintenant, ça la mettait mal à l'aise.

Quand Erba s'éloigna en gambadant, impatiente de retrouver le troupeau à la laiterie, Olivia monta dans le SUV de Marcello, à la place passager.

— Où allons-nous ? demanda-t-elle, mais il secoua la tête.

— C'est une surprise, dit-il.

Non sans une certaine perplexité, elle repéra une pointe de nervosité dans sa voix. Il était très rare que Marcello soit nerveux et Olivia considéra que c'était un autre signe inquiétant.

Alors qu'ils sortaient par la porte principale, Olivia se rappela qu'il fallait qu'elle reste professionnelle et calme, quelles que soient les surprises que Marcello lui réservait.

Marcello aimait mettre de la musique classique ou de l'opéra quand il roulait et, ce matin, « Nessun Dorma » remplit la voiture à un volume qui coupait court à tout silence embarrassant sans empêcher la conversation. C'était un des arias préférés d'Olivia et il l'émouvait toujours.

Regardant par la vitre, Olivia admira le paysage hivernal qui l'entourait. À cette période de l'année, les pluies abondantes donnaient une teinte vert profond à l'herbe et aux champs. Les branches des noisetiers n'avaient pas de feuilles, mais elles étaient décorées de chatons jaunes qui ajoutaient de la couleur au paysage sombre et trempé par la pluie.

À chaque fois qu'Olivia quittait la ville pour partir sur les routes, elle se sentait folle de joie d'avoir refait sa vie dans cette belle région au passé riche où elle avait instinctivement la sensation d'avoir sa place. Qui aurait cru qu'un séjour de vacances décidé au dernier moment pouvait mener à un changement de vie aussi radical que gratifiant dans cette partie incroyable de l'Italie ?

Ils allaient vers Florence mais, avant d'atteindre la ville, ils prirent l'autoroute et entrèrent dans les collines de la région nommée Chianti.

Où allaient-ils ? Olivia reconnut l'embranchement qui menait à l'exploitation viticole d'une célébrité où elle avait apprécié une dégustation de vin et un dîner somptueux lors de son second rendez-vous avec Danilo. Regardant fixement le panneau, Olivia se souvint quelle excursion parfaite cela avait été. La dégustation de vin avait permis un après-midi de rire et de conversation dans un décor superbe et le dîner avait été l'opportunité idéale pour se rapprocher et parler de manière plus intime. Ils étaient repartis à sa ferme pour y boire du café et Danilo avait passé la nuit chez elle pour la toute première fois.

Le lendemain, Olivia avait eu l'impression de flotter sur un nuage mais, maintenant, elle craignait que Danilo n'ait trouvé la soirée moins parfaite qu'elle. Avait-elle été trop collante ? Elle avait essayé très fort de ne pas être collante du tout ! Ou alors, est-ce que Danilo s'était attendu à ce qu'elle s'engage plus ? se demanda-t-elle. N'avait-il pas été trop tôt pour parler de permanence ou pour formuler des déclarations d'amour ?

De l'autre côté, Danilo avait peut-être décidé que, depuis ce rendez-vous, les choses avançaient trop vite. Se sentait-il piégé après s'être attendu à quelque chose de plus décontracté ? se demanda-t-elle avec inquiétude en fronçant les sourcils. Ce ne fut que lorsque Vino Montagna fut hors de vue qu'elle réussit à écarter ses pensées perturbées.

Au-delà de cette exploitation viticole, cette partie de la Toscane lui était complètement inconnue. Elle semblait intacte et plus isolée que celle où se situait La Leggenda. Seul un village pittoresque, avec des clochers d'église en pierre qui pointaient vers le ciel, ponctuait parfois le panorama de collines.

— Ici, on tourne encore, dit Marcello d'un ton extrêmement satisfait en allant sur une route tranquille.

C'était visiblement une route qu'il connaissait bien. Il n'avait pas jeté le moindre coup d'œil à son GPS, alors que l'endroit était loin de La Leggenda. C'était le cœur de la région du Chianti Classico, savait Olivia, et, vu la notoriété mondiale de ces vins, elle était ravie qu'ils se rendent là-bas. Cependant, où allaient-ils exactement ?

De plus en plus curieuse, Olivia attendit que Marcello parte sur une autre route sinueuse et étroite qui menait à la ville pittoresque de Greve.

Quand Olivia observa les magasins à la signalétique très discrète et très belle par rapport à celle, agressive, que l'on trouvait aux États-Unis, elle remarqua un panneau discret qui annonçait : *Magasin de Vin du Castello di Verrazzano*.

— Nous allons au Castello di Verrazzano ! s'exclama Olivia.

L'endroit était une des exploitations viticoles biologiques les plus célèbres d'Italie. Olivia avait très envie d'en savoir plus sur leurs modes de culture, surtout depuis qu'elle avait entendu Nadia ou Antonio déplorer à quel point il était difficile de faire pousser des vignes en respectant ces paramètres stricts mais enrichissants. Nadia avait notamment l'habitude d'entrer dans la salle de dégustation en criant : « Les insectes ! Je déteste tous les insectes ! » quand ses vignes étaient mises à mal par les insectes locaux.

Olivia avait bien deviné. Marcello hocha la tête d'un air satisfait.

Juste à l'extérieur de la ville, ils remontèrent la colline vers l'exploitation viticole. Le château imposant, encadré de collines ondulantes couvertes de plantations de vignes, fut visible dès le moment où ils arrivèrent au sommet de la colline et Olivia eut le souffle coupé par l'émerveillement.

C'était un des châteaux les plus majestueux et les plus magnifiques qu'elle ait jamais vus. Il avait l'air parfaitement préservé, comme si le temps s'était écoulé doucement sur ses hauts murs de pierre et ses tours élégantes en ne faisant qu'apporter la patine des ans à sa splendeur.

— Quel endroit magnifique, murmura-t-elle.

— C'est un des bâtiments les plus beaux que je connaisse, acquiesça Marcello d'une voix pleine d'émotion.

Quand elle le regarda, Olivia constata qu'il avait le visage brillant de bonheur. Il était clair que Marcello connaissait bien cet endroit et qu'il l'adorait.

Olivia tendit le cou quand ils approchèrent des plantations de vignes. Ces vignes avaient l'air robustes et en bonne santé. Elle fut étonnée par la vivacité apparente des ceps ainsi que par la quantité de travail qu'il devait falloir effectuer pour entretenir des vignes aussi grandes. Est-ce qu'ils utilisaient des machines ? se demanda-t-elle. Elle espérait qu'ils auraient la possibilité de poser des questions.

Ils descendirent de la voiture. Olivia examina les hauts murs puis pivota sur elle-même pour contempler la vue panoramique sur les vignes qu'ils avaient longées en arrivant. À l'horizon, elle voyait la pierre dorée de la ville de Greve, nichée au milieu des collines.

Quel endroit magnifique ! Olivia n'aurait pas pu exiger un décor plus grandiose pour la scène sûrement insupportable qui allait bientôt se dérouler entre elle et Marcello. Heureusement, elle trouvait que le bâtiment solide qui s'élevait derrière elle la soutenait et son inquiétude se calma, remplacée par une ruée d'énergie positive.

— On entre ? proposa gentiment Marcello.

Ils entrèrent dans le hall frais au plafond élevé. Inspirant de manière admirative, Olivia pensa repérer un mélange complexe composé d'histoire, de vin et de l'arôme subtil de la nourriture. Une pâte croustillante, des tomates en cours de cuisson et une touche d'ail lui taquinèrent les sens de leur présence presque imperceptible.

Au lieu de suivre les panneaux qui indiquaient efficacement la direction de la salle de dégustation et du restaurant, Marcello salua d'un hochement de tête le jeune réceptionniste souriant avant de prendre l'autre direction. Olivia le suivit, mais elle se retrouva derrière lui quand Marcello passa une porte et se mit à monter un escalier raide en colimaçon.

La fraîcheur céda la place au froid et la pénombre à l'obscurité. La seule lumière disponible venait des globes qui luisaient faiblement au-dessus de leurs têtes. C'était une vraie visite de château ! Cet escalier caché avait dû être le domaine des serviteurs mais aussi, probablement, des amoureux. Qui sait, se dit Olivia avec un autre moment de doute.

— Nous allons bénéficier de la plus belle vue qui soit, poursuivit Marcello, allègrement inconscient des déchirements intérieurs d'Olivia. Contempler le Chianti depuis les remparts de ce château ancien est une manière favorable de commencer cette journée très spéciale. Ce château a une énergie positive.

Marcello marchait rapidement et l'escalier en colimaçon essouffla tellement Olivia qu'elle ne put que murmurer son approbation alors que son appréhension grandissait à chaque pas.

Plusieurs scénarios se heurtaient dans son esprit. Jamais elle n'aurait imaginé qu'elle rejetterait un jour les avances de son patron !

Pire encore, elle n'arrivait pas à arrêter de craindre que Danilo ne soit pas sérieusement amoureux d'elle. Si elle rejetait Marcello en croyant qu'elle était avec un autre homme alors qu'en fait elle ne l'était pas — eh bien, ce serait la pire décision de sa vie. Elle aurait tout perdu.

Après une montée qui lui parut longue, ils sortirent de l'escalier et parcoururent un couloir qui comportait de lourdes portes en bois à gauche et, à droite, plusieurs vues depuis des fenêtres hautes et étroites.

À la toute fin du couloir, le mur avait été démonté et un balcon en fer forgé à hauteur de taille avait été installé. Le souffle coupé, Olivia découvrit la vue, qui était mise en valeur de façon spectaculaire par le soleil bas de l'hiver.

C'était un mélange ravissant d'ordre et de chaos, comprit Olivia. Les forêts sauvages et touffues qui s'étendaient au bord du domaine étaient bridées par les bords des immenses plantations de vignes, qui striaient les flancs de collines de leurs lignes courbes. Des cyprès majestueux longeaient l'allée.

— C'est magnifique. *Magnifico*, dit-elle.

Marcello hocha la tête et, une fois de plus, Olivia fut étonnée de voir qu'il avait l'air de manquer d'assurance.

— Je t'ai emmenée ici pour une raison précise, dit-il, une raison très importante.

Il se tourna vers elle et la contempla, les yeux sombres, graves et écarquillés.

Olivia sentit sa bouche s'assécher. Ses pires craintes allaient se réaliser. Incapable de parler, le cœur battant la chamade sous l'effet de l'appréhension, elle attendit que Marcello lui annonce la nouvelle qui allait changer sa vie.

CHAPITRE SIX

— Olivia, je — commença à dire Marcello.

Soudain, venant de derrière eux, un beuglement joyeux mit fin à ce moment d'exception.

— Marcello Vescovi ! Tu es là !

Olivia et Marcello se retournèrent brusquement tous les deux pour faire face à l'homme qui avait parlé. Le visage de Marcello se remplit d'attente et de joie. Olivia se sentit faible mais soulagée que le moment qu'elle avait redouté ait été repoussé par cette rencontre opportune.

L'homme trapu aux cheveux gris qui approcha d'eux avait des traits marqués et un air d'autorité qu'il portait avec autant d'aisance que son manteau stylé Gucci. Olivia devina qu'il devait être le gestionnaire du domaine ou en charge de l'exploitation viticole. De plus, visiblement, Marcello était son ami et ils ne s'étaient pas vus depuis longtemps. Souriant d'une oreille à l'autre, l'homme serra fortement le grand Marcello dans ses bras et le salua en un italien rapide qu'Olivia arriva non sans fierté à comprendre dans l'ensemble.

L'homme reprochait à Marcello de ne pas être venu le voir plus souvent, le félicitait sur la qualité des vins de La Leggenda et exprimait son excitation sur une affaire à venir qui semblait importante. C'était là l'essentiel de la conversation, combiné avec beaucoup de mouvements des bras, de gestes, de cris de « *Mio Dio !* » et « *Strabiliante !* » et avec les réponses hilares de Marcello.

Passant à l'anglais, Marcello plaça un bras autour des épaules d'Olivia. Son toucher lui inspira un frisson d'inquiétude. Allait-il la présenter comme étant sa petite amie potentielle ?

— J'oublie mes manières. J'aurais dû te présenter tout de suite Olivia Glass, notre sommelière en chef. Olivia, je te présente Sergio Elmo, le directeur général de ce domaine. Il est en charge de la viticulture et a initié leur évolution vers le biologique.

— C'est un honneur de vous rencontrer, dit Olivia, soulagée que Marcello l'ait présentée en termes purement professionnels.

Ce qui la réjouissait encore plus, c'était que cet homme était une légende de l'industrie viticole toscane. Quand il lui serra chaleureusement la main, elle eut l'impression de saluer une star du cinéma.

— Tout le plaisir est pour moi. Marcello a parlé de vous en termes très élogieux, dit-il avec conviction.

Le compliment coupa le souffle à Olivia. C'était tellement gentil de la part de Marcello ! Cependant, vu les circonstances de la journée actuelle, elle ne put s'empêcher de s'inquiéter de ce qu'il avait dit exactement.

— Bien. Pour commencer, je suis sûr que vous voudrez visiter nos vignes, proposa Sergio.

— Ce serait un plaisir !

Une fois de plus, Olivia jeta un coup d'œil à la vue magnifique. Elle était impatiente d'en apprendre plus sur ce que Sergio avait dû faire pour produire ces vins de renommée mondiale tout en suivant un cahier des charges biologique.

Guidés par Sergio, ils redescendirent l'escalier étroit. À cause de l'obscurité qui y régnait, Olivia fut heureuse de pouvoir s'appuyer sur la solide balustrade en bois qui courait le long du mur extérieur.

Sergio sortit par l'entrée principale, passa devant un grand groupe de touristes, longea les murs du château, les emmena sur un sentier pavé puis tourna dans les champs verdoyants qui s'étendaient au-delà.

— Notre domaine occupe cette même zone de la région de Chianti depuis plus de mille ans, lui dit Sergio en suivant un sentier sablonneux qui passait entre deux plantations de vignes hautes et en bonne santé.

Mille ans ? Olivia avait du mal à comprendre comment un domaine pouvait rester stable et établi pendant si longtemps.

— Quelle surface occupe-t-il ? demanda-t-elle. Et quelle proportion est couverte de vignes ?

— Le domaine comprend une totalité de quatre-vingt-treize hectares. Sur cette surface totale, environ une moitié est couverte de vignes. Le sol local est pierreux, mais riche en calcaire.

Olivia reprit du courage. Sa ferme était pierreuse, elle aussi. Or, les vignes de Castello di Verrazzano étaient très productives. Elle espéra qu'elle arriverait à rendre sa ferme plus fertile en moins de mille ans. Elle avait déjà trente-quatre ans, après tout.

— Nous renouvelons nos vignes de manière régulière et en suivant un emploi du temps spécialisé. Ainsi, nos ceps ont un âge moyen d'environ douze ans, expliqua Sergio.

— Comment divisez-vous vos plantations ? demanda Marcello.

— Nous essayons de faire pousser chaque type de raisin sur le sol qui lui convient le mieux. Ce domaine pourrait sembler être le même partout mais, pour une vigne, il comporte mille sols différents, chacun avec ses qualités et son microclimat intrinsèques. En tant que gardiens de ces ceps précieux, notre mission est de choisir où chacun d'entre eux doit pousser et où il pourra prospérer au mieux. Le type de sol associé à la manière dont nous gérons la pousse et la récolte, puis notre exposition, essentiellement à l'est, voilà les facteurs qui apportent un goût et une qualité uniques à tous nos vins.

Olivia se sentit inspirée par ces informations. Elle était impressionnée par la maîtrise qu'il fallait pour fournir une qualité reconnaissable à chaque vin produit dans ce domaine. Aurait-elle jamais l'expertise requise pour faire ça ? Elle repensa avec espoir à la petite production de vin de glace qui était en train de mûrir dans sa grange.

— Faites-vous pousser surtout des raisins sangiovese ? demanda-t-elle, imaginant que cela devait être la variété la plus populaire au cœur de la région de Chianti.

— Oui. Les différents variétaux du sangiovese sont bien évidemment les héros des vins rouges pour lesquels nous sommes connus. Nous faisons aussi pousser du merlot, du canaiolo, du cabernet sauvignon et du colorino. Enfin, nous avons aussi des petites plantations de raisins blancs.

Alors qu'ils avançaient entre les vignes, Olivia fut à nouveau impressionnée en voyant à quel point elles avaient l'air en bonne santé et bien entretenues. Elle était étonnée que cela puisse se faire en utilisant une fertilisation et un entretien complètement biologiques.

— Nous éliminons les mauvaises herbes de façon mécanique. Après tout, les humains ont des limites et les mauvaises herbes sont tenaces, dit Sergio en riant, mais tous nos raisins sont récoltés à la main.

— Vous pratiquez l'enherbement, n'est-ce pas ? demanda Marcello.

Quand il posa cette question, Olivia se rendit compte de ce que ces plantations avaient de si différent. Il y poussait de l'herbe partout, même sous les vignes. Ils marchaient sur un des rares sentiers désherbés qu'elle voyait et il était vraiment étroit. Elle n'avait jamais vu ça, même si, récemment, elle avait remarqué que les plantations de La Leggenda avaient l'air moins entretenues que d'habitude. Étaient-ils en train d'y introduire cette pratique ?

— En viticulture traditionnelle, on utilise des pesticides pour dégager cet espace, mais nous pensons que c'est dépassé et que nous pouvons mieux travailler avec la nature. L'enherbement le permet. S'il est effectué correctement, il a beaucoup d'avantages, dit Sergio avec enthousiasme. Bien sûr, dans tout ce que nous faisons, notre but principal est de favoriser la santé naturelle des vignes et de réduire le besoin en pesticides, comme l'exige notre réglementation entièrement biologique. L'enherbement favorise énormément la biodiversité dans les champs et les vignes sont en meilleure santé. En fait, il réduit la pousse de vignes non voulues car, maintenant, il y a de la concurrence pour le sol sous les ceps. Cela empêche l'érosion et cela permet à l'eau de s'évaporer moins vite.

En absorbant ces informations, Olivia sentait mille idées lui venir. Elle voulait une ferme biologique, elle aussi. Comme ça, elle pourrait peut-être se passer de se fatiguer le dos en essayant d'arracher toutes les mauvaises herbes qui envahissaient ses vignes. Cela avait toujours été une tâche décourageante qu'elle avait complètement abandonnée quand elle avait eu trop de travail ou par mauvais temps.

— Et si on allait à la cave, maintenant ?

Sergio tourna à gauche et prit un des autres sentiers rares, qui remmenait au château.

Olivia jeta un coup d'œil à Marcello, qui avait l'air d'absorber ces connaissances étonnantes avec autant de passion qu'elle. Cela pourrait transformer ce qu'ils faisaient à La Leggenda et améliorer leurs pratiques viticoles.

Olivia était étonnée par tout ce qu'ils avaient appris en juste quelques minutes de promenade dans cette propriété magique. S'ils y passaient une journée entière ou même une semaine, ils apprendraient des quantités de choses !

Ils contournèrent le château à la suite de Sergio. Si tôt le matin, les caves souterraines n'étaient pas encore ouvertes au public mais, dès que l'employé élégamment vêtu vit approcher Sergio, il déverrouilla rapidement la serrure métallique grinçante et ouvrit en grand l'énorme porte.

— La cave date du seizième siècle, dit Sergio. Nous plaçons nos tonneaux le long des couloirs internes pour mieux les protéger contre les variations de température.

Olivia trouva que c'était une des caves les plus évocatrices qu'elle ait jamais vues. Suivant Sergio dans ses profondeurs obscures, elle inspira l'odeur complexe du chêne, du vin en cours de maturation et l'atmosphère d'histoire ancienne qui remplissait l'air d'une légère odeur de moisi.

Elle aurait aimé savoir plus tôt à quel point cet endroit était unique ; comme ça, elle aurait pu prévoir d'y venir avec Danilo. Cela aurait été une expérience mémorable à partager ensemble. Cependant, elle craignait que cet endroit ne génère aussi des souvenirs embarrassants !

— Par ici, dit Sergio en les emmenant dans un couloir en pente.

L'éclairage était tamisé, peut-être pour fournir un environnement stable au vin qui mûrissait dans les énormes tonneaux en chêne qui ponctuaient leur avancée, installés comme des gardiens le long du couloir.

Sergio déverrouilla une porte en acier en faisant cliqueter ses clés dans la serrure. Quand la porte s'ouvrit, ils entrèrent dans une petite salle voûtée. On avait installé un long casier à bouteilles le long du mur du fond.

— Voici notre zone de stockage la plus exclusive. En général, les visiteurs n'ont pas le droit d'y entrer ; nous ne l'ouvrons que pour les clients très spéciaux. Ici, nous conservons les bouteilles de nos meilleurs crus depuis 1924.

Olivia contempla les rangées de vins avec ravissement. Cependant, Sergio avait une autre surprise pour eux. Il alla à un des tonneaux énormes qui servaient de tables, prit une bouteille de vin dans le côté le plus proche du casier et l'ouvrit.

— Ce vin n'est pas historique. Il fait partie de notre cru d'il y a deux ans, dont nous sommes très fiers. Je vous propose de goûter un de nos chiantis les plus réussis.

Olivia eut l'impression de vivre une expérience surnaturelle quand elle fit tourner et goûta ce magnifique Chianti, encore stupéfaite d'avoir la possibilité de découvrir ce vin au fond d'une des caves les plus anciennes de l'Italie.

Quel arôme superbe, se dit-elle avec admiration.

Elle croisa le regard souriant de Marcello. Il la contemplait avec une expression chaleureuse et intense. Ou alors, était-ce son imagination qui lui jouait des tours ? se demanda Olivia avec inquiétude avant de s'empresser de se retourner vers son vin.

Heureusement, Sergio mit fin à ce moment embarrassant en parlant à Olivia.

— Vous êtes Americano, pas vrai ? demanda-t-il.

— Oui, c'est exact, admit Olivia.

— Votre pays a un lien distant avec ce château. En fait, Giovanni da Verrazzano, qui a découvert la baie de New York au quinzième siècle, est né ici en 1485. Le pont de Verrazzano de New York porte son nom.

— Vraiment ?

Olivia fut enchantée de l'apprendre. Cette journée lui permettait d'agrandir sa culture dans tous les domaines.

— Merci pour cette expérience, dit-elle en reposant son verre.

Sergio regardait vers la porte et Olivia devina que, dans quelques minutes, les hordes quotidiennes de touristes allaient commencer à arriver. Sergio voulait certainement que cette salle spéciale aux vins précieux soit bien verrouillée.

— On se voit la semaine prochaine, dit Sergio à Marcello pendant qu'ils repartaient dans le passage.

À la porte, ils se serrèrent chaleureusement la main puis Sergio se précipita dans la direction opposée et monta dans un autre escalier caché avant de disparaître dans le labyrinthe du château.

Alors, Olivia se retrouva à nouveau seule avec Marcello.

Il s'écarta des lignes de touristes qui se formaient devant l'entrée de la cave et Olivia sentit son embarras renaître. Elle avait tellement été captivée par l'expérience qu'ils venaient de vivre qu'elle avait quasiment oublié ce qui l'attendait.

— J'ai quelque chose d'important à te dire, Olivia, dit Marcello.

Les appréhensions d'Olivia refirent surface et elle attendit qu'il parle.

CHAPITRE SEPT

Marcello regardait Olivia d'un air résolu, les yeux étincelants. Il semblait optimiste et excité mais, bizarrement, encore tendu. Quant à Olivia, elle avait l'impression que ses intestins étaient au sèche-linge. Elle contemplait Marcello en essayant de conserver un comportement détaché compétent et en espérant que son estomac n'allait pas laisser échapper un gargouillis audible.

— On m'a proposé une opportunité étonnante, une chance unique, en fait, lui dit doucement Marcello.

Olivia sentit la tension se dissiper en elle. Cela ne ressemblait pas au commencement d'une déclaration d'amour. Cela semblait différent et, en fait, plus sérieux.

— Quelle opportunité ? demanda-t-elle.

Soudain, elle eut peur pour une raison entièrement différente. Et si Marcello allait vendre La Leggenda ou changer complètement de vie ? Olivia commença à craindre que la vie qu'elle aimait et sur laquelle elle comptait ne disparaisse à cause de ce que Marcello allait dire.

— Sergio m'a invité à passer quelques mois ici pour y suivre un tutorat intensif avec lui. Il a constaté qu'il fallait qu'il enseigne à d'autres exploitations viticoles les principes de la viticulture biologique et il a remarqué que nous avions réussi à La Leggenda, bien qu'à plus petite échelle.

Olivia eut le souffle coupé. Ce n'était pas juste une opportunité incroyable, mais aussi un énorme compliment à Marcello. C'était normal qu'il ait l'air aussi excité et nerveux. Elle avait complètement deviné de travers.

Cependant, à ce moment-là, elle comprit enfin les implications complètes de ce changement.

Marcello n'allait plus être à La Leggenda ! L'exploitation viticole allait-elle pouvoir se débrouiller sans son directeur ? Il y avait tant de décisions à prendre au jour le jour, certaines à la volée, d'autres après mûre considération. Tout cela exigeait la maturité et le jugement que Marcello, âgé de quarante ans, avait acquis pendant toute une vie d'expérience sur son domaine adoré.

Il ne s'occuperait plus de ces opérations, pas pendant seulement quelques jours (le congé le plus long qu'Olivia l'avait vu prendre avait été un week-end de pêche avec des amis) mais pendant des mois.

— Je vois à ton visage que tu penses à la même chose que moi, dit Marcello. C'est une opportunité dont je n'aurais jamais imaginé bénéficier, mais chaque opportunité comporte un sacrifice.

— Je comprends, dit solennellement Olivia en appréciant le poids d'une telle décision à sa juste valeur.

— C'est vraiment une proposition bouleversante. Quand Sergio me l'a faite il y a une semaine, j'ai été ravi au-delà de ce que peuvent dire les mots. Cependant, en même temps, j'y ai réfléchi avec soin. Après tout, notre entreprise doit passer en premier, même si la quête pour la croissance et l'apprentissage nous appelle.

— Absolument, convint Olivia.

— Quand il y a tant de choses en jeu, prendre la bonne décision n'est jamais facile. Or, je n'aurais jamais pu accepter cette proposition (comme je l'ai fait) si je n'avais pas bénéficié d'une équipe aussi dévouée et déterminée que celle de La Leggenda. Tu es toi-même, Olivia, très précieuse pour notre entreprise. J'admire la vitesse à laquelle tu as appris, assumé toutes tes responsabilités et demandé à en acquérir d'autres. J'apprécie aussi ta passion pour notre exploitation viticole.

— Merci, dit Olivia, se sentant grandie par le compliment, car l'encouragement de Marcello faisait brûler fortement en elle le feu intérieur de sa passion.

— J'ai réservé une table pour qu'on déjeune tôt, dit Marcello. Je veux ainsi te remercier pour ce que tu as fait pour nous et aussi te parler du rôle que tu joueras dans les quelques prochains mois. Le restaurant du château est superbe. On y va ?

Olivia se rendit soudain compte qu'elle avait très faim. Quittant les caves, elle accompagna Marcello au restaurant. Seulement, ils n'entrèrent pas directement dans le restaurant. En fait, Marcello se dirigea vers des dépendances voisines nichées sur une pente abrupte.

— Castello di Verrazzano a plus d'intérêts que le vin en soi. La propriété accueille des sangliers sauvages, produit du miel, du vinaigre balsamique et une énorme sélection de fromages sur site. C'est incroyable. Avant de manger, je voulais explorer la propriété avec toi, pour voir où ils font sécher les viandes et visiter la fromagerie.

Après avoir ouvert et fermé une porte à moustiquaire, ils arrivèrent dans un intérieur frais où flottait un arôme épicé de gibier. Olivia contempla avec stupéfaction les centaines de viandes en cours de séchage qui pendaient au plafond de l'autre côté du comptoir. L'air était riche de leur saveur fortement épicée. Olivia n'aurait jamais cru que cette exploitation viticole produisait une telle quantité de viandes.

— D'où vient la matière première ? demanda-t-elle.

— De cette ferme et de fermes voisines. Tous ces produits sont locaux, expliqua Marcello pendant que l'employé à tablier blanc les accueillait d'un aimable « *Buon giorno* ».

Olivia hocha la tête, admirative. Elle trouvait tout à fait cohérent que la production de ces viandes visiblement excellentes s'effectue en suivant la même philosophie qu'avec les autres produits de l'exploitation viticole. Elle inspira à nouveau l'odeur riche, somptueuse et substantielle.

— Si nous partons maintenant, je t'emmènerai dans un bâtiment que j'aime encore plus.

Quand Marcello avait dit « fromagerie », Olivia ne s'était pas attendue à découvrir une salle pleine de caractère remplie de fromages de toutes formes et tailles placés sur des étagères et dans des alcôves qui couvraient ses murs longs et hauts. Il y avait une énorme tome de parmesan qu'elle trouva immédiatement irrésistible. Elle aurait aimé la remmener chez elle, si elle avait pu rentrer dans sa voiture ! En contemplant les immenses côtés courbés des divers fromages et en inspirant leurs arômes riches et vigoureux, Olivia se rappela de la raison pour laquelle le fromage avait pour elle une des odeurs les plus caractéristiques de l'Italie.

— Bien sûr, tous ces fromages sont fabriqués sur site, dit Marcello.

— Je vois qu'il y a des fromages de chèvre, fit observer Olivia, contente que ce soit un domaine où leur exploitation viticole pourrait s'améliorer immédiatement, grâce aux chèvres de La Leggenda.

— Oui. Ils ont un grand troupeau ici et ils utilisent aussi des produits laitiers locaux, ainsi que des bufflonnes élevées aux alentours pour fabriquer la mozzarella.

Olivia se demanda si La Leggenda serait un endroit approprié pour élever des bufflonnes. Elle espérait que Marcello pourrait se renseigner sur ce qu'il fallait faire pour cela. Elle avait l'impression que les bufflonnes risquaient d'être moins faciles à gérer que les chèvres, mais cela en vaudrait sûrement la peine, n'est-ce pas ? Elle adorait la mozzarella de bufflonne !

— Maintenant, on va manger, dit Marcello, qui dut quasiment traîner Olivia hors de la fromagerie, car elle aurait voulu s'enchaîner au comptoir et ne jamais partir.

En voyant ces salles, Olivia se disait que, à La Leggenda, ils pourraient aussi accroître leurs autres propositions. Le tourisme du fromage ! pensa-t-elle avec enthousiasme.

Quand ils entrèrent dans le restaurant luxueusement meublé, le directeur les emmena à une table située dans un coin douillet près d'un feu vif. Après s'être promenée dans le froid venteux, Olivia fut très heureuse de pouvoir profiter de la chaleur intense de ce feu.

Le serveur leur apporta une petite salade subtile et appétissante composée de légumes verts frais, de roquette épicée et de haricots blancs avec une sauce qu'Olivia aurait voulu pouvoir cuisiner elle-même, alors qu'elle savait que, même après des années de tentatives, elle n'obtiendrait jamais le même goût fort d'herbes.

— Je me suis dit que, avec notre entrée, nous pourrions apprécier le rosé de ce domaine, dit Marcello.

Quand le serveur versa le vin, Olivia le contempla avec émerveillement. Il était d'une couleur plus pâle et plus proche de la pêche que celui qu'elle avait créé, mais l'arôme était incroyable.

— On dirait que l'été a atterri dans le verre ! s'exclama-t-elle, et Marcello rit.

— Oui, l'été dans un verre, c'est la façon idéale de décrire ce vin, convint-il.

Olivia le sirota en souriant. Certes, il avait également le goût de l'été : frais, parfumé et avec une pointe joyeuse de fruit. Quel triomphe ! Quand elle repensa au magnifique Chianti qu'elle avait goûté dans la cave, Olivia se rendit compte que, même si ce vin-ci n'aurait pas pu être plus différent, il avait quand même des qualités similaires et cette saveur caractéristique subtile qui était le but du domaine, selon les explications du viticulteur.

La salade d'Olivia disparut en seulement quelques bouchées et ce fut une bonne chose parce que, presque immédiatement, le serveur posa une assiette généreusement remplie d'antipasti sur la table.

Quand Olivia contempla d'un air affamé le salami bien découpé, le jambon parfaitement séché, les tranches crémeuses de fromage et le ciabatta croustillant, elle fut ravie de goûter les produits qu'elle venait de voir dans les magasins du château et d'apprécier les résultats de tous les efforts et de toute l'expertise qui avaient été nécessaires à leur création.

Commençant sa dégustation avec méthode, elle essaya successivement un petit morceau de tout ce qu'il y avait sur l'assiette. Le salami épicé et poivré serait sa viande préférée, décida-t-elle. Cependant, elle essaya ensuite le jambon de Parme délicat et très fin et ne sut plus ce qu'elle préférait. Ils étaient aussi bons l'un que l'autre !

— C'est excellent, dit Olivia en rompant le silence qui avait été rempli de mastications reconnaissantes. Marcello, je vois exactement à quel point cette opportunité sera précieuse. Cet endroit a beaucoup d'aspects qui le rendent unique, beaucoup de choses à nous enseigner. Enfin, rien que la viticulture pourrait nous faire progresser de manière spectaculaire !

— Exactement. Cela m'emmène à ma décision suivante : l'attribution des responsabilités pendant mon absence, dit Marcello, dont le visage redevint grave.

— Bien sûr, acquiesça Olivia en se demandant comment il allait répartir les tâches.

— C'est pour cela que je t'ai emmenée ici, dit Marcello.

Le cœur d'Olivia accéléra. Donc, cette discussion allait révéler le véritable but de leur excursion ?

— Pourquoi ? demanda-t-elle.

— J'ai décidé qu'il nous fallait une personne pour assumer mes responsabilités, une personne capable, compétente, expérimentée, qui travaille dur et soit capable d'effectuer la gestion quotidienne de l'activité et de me remplacer sur ce plan-là.

Olivia hocha la tête. Cette conversation prenait une direction à laquelle elle ne s'était certainement pas attendue. Elle n'osait pas espérer ce qu'il allait dire ensuite. Donc, elle lui demanda en haletant :

— Sais-tu qui serait la bonne personne ?

— J'ai un choix difficile à faire, lui dit Marcello, dont le visage était maintenant aussi grave qu'elle l'avait jamais vu. Je dois choisir entre toi et Gabriella.

Olivia le contempla sans dire un mot. Elle avait l'impression qu'une bombe venait d'atterrir sur la table à la nappe blanche.

CHAPITRE HUIT

Olivia ne savait pas quoi répondre à l'annonce bouleversante de Marcello.

Il allait choisir entre elle et Gabriella ?

Gabriella ?

Faisant tout son possible pour que ses émotions tumultueuses n'apparaissent pas sur son visage, elle hocha la tête de façon pensive, même si elle sentait que son œil droit commençait à tressaillir de manière incontrôlable. Elle espérait que Marcello ne l'avait pas remarqué. Après tout, dorénavant, il faudrait qu'elle prouve qu'elle était calme et mature, capable de gérer les personnalités de tous les employés de l'exploitation viticole ainsi que sa gestion au jour le jour. Cependant, en son for intérieur, elle paniquait. Il ne s'agissait pas simplement d'un transfert de devoirs. Selon sa réussite, sa carrière pourrait avancer ou se terminer désastreusement.

— Je suis extrêmement fière et honorée que tu aies pensé à moi et, visiblement, cela serait extraordinaire pour moi si je pouvais accepter ce poste, commença-t-elle à dire en souhaitant que son œil veuille bien arrêter ses convulsions et que sa voix soit moins stridente.

Elle n'avait aucun doute que, si on lui confiait la direction de l'exploitation viticole, Gabriella rendrait sa vie insupportable.

Elle se demanda frénétiquement si elle pourrait influencer Marcello.

Olivia savait que ce moment serait décisif. Elle allait devoir le gérer intelligemment. Elle pouvait pas faire ce qu'elle voulait, c'est-à-dire éclater en sanglots, s'allonger par terre, s'accrocher aux chevilles de Marcello et le supplier de ne pas placer cette sorcière toxique accessoirement restauratrice à la tête de toute l'exploitation !

— Je sais que, Gabriella et moi, nous avons toutes deux des qualités qui apporteraient de la valeur à cette période transitoire et je vois pourquoi c'est une décision difficile à prendre, car nous disposons toutes les deux d'atouts différents, dit Olivia. De mon côté, j'espère que mon déménagement des États-Unis en Toscane a montré ma passion et mon engagement pour ma nouvelle carrière dans le vin. Cette opportunité me ferait progresser énormément et j'en serais énormément reconnaissante.

En ce moment stressant, elle se rendit compte qu'elle était de retour à la table de la salle du conseil d'administration de JCreative, à Chicago, où elle avait passé des heures sans nombre à se creuser la cervelle pour se tirer de situations intenables. Cent fois, elle avait été forcée de prononcer des paroles calmes pendant que son cerveau hurlait de panique. À chacune de ces fois, d'une façon ou d'une autre, Olivia avait trouvé un moyen de tenir ses promesses impossibles.

Ce qui était sûr, c'était que ça n'avait pas été facile !

Elle avait cru que ces jours appartenaient au passé, mais l'expérience qu'elle avait acquise lors de ces séances stressantes pourrait peut-être lui être utile maintenant.

— Tu as raison, convint Marcello après un moment de silence.

Elle trouva qu'il avait l'air étonné. C'était peut-être une bonne chose. Ou peut-être pas ? Aurait-elle dû choisir une approche émotionnelle, y aller à fond et s'accrocher quand même à ses chevilles ?

Est-ce que Marcello pensait que la passion comptait plus que le bon sens ?

L'estomac d'Olivia se noua quand elle se rendit compte qu'elle avait peut-être géré ce moment crucial, sa seule chance, de manière complètement inappropriée. Elle avait oublié qu'elle n'était pas dans les neiges de Chicago, mais dans la Toscane venteuse, où régnait la passion méditerranéenne.

Elle n'y pouvait plus rien, maintenant ! Elle devait suivre la route qu'elle avait choisie. D'un ton raisonnable et, heureusement, moins strident, elle continua.

— Selon toi, quels seraient les aspects les plus importants de ton remplacement ?

On avait constamment appris à Olivia à toujours poser des questions au client. Elle se souvint des milliers de fois où James, son ex-patron, avait hurlé à son équipe :

— Les suppositions, ça ne donne que des imbécillités !

Ce fut alors au tour de Marcello de prendre un air calme et pensif.

— Je pense que la personne que je choisirai devra avoir une connaissance et une expérience profondes de mon exploitation viticole, dit-il.

Olivia dut se retenir de se mordre la lèvre. Elle était déficiente sur ce point. Ce n'était pas sa faute, mais simplement parce qu'elle avait passé peu de temps à La Leggenda. Gabriella y avait passé deux ans et Olivia devait admettre à contrecœur que, bien qu'extrêmement

46

désagréable, son adversaire était à la fois intelligente et perspicace. Telle une éponge, elle absorbait les informations, même si elle les utilisait ensuite de manière souvent néfaste. De plus, elle avait l'avantage d'avoir passé beaucoup de temps personnel avec Marcello. Pendant leurs moments intimes, il avait peut-être laissé échapper des informations essentielles sur le fonctionnement de l'exploitation viticole, se dit Olivia avec agacement.

— Absolument, convint-elle comme si elle évaluait à leur juste valeur les informations importantes et lourdes de conséquences qui avaient été fournies.

Une fois de plus, elle pensa que Marcello avait eu l'air brièvement surpris.

— Quoi d'autre ? demanda-t-elle.

— La personne doit accepter d'apprendre et savoir le faire. Elle doit avoir de l'enthousiasme et de la passion pour le vin, dit Marcello avec plus d'animation.

Eh bien, Olivia espérait qu'elle était favorite dans ces deux catégories. Elle se rendit compte que cette conversation ressemblait à un entretien d'embauche. Son premier entretien à La Leggenda avait été gagné d'avance, par rapport à la pression qui caractérisait celui-là.

— Oui, je vois que ces choses-là seraient vitales. Quoi d'autre ? demanda-t-elle.

— Je travaille longtemps, avoua Marcello avec un sourire triste. Celle qui assumera ce rôle devra être préparée à travailler en moyenne douze heures par jour. Je sais que ce n'est pas idéal. Je me dis constamment qu'il faudrait que je prenne mes distances, que je délègue des tâches ou que je me détende simplement le soir mais, maintenant que nous avons des canaux de distribution aux États-Unis, il y a parfois des choses à faire de toute urgence tard le soir.

Olivia sentit qu'elle avait peut-être un petit avantage sur ce point. Après tout, elle était des États-Unis. Grâce au nombre de fois que sa mère l'appelait après minuit, oubliant le décalage horaire parce qu'elle voulait parler à Olivia d'une excellente offre d'emploi au pays ou d'un appartement qui venait de se libérer à la location dans leur quartier, elle savait qu'elle pouvait rester calme et être raisonnablement cohérente quelle que soit l'heure de la journée.

— Je suis une couche-tard, annonça-t-elle en espérant que Marcello ne déduirait pas de ses arrivées à l'exploitation viticole le matin qu'elle était plutôt une lève-tôt.

— Ensuite, il y a la question des relations avec tous nos distributeurs locaux.

Maintenant, Marcello avait l'air plein de regrets et Olivia sentit la délicieuse nourriture tourner dans son estomac quand il continua.

— Beaucoup d'entre eux sont des Italiens de souche, originaires de villes et de villages locaux. Il faut que nous arrivions à poursuivre nos relations avec eux sans accroc.

Olivia sentit le découragement l'envahir. Bien sûr, pour traiter avec tant de locaux, la maîtrise de l'italien serait essentielle. Les ventes et la distribution étaient une affaire de relations. Olivia aurait voulu avoir appris l'italien à l'école. En fait, elle commençait à se dire qu'elle aurait dû naître ici. C'était un inconvénient majeur. Même l'organisatrice du Platinum Tour avait repéré ses déficiences linguistiques dans une simple salutation.

Elle sentit le regret prendre le dessus, car cela pourrait être le facteur décisif. Cependant, elle fit de son mieux pour le dissimuler.

— Marcello, il y a beaucoup de choses à prendre en considération. Tu dois avoir beaucoup de mal à décider qui serait la meilleure gestionnaire de ton entreprise. Je sais que tu choisiras la meilleure personne. Bien sûr, je serais extrêmement fière si c'était moi et je ferais de mon mieux pour satisfaire tes exigences et pour travailler dans les domaines où j'ai besoin de m'améliorer.

Même si elle avait fait de son mieux, Marcello avait encore l'air indécis, comme s'il venait de comprendre que le problème linguistique serait un obstacle immense.

Serrant les dents, Olivia décida de dire l'impensable.

— J'ai une mentalité d'équipe, dit-elle même si, dans ce cas-là, c'était tout sauf le cas ! Si tu décidais qu'il vaudrait mieux que nous partagions les responsabilités, je travaillerai volontiers avec toi et Gabriella pour les répartir. Nous pouvons y arriver. Nous devons faire tout notre possible pour l'exploitation viticole. Quand prendras-tu ta décision ? demanda Olivia en se sentant légèrement nauséeuse.

— Dès que le Platinum Tour sera terminé, j'annoncerai mon choix, lui dit gravement Marcello.

Olivia sentit la tension s'accroître en elle. Visiblement, Marcello allait baser sa décision finale sur la journée d'accueil pour laquelle elle avait voté. Soudain, la pression qu'elle sentait aux épaules lui sembla peser aussi lourd que du plomb. Cet événement allait être décisif pour sa carrière et aussi pour l'exploitation viticole.

À présent, son avenir à La Leggenda dépendait du succès de cet événement.

CHAPITRE NEUF

Olivia n'aurait jamais pu prévoir que son excursion se terminerait dans une ambiance aussi exténuante. Quand elle arriva à la maison avec Erba, le soir tombait et elle avait les nerfs en pelote.

Finalement, elle pouvait se permettre de lever les yeux au ciel et de hurler désespérément, comme elle avait voulu le faire depuis que Marcello avait annoncé son choix.

— Noooon ! cria Olivia au ciel, heureuse qu'il n'y ait pas de voisins assez proches pour entendre son hurlement de désespoir.

Son estomac se nouait parce qu'elle savait que les deux mois suivants seraient le défi le plus gratifiant de sa vie ou alors un épisode atroce qui lui donnerait envie de rentrer à Chicago. Or, la décision finale ne serait prise qu'après un événement qui n'avait pas encore eu lieu et sur lequel elle n'avait qu'un contrôle partiel.

— Erba ! Que vais-je faire ?

Erba semblait indifférente. Elle se dirigeait joyeusement vers sa maison d'enfant en s'attendant à ce qu'Olivia la nourrisse.

Olivia le fit. Elle contourna sa ferme à toute vitesse derrière sa chèvre et sortit un gros morceau de foin et un petit de luzerne pour son repas.

Quand elle rentra dans la maison, son téléphone vibra. Danilo avait envoyé un message.

— *Hé, Olivia, ça te dirait, une pizza ce soir ?*

Et comment ! Cela faisait beaucoup trop longtemps qu'elle n'était pas allée à son restaurant local pour y apprécier les pizzas qui, selon elle, étaient les meilleures de toute l'Italie.

— *Dans une heure ?* répondit-elle avant de recevoir avec joie un pouce levé envoyé par Danilo.

Cependant, quand le doute revint et qu'elle relut l'invitation, elle la trouva trop amicale et pas assez romantique.

Danilo était-il vraiment sérieux ? Que signifiait vraiment cette relation ?

Quand Olivia alla dans la cuisine pour nourrir Pirate, elle se rendit compte qu'elle était la proie d'émotions conflictuelles.

Ce fut après coup qu'elle décida de placer la gamelle de Pirate dans le porte-chats. L'idée lui était venue soudainement et, même si elle n'avait aucun espoir qu'elle fonctionne, elle espérait que, si Pirate voyait qu'elle plaçait de la nourriture à l'intérieur du porte-chat, il se débattrait moins violemment la prochaine fois qu'elle l'y placerait.

À son grand étonnement, Pirate jeta un coup d'œil méfiant par la porte grillagée ouverte, renifla l'embrasure de la porte puis s'y introduisit lentement tel un léopard !

— Pirate ! murmura Olivia.

Elle bondit en avant et ferma la porte au moment même as le chat outré reculait brusquement.

Olivia n'en croyait pas ses yeux ! Après cette journée très stressante, elle avait réussi à résoudre un problème qui l'avait préoccupée pendant des mois.

— Je suis vraiment désolée, dit Olivia en sortant la main de la trajectoire d'une patte enragée qui cherchait à la griffer par la porte avec des griffes affûtées comme des couteaux. Nous allons chez le vétérinaire tout de suite. Tout de suite, tu m'entends ?

Elle ramassa le porte-chat, qui remuait furieusement à cause du chat qui se débattait à l'intérieur. Des croquettes tombèrent de la gamelle renversée et se répandirent sur le sol de la cuisine. Quand Olivia repartit rapidement vers sa voiture, elle se sentit soulagée parce qu'elle allait retrouver Danilo au restaurant ce soir. En effet, lui cuisiner un repas dans une cuisine ordonnée serait au-delà de ses capacités pour l'instant.

Heureusement, le vétérinaire était près de chez Olivia, de son côté du village. Olivia aimait toujours aller au village local le soir. Les lumières des maisons et des appartements scintillaient dans le crépuscule et le château en ruines qui s'élevait à l'entrée de la ville était discrètement éclairé par des projecteurs, ce qui donnait l'impression que la vieille pierre luisait de l'intérieur.

Cette fois, Olivia eut peu de temps pour apprécier l'aspect pittoresque de ses alentours. Elle était assourdie par des miaulements furieux venant du siège arrière et craignait que Pirate n'arrive à s'échapper d'une façon ou d'une autre. S'il réussissait à sortir du porte-chats et à s'enfuir, elle ne le reverrait jamais !

Elle se gara devant chez le vétérinaire, saisit le porte-chat et se précipita à l'intérieur.

— J'ai besoin de faire castrer Pirate, dit-elle à l'employée, qui s'occupait du dernier client de la journée.

L'employée aimable lui sourit. Comme elle avait déjà vendu à Olivia des remèdes contre les puces, du vermifuge et de la nourriture pour chat, elle connaissait les antécédents de Pirate.

— Vous avez finalement réussi à l'attraper ? dit-elle avec admiration.

— Je suis vraiment soulagée, admit Olivia.

— Nous allons le garder pour la nuit. Le vétérinaire a deux autres opérations à effectuer tôt demain matin, donc, nous pouvons l'ajouter à la liste. Si tout se passe bien, vous devriez pouvoir récupérer Pirate après neuf heures.

C'était juste avant son départ pour le travail.

— OK, à demain. Merci !

Olivia tendit le porte-chat à l'employée, sentant son estomac se nouer en entendant les sons maintenant pitoyables qui en sortaient. Pirate avait cessé de la menacer et, maintenant, il la suppliait ! Elle avait pitié de lui, car il allait devoir passer une nuit dans un endroit inconnu et très effrayant. Comme il avait été sauvage quand Olivia l'avait adopté, il n'était sûrement jamais allé chez le vétérinaire.

Redressant les épaules, Olivia se rappela qu'elle devait être ferme. Il fallait castrer Pirate ! Elle ne voulait pas qu'il erre çà et là et engendre des générations de chatons qui grandiraient sans domicile, comme lui. Enfin, il était en retard pour ses piqûres.

Une nuit dans l'arrière-salle chauffée du vétérinaire serait un petit prix à payer pour passer une vie en sécurité et en bonne santé, se dit Olivia en espérant que, si elle se concentrait sur les aspects positifs, elle souffrirait moins en entendant ces miaulements désespérés.

*

Quand elle arriva à la pizzeria juste quelques minutes plus tard, elle vit que la voiture de Danilo était déjà dans le parking. Il enlevait sa veste du coffre et elle fut contente de voir qu'il portait le pull noir qu'elle lui avait acheté et qui allait parfaitement bien à ses épaules larges et musclées.

Sa coiffure changeait tout le temps. Olivia savait que c'était dû aux attentions de sa nièce, qui était apprentie chez un coiffeur, pas à un véritable intérêt de la part de Danilo. Aujourd'hui, ses cheveux foncés avaient une raie latérale crépue et sa coiffure courte, décolorée et très tendance avait l'air très agressive.

Stressée, décoiffée et consciente de ne pas avoir l'air très élégante, Olivia approcha de lui, mal à l'aise.

— Olivia. Est-ce que tout va bien ?

Danilo avait lu correctement l'expression du visage d'Olivia et il avait l'air inquiet. Cela ne fit qu'accroître l'angoisse d'Olivia parce que, au lieu de lui offrir l'accolade chaleureuse qu'elle avait espérée, il recula en fronçant les sourcils d'un air soucieux.

Par où commencer ? Les événements récents semblaient être une bonne idée.

— Je viens de déposer Pirate chez le vétérinaire, avoua-t-elle.

— Tu l'as fait entrer dans le porte-chats ? C'est incroyable ! Bravo !

— Je me sens vraiment coupable, admit Olivia.

Elle était déçue que Danilo ne l'ait pas encore prise dans ses bras. En fait, pour être honnête, elle ne l'avait pas pris dans ses bras, elle non plus.

— Ne te sens pas coupable, dit Danilo avec insistance. Il en sera plus heureux après. Viens, allons nous asseoir. Je suis sûr que tu as besoin d'un verre de vin.

Il n'avait pas dit pourquoi il avait annulé leur rendez-vous d'hier, pensa nerveusement Olivia alors qu'ils entraient dans le restaurant. Alors, quand elle sentit l'arôme accueillant de pâte de pizza fraîche et croustillante, de tomate à l'ail et de fromage fondu, elle se sentit mieux.

Le propriétaire souriant avait réservé une table dans un coin pour Danilo et son fils aîné, qui les servait toujours, leur amena immédiatement des verres de leur vin préféré. Olivia appréciait les avantages qu'il y avait à être une cliente régulière. On n'avait jamais à commander ses boissons : elles arrivaient tout de suite sur la table ! Dans ce restaurant, elle buvait toujours du sangiovese local et Danilo du blanc vermentino.

Ils trinquèrent et Olivia but une gorgée avec plaisir.

— Qu'est-il arrivé hier soir ? demanda-t-elle, décidant de demander tout de suite à Danilo pourquoi il avait annulé à la dernière minute.

— Oh, je suis désolé pour ça. Un autre travail urgent est arrivé hier matin et j'ai dû t'envoyer un message rapide parce que mon neveu cadet m'avait emprunté mon téléphone pour faire ses devoirs.

Olivia cligna des yeux. Ça paraissait plausible mais, en même temps, assez étrange. Ces raisons étaient-elles assez bonnes pour annuler un rendez-vous en n'envoyant qu'un SMS laconique ? Elle n'en était pas sûre. Son cerveau lui disait de se calmer, mais son cœur criait, de peur que cette relation ne finisse comme les autres qu'elle avait connues, c'est-à-dire par une rupture et une grande dispute en public, vu ses antécédents en la matière.

Une rupture en public dans l'anonymat d'une grande ville était une chose. Dans l'environnement intime de leur village local, où tout le monde connaissait la vie de tous les autres, ça serait mille fois pire.

— Nous devions ouvrir la réserve secrète. J'ai été déçue que nous ne puissions pas le faire, insista-t-elle.

— Nous pourrons le faire la prochaine fois, dit Danilo. De toute façon, la soirée d'hier a été horrible, froide et pluvieuse. Ça aurait été désagréable, là-haut, dans les collines. Si nous repoussons la résolution du mystère de quelques jours, cela ne fera que lui prêter encore plus d'attrait.

Olivia se sentit vexée que Danilo ait recours à une logique apaisée. Elle avait cherché une occasion de donner libre cours à son émotion.

— On commande ? J'ai très faim, dit-elle en décidant d'abandonner la discussion. Je prendrai la pizza au jambon de Parme et à la roquette, s'il vous plaît, dit-elle au serveur.

— La même pour moi, dit Danilo.

Il tendit la main et, quand sa paume chaude toucha celle d'Olivia de l'autre côté de la table et qu'il mêla ses doigts aux siens, Olivia se sentit mieux et ses peurs battirent en retraite.

— Qu'est-il arrivé d'autre ? Tu as encore l'air préoccupée.

Olivia eut envie de lever les yeux au ciel. Comment Danilo pouvait-il lire aussi clairement dans ses humeurs sans comprendre que son annulation insensible les avaient bousculées ?

— Marcello va prendre un congé sabbatique de quelques mois pour suivre un mentorat à Castello di Verrazzano, expliqua-t-elle. En son absence, il a besoin de quelqu'un pour diriger l'exploitation viticole.

Danilo leva brusquement les sourcils.

— Et il t'a choisie, Olivia ? demanda-t-il comme s'il l'espérait.

Elle fit une grimace.

— Non. Il doit encore se décider. Entre moi et Gabriella !

Visiblement, Danilo ne saisissait pas la gravité du jeu de pouvoir qui opposait les deux femmes. Il sourit avec compassion.

— Espérons qu'il te choisira, dit-il pour la rassurer.

Olivia ne se sentit pas le courage de décrire l'étendue de l'horreur que déchaînerait Gabriella si elle était en charge de l'entreprise.

Cependant, il fallait quand même qu'elle parle de l'événement important que Marcello allait utiliser pour prendre sa décision.

— Nous accueillons des voyageurs spéciaux demain, un groupe de milliardaires. On dirait que Marcello va décider laquelle de nous deux il choisit en fonction de la manière dont nous accueillerons ces touristes, avoua Olivia en sentant sa nervosité refaire surface.

— Des milliardaires ? Est-ce le Platinum Tour ? demanda Danilo.

— Oui. Que sais-tu sur eux ?

Olivia voulait vraiment en savoir plus sur ce qu'ils allaient devoir faire demain. Cela lui apporterait peut-être un avantage sur Gabriella.

— Je connais des gens du monde de la restauration qui participent à ce voyage. Ils sont propriétaires d'un restaurant chic de Florence, avec une étoile au guide Michelin. Ils disent que, accueillir ces voyageurs, c'est extrêmement dur et que les délégués du voyage sont très difficiles à satisfaire mais que ça paye très bien. Ça leur rapporte des recommandations toute l'année, ils sont plus visibles sur les médias et ils bénéficient d'autres opportunités. La dernière fois que j'ai parlé au propriétaire, il m'a dit que c'était le seul influenceur de taille pour la réussite qu'il avait eue l'année dernière.

— Oh, vraiment ?

La nervosité se déchaîna en Olivia. Cela semblait vraiment être un événement à quitte ou double. De plus, ils étaient à l'épreuve en tant qu'ajout de dernière minute à ce voyage prestigieux. Que se passerait-il si un des clients n'aimait pas l'exploitation viticole ou s'il avait autre chose à reprocher à leur expérience ?

— Qu'entends-tu par « difficiles à satisfaire » ? demanda-t-elle prudemment.

Quand leur nourriture arriva, Danilo passa le sel à Olivia et moulut du poivre noir sur sa pizza en ayant l'air de se réjouir à l'avance.

— Les gens très riches qui participent à ce voyage sont des gens particuliers, expliqua-t-il. Ils peuvent piquer des crises pour un rien. Mon ami dit qu'ils vivent dans une réalité qui n'est pas celle des gens normaux. Comme leur richesse peut leur procurer presque tout, ils s'attendent à ce qu'on leur offre tout et ils s'offensent facilement. De plus, ils exigent un niveau de service extrêmement élevé. Mon ami a appelé ça un super-service. Même s'ils ont déjà une étoile au guide Michelin, mon ami et son équipe ont pratiqué le super-service dans leur restaurant pendant des semaines avant que les premiers milliardaires n'arrivent pour être sûrs d'avoir bien compris ce qu'il faut faire.

Olivia mordit dans sa pizza, inquiète. Ce super-service n'avait pas l'air facile et l'équipe de La Leggenda n'avait pas le temps de répéter des protocoles ! Les milliardaires allaient devoir composer avec l'italien très limité d'Olivia, avec l'habitude qu'avait Jean-Pierre de gesticuler comme un fou et de renverser du vin par terre quand il s'excitait et avec le service de Gabriella, qui, quand elle était de mauvaise humeur, tapait les plats sur la table et s'enfuyait d'un air irrité. De plus, il y avait Nadia qui, quand un vin n'était pas apprécié, traversait la salle de dégustation en fusillant tout le monde du regard.

Olivia était sûre que Gabriella serait de mauvaise humeur demain. Marcello lui aurait aussi annoncé qu'il allait choisir entre elles deux. Il était fort probable que la simple idée d'être en compétition avec Olivia au lieu d'avoir été placée automatiquement au sommet de la hiérarchie l'aurait déjà plongée dans une humeur massacrante !

Les frictions entre toutes ces personnalités différentes ajoutaient de l'animation à l'exploitation viticole. Tout cela faisait partie de l'expressivité de la culture italienne. Cependant, les milliardaires semblaient préférer le super-service à la culture expressive.

Olivia se demanda si Gabriella et Antonio n'avaient pas bien fait de voter non et si elle, Jean-Pierre et Nadia n'avaient pas été impulsifs au point d'en être irresponsables.

— Tu as l'air anxieuse, fit remarquer Danilo.

— Je me sens stressée, admit Olivia.

Elle prit un autre morceau de pizza. Heureusement, les glucides la calmaient toujours.

— La Leggenda est une exploitation viticole unique à visiter, dit fermement Danilo. Je ne comprends pas comment un milliardaire quel qu'il soit pourrait ne pas adorer son expérience.

— Mais nous n'avons jamais pratiqué le super-service, dit Olivia en entendant le ton plaintif de sa propre voix.

Danilo eut l'air hésitant.

— C'était pour un restaurant. Une exploitation viticole, c'est différent, non ? C'est une autre atmosphère ! Le service en restaurant révèle le pire aspect des gens parce qu'il y a énormément de conformisme dans cette industrie. La dégustation de vin est une expérience plus individuelle.

Danilo prit une gorgée de vin et éclata soudain de rire.

— Tu pourrais peut-être convaincre Gabriella de leur faire une danse du ventre. Ça serait une expérience mémorable !

Olivia s'étouffa sur son vin et des larmes lui coulèrent des yeux quand elle essaya en même temps de respirer et d'avaler. Quelle idée ! Imaginer le visage furieux de Gabriella en haut de son corps pulpeux en rotation avait de quoi faire éclater de rire n'importe qui. Olivia avait sous-estimé Danilo. Elle avait cru qu'il ne comprenait pas à quel point elles étaient en conflit, elle et Gabriella. Pourtant, cette réflexion narquoise montrait qu'il ne le comprenait que trop bien !

Alors, Danilo reprit la main à Olivia et appuya ses doigts chauds sur les siens.

— Ce que tu fais, tu le fais admirablement bien. Dès que tu rentres dans une pièce, ta personnalité l'illumine, comme quand le soleil apparaît. Tu accueilleras ces touristes comme une pro. Enfin, je suis certain que Marcello te choisira. Tu es la personne qu'il faut pour diriger l'exploitation viticole. N'importe qui le verrait.

Olivia sentit son cœur fondre de bonheur et de soulagement. Elle était ravie par son soutien, qui la rassurait sur leur relation ainsi que sur ses propres capacités. C'était une bonne chose, parce qu'elle se rendait compte qu'elle redoutait encore plus l'arrivée des touristes milliardaires après ce que Danilo avait dit.

Maintenant qu'elle connaissait les exigences phénoménales qu'auraient ces clients privilégiés, elle comprenait que beaucoup de choses pourraient se dérouler horriblement mal.

CHAPITRE DIX

Le lendemain matin fut bruineux, gris et venteux. Olivia se sentit inquiète dès son réveil. Elle sentait qu'il manquait quelque chose.

En sursautant brusquement, elle se rendit compte de ce qui manquait. Pirate ! Elle s'était tellement habituée à sentir son poids chaud mais léger sur ses orteils et à entendre les sons dégoûtants qu'il produisait quand il commençait sa toilette personnelle avant l'aube ! Pourtant, d'une façon ou d'une autre, même les bruits les plus répugnants étaient devenus rassurants pour Olivia. Après tout, quand son chat les produisait, il entretenait sa fourrure pour qu'elle reste brillante et d'une propreté méticuleuse.

Maintenant, en regardant le duvet vide et en pensant à Pirate, elle sentait un trou béant dans sa vie. Traumatisé et seul, il avait dû passer la pire nuit de sa vie dans le cabinet du vétérinaire.

Olivia décida de se préparer puis de passer rapidement chez le vétérinaire pour y récupérer son chat. Quand elle serait sûre que Pirate était en bonne santé et s'était remis de son épreuve, elle pourrait partir en toute hâte à La Leggenda pour commencer cette journée qui serait décisive pour l'avenir de l'exploitation viticole.

Elle se doucha et prit quelque temps pour se coiffer puis elle se mit un beau tricot avec un motif bleu et doré, un pantalon couleur crème, des bottes beiges et son manteau turquoise. Avec sa tenue stylée qui, espérait-elle, serait appréciée par les milliardaires, Olivia descendit au rez-de-chaussée et prit son sac à main sur la table du hall.

Elle se rua vers sa voiture, y monta, quitta la ferme à toute vitesse, battit tous les records de vitesse sur route et arriva chez le vétérinaire.

Entrant précipitamment, Olivia salua la réceptionniste. Elle ne la reconnut pas. Visiblement, cette femme travaillait le matin.

— Je suis venue récupérer mon chat. Il vient d'être castré.

Olivia fit un grand sourire à la réceptionniste, soulagée.

— S'est-il bien comporté ?

La réceptionniste lui adressa un étrange coup d'œil.

— Nous n'avons castré aucun mâle ce matin, dit-elle.

Olivia ne comprit plus. Il avait dû y avoir un gros problème. Pirate avait-il réussi à s'échapper du porte-chat et du cabinet du vétérinaire ?

— Qu'est-il arrivé à mon bébé ? demanda-t-elle le souffle coupé, sentant des larmes lui piquer les yeux.

La réceptionniste regarda fixement Olivia, l'air tout aussi horrifiée.

— Quel est le nom de votre chat ? demanda-t-elle.

— Pirate. Il est noir et blanc. Je l'ai emmené hier soir.

Olivia avait commencé à faire de l'hyperventilation. Elle n'avait jamais imaginé qu'elle connaîtrait un tel cauchemar.

À son grand étonnement, la réceptionniste se mit à sourire.

— Ah, Pirate ! Oui, Pirate est *prête*, dit-elle. *Elle* a mordu le vétérinaire, mais sa stérilisation s'est bien déroulée, *elle* est en bonne santé et *elle* a eu ses piqûres.

Quand Olivia digéra cette nouvelle, elle se retrouva bouche bée, sous le choc.

Pirate, une fille ?

Olivia n'aurait jamais imaginé que son félin bagarreur noir et blanc soit une femelle ! Bien sûr, quand elle y repensait, c'était logique. Pirate était un petit animal. Il croisait les pattes avec élégance. Il faisait très attention à son hygiène. Il avait un caractère bien trempé. Ce plus, il était très intelligent ! Enfin, tous ces faits retrouvaient leur place.

— Je suis vraiment contente que tout se soit bien passé, dit Olivia, encore prise de court par cette révélation.

Une stérilisation coûtait deux fois plus cher qu'une castration. Olivia paya la première facture pour sa nouvelle chatte à l'entretien onéreux puis attendit.

Un miaulement furieux signala que Pirate arrivait. Le son se fit plus fort quand la réceptionniste visiblement épuisée apporta le porte-chat de l'arrière-salle.

Alors, à la grande surprise d'Olivia, le miaulement s'arrêta.

Pirate la regardait à travers la grille de des yeux vert jaunâtre écarquillés et Olivia n'aurait vraiment pas pu dire si le silence de sa chatte signifiait qu'elle était heureuse de revoir sa maîtresse ou si elle préparait une vengeance terrible !

— Merci beaucoup, redit Olivia.

Toute joyeuse, elle saisit la poignée du porte-chat. Finalement, Pirate n'aurait jamais de chatons non désirés et vivrait sa vie en bonne santé.

Olivia porta soigneusement le porte-chat dans la voiture et le plaça sur le siège arrière. Le miaulement recommença quand elle démarra mais, cette fois-ci, il était moins fort.

Olivia essaya de conduire prudemment. Elle ne voulait pas bousculer les émotions féminines délicates de Pirate. Elle passa lentement l'intersection et les panneaux Stop. Après avoir monté la colline avec hésitation, elle revint à la ferme et se gara à sa place habituelle avec un soupir de soulagement.

Elle ne s'était pas rendu compte à quel point la castration de Pirate, ou plutôt sa stérilisation, l'avait préoccupée. Maintenant que c'était fait, elle se sentait profondément soulagée d'avoir pu faire le nécessaire pour sa chatte.

Olivia décida de relâcher Pirate dans la chambre pour qu'elle puisse être à l'aise et au chaud. Elle monta le porte-chats à l'étage et le plaça sur le lit. Elle ouvrit la grille en redoutant l'explosion de fourrure et de griffes qui risquait de se produire et en craignant que Pirate ne dévale l'escalier et ne disparaisse pour toujours. Cependant, à sa grande surprise, Pirate sortit avec hésitation, adressa un coup d'œil rancunier à Olivia puis bondit du lit et alla se cacher dessous.

Alors, Olivia l'entendit se faire sa toilette avec application. Pirate s'enlevait l'odeur du vétérinaire aussi complètement que possible.

— Tu es une chatte vraiment courageuse et intelligente, dit Olivia pour complimenter son félin autrefois sauvage. Tu dois t'installer, te détendre et passer une journée tranquille. Je te reverrai plus tard, mon gar—euh, je veux dire, ma fille.

Il était temps qu'elle aille au travail. Comme la pluie s'était calmée, Olivia décida de s'y rendre à pied.

— C'est l'heure de partir ! cria-t-elle à sa chèvre en fermant la porte de devant. On y va en avance !

Immédiatement, en frappant le sol de ses sabots, Erba contourna le côté de la ferme à toute vitesse et elles partirent d'un pas soutenu.

— Nous allons avoir une journée occupée, Erba, dit-elle à la chèvre quand elles quittèrent la ferme. Je risque de finir tard. Tu devras être gentille et bien te comporter. Il ne faut pas que les milliardaires aient une mauvaise impression de La Leggenda.

Quand elle prononça ses mots, Olivia sentit son estomac se nouer sous l'effet de l'anxiété.

La journée allait être difficile. Difficile ! Tout pourrait mal tourner et il y aurait des relations complexes en jeu. Pendant ce jour décisif, elle savait que Marcello l'observerait soigneusement et évaluerait si elle était capable de diriger l'exploitation viticole en son absence.

Les huit prochaines heures allaient être cruciales pour elle, ainsi que pour La Leggenda.

*

Avant même d'atteindre les bâtiments de l'exploitation viticole, Olivia vit que des préparations frénétiques étaient en cours. Pendant les mois qu'elle avait passés à La Leggenda, elle n'avait jamais, jamais vu qui que ce soit récurer les grands montants de l'entrée principale de l'exploitation viticole ; d'ailleurs, les pluies récentes les avaient rincés et laissés immaculés.

Ou du moins, elle l'avait cru, se dit-elle en voyant avec étonnement Marcello les savonner énergiquement avec une brosse et un seau.

Il s'arrêta un moment pour lui faire signe.

Perplexe, Olivia continua sa route jusqu'à l'exploitation viticole. Vu ce que faisait Marcello, elle ne fut pas trop étonnée de trouver Antonio à quatre pattes dans le parking, en train d'arracher des brins d'herbe et des mauvaises herbes presque invisibles qui s'étaient insinuées entre les grandes dalles en pierre.

Erba fit un détour curieux vers Antonio, contempla le petit tas vert et le mangea.

Antonio releva le regard. Son expression stressée se transforma en sourire.

— Si seulement je pouvais la former à faire tout le travail ! dit-il.

Antonio, au moins, semblait être de bonne humeur. Olivia ne pensait pas qu'elle recevrait un accueil aussi chaleureux de la part de l'autre personne qui avait voté non.

Entrant dans l'exploitation viticole, Olivia entendit le grattement furieux d'une brosse. En salopette, à quatre pattes, Nadia récurait vigoureusement le carrelage du hall, qui avait été efficacement lavé à la serpillière par Jean-Pierre la veille au soir, se souvint Olivia.

— *Buon giorno !* lui dit Nadia, à bout de souffle. Olivia, tu es grande. Pourrais-tu s'il te plaît polir les lettres en cuivre qui se trouvent derrière le comptoir de dégustation ? J'ai installé un escabeau à cet endroit.

Olivia commença à se dire qu'elle aurait dû se mettre son jean le plus miteux et apporter ses vêtements élégants dans un sac ! Elle en fut encore plus convaincue quand elle vit Jean-Pierre juché sur une échelle encore plus haute, où il brandissait un long plumeau pour enlever des toiles d'araignée imaginaires des coins du haut plafond.

Alors qu'Olivia commençait à parcourir sa liste de corvées dans la salle de dégustation, elle sentit qu'une tempête s'annonçait dans le restaurant. Elle entendit des cognements et des cris de fureur venir de la cuisine et, quand elle regarda, elle vit Paolo, le serveur en chef, s'enfuir de la cuisine à toute vitesse et courir vers le bar, équipé d'une poignée de chiffons et d'un aérosol de désinfectant.

Alors, Gabriella elle-même sortit de la cuisine en jetant en arrière ses cheveux couleur fauve à la coiffure immaculée. Elle lança un regard noir depuis le restaurant.

— Olivia ! cria-t-elle. Tu es là ! Viens ici tout de suite !

CHAPITRE ONZE

À contrecœur, Olivia se dirigea lentement vers Gabriella. En son for intérieur, elle bouillait de rage. De quel droit la restauratrice exigeait-elle d'un ton aussi autoritaire qu'Olivia traverse toute la salle de dégustation pendant qu'elle restait elle-même où elle était et la regardait les mains sur ses hanches pulpeuses ?

— J'imagine que tes vins sont prêts ? Tu dois apporter les bouteilles ici pour les en-cas. Je te montrerai où les placer pour que cet événement se déroule comme prévu.

Sous le choc, Olivia comprit la finalité de cette scène stratégiquement orchestrée. Marcello venait d'entrer dans la salle de dégustation, le saut et l'éponge encore en main.

Visiblement, Gabriella voulait montrer à Olivia qu'elle contrôlait la situation et que c'étaient ses efforts qui permettraient à l'événement de réussir. Elle devait elle aussi avoir l'importance du Platinum Tour en tête.

— Les vins sont tous préparés. Nous avons discuté des sélections après la réunion et Jean-Pierre a mis toutes les bouteilles de côté hier, dit Olivia en réussissant à rester calme et à ne pas se laisser piéger.

Alors, décidant de rendre à Gabriella la monnaie de sa pièce, elle ajouta d'un ton fort et inquiet :

— Qu'en est-il de la nourriture ? Tu as l'air en retard ! Puis-je t'aider avec les préparations, vu que j'ai fait le nécessaire dans la salle de dégustation ? Ou puis-je envoyer Jean-Pierre t'assister ?

Gabriella adressa un regard noir à Olivia et se détourna avant de repartir à la cuisine d'un pas raide.

Olivia resta soigneusement impassible mais, en son for intérieur, elle riait que sa rivale n'ait pas réussi à l'humilier devant Marcello.

*

Avant qu'Olivia n'ait eu le temps de s'en rendre compte, il fut l'heure que les touristes arrivent. Consultant la pendule avec anxiété, elle se précipita aux toilettes pour se rafraîchir une dernière fois. Les préparations avaient été si frénétiques qu'elle n'avait même pas eu le temps de se recoiffer.

Quand elle revint en toute hâte dans la salle de dégustation, elle entendit le ronronnement puissant d'un moteur à l'extérieur. Elle échangea un regard nerveux avec Jean-Pierre puis ils se faufilèrent tous les deux jusqu'à l'entrée de l'exploitation viticole pour jeter un coup d'œil par la porte.

Un minibus noir brillant et tout neuf était garé à l'extérieur. On aurait dit une édition spéciale conçue par Ferrari. Il était immense, chromé et les vitres étaient lourdement teintées. Étaient-elles même blindées ? se demanda Olivia, fascinée de voir le luxe dans lequel les groupes de gens ultra-riches voyageaient.

Les portes de devant s'ouvrirent et deux hommes en uniforme descendirent pour aller à la porte latérale.

Olivia sentit quelque chose lui chatouiller le cou. Quand elle se retourna, elle vit que Paolo et Nadia étaient rassemblés derrière elle et qu'ils regardaient au-delà de ses épaules parce qu'ils ne voulaient pas rater le moment où la première paire de pieds de milliardaire toucherait le sol de La Leggenda.

À ce moment, avec un rugissement puissant, une Range Rover argentée arriva dans le parking et s'arrêta à côté du bus.

L'organisatrice du voyage, Stella Markham, en sortit. Ses cheveux foncés étaient parfaitement coiffés et elle portait un costume rouge luxueux.

— Bienvenue à tous, cria-t-elle quand les employés ouvrirent la porte coulissante du bus.

Avec précipitation, l'équipe de La Leggenda repartit dans la salle de dégustation.

Alors qu'Olivia avait juste repris sa position derrière le comptoir, Stella emmena les touristes à l'intérieur en faisant claquer ses talons.

— Bonjour, lui dit Marcello.

Olivia eut le souffle coupé quand elle vit à quel point son patron était élégant. Quelques minutes auparavant, il avait été couvert de suie parce qu'une cheminée avait choisi le pire moment imaginable pour se boucher. Maintenant, il portait un costume noir extrêmement bien coupé et une chemise blanche amidonnée à la perfection. Ses cheveux étaient coiffés en arrière et un sourire illuminait son beau visage.

— Bonjour, Marcello, annonça Stella d'une voix retentissante. J'ai le plaisir de vous présenter nos clients estimés du Platinum Tour de cette année. Je dois ajouter que nous utilisons toujours les commentaires de nos clients honorés pour choisir notre programme pour l'année suivante. Si le groupe apprécie cette expérience, vous serez invité à la renouveler pour eux.

Olivia se sentit doublement excitée en l'apprenant. Ils n'auraient qu'à impressionner tous les magnats riches et puissants ici présents pour devenir une de leurs destinations régulières.

Cependant, quand les touristes entrèrent nonchalamment dans la salle de dégustation, Olivia ne put s'empêcher de les regarder bouche bée. Ils ne ressemblaient pas du tout à ce à quoi elle s'était attendue.

Elle avait cru qu'elle verrait un groupe sur son trente-et-un comme Stella, en costumes de grand couturier à brocart doré, avec des coupes de cheveux à mille dollars et des chaussures qu'elle ne pourrait jamais s'offrir.

La foule hétéroclite qui entra tranquillement et contempla les lieux d'un air détendu ne ressemblait pas du tout à ce profil. Mis à part le guide du voyage, seul un touriste portait un costume, constata Olivia avec perplexité. La tenue des milliardaires était étonnamment simple. En fait, ils avaient un air remarquablement miteux, se dit-elle avec inquiétude. Elle vit des jeans usés, de vieilles vestes, des tee-shirts déchirés et des chaussures éraflées. Quant à leurs coiffures, on aurait pu croire qu'ils les avaient faites eux-mêmes à la maison !

Quand Olivia jeta un coup d'œil à Jean-Pierre, elle vit qu'il avait l'air sidéré lui aussi, comme s'il craignait qu'une erreur administrative ne leur ait emmené le mauvais groupe. Olivia avait la même pensée.

Ces touristes étaient peut-être si riches qu'ils n'avaient pas besoin de porter de marques de haute couture, imagina-t-elle. En vacances, ils pouvaient avoir l'air peu recommandables et porter des vêtements usés tout simplement parce qu'ils étaient si riches qu'ils ne se souciaient pas de ce que les gens pensaient d'eux.

— Marcello, je vous présente Sid Murray. Il participe régulièrement à notre voyage, dit Stella avec enthousiasme.

Le grand homme aux cheveux roux présenté par Stella portait une tenue de safari kaki qui lui allait mal avec de vieilles tennis. Le seul détail qui montrait à Olivia qu'il était milliardaire, c'était l'énorme Rolex qui lui brillait au poignet.

— Salut, mec, répondit Sid avec un fort accent australien.

— Voici Drake Rafter, Bernie Cooper et Rupert Curren. Voici Chico et Aldo Bocelli, qui sont frères et les seuls clients italiens de notre voyage cette année. Voici Jose Ramos, Hamilton Mackay et Carmody

Cole. Enfin, voici une de nos clientes régulières que nous apprécions tout particulièrement : Sashenka Davydov.

Faisant de son mieux pour mémoriser le prénom et le nom de famille de chaque client, Olivia ne put distinguer qui était qui de là où elle était lorsque le groupe de touristes mal habillés s'attroupa autour de Marcello, dont les exclamations de bienvenue résonnaient dans la salle.

— Notre voyage suit un emploi du temps strict, expliqua Stella. Nos clients ont une heure et demie à passer dans votre exploitation viticole. Ensuite, le bus les emmènera à Florence pour qu'ils assistent à un défilé de mode privé pendant lequel ils seront divertis par nos deux célébrités, dit Stella en désignant les deux hommes qui se tenaient à l'arrière du groupe. Le célèbre Tomas Dittman, que vous connaissez forcément, exécutera un récital de piano et notre plus jeune célébrité, l'idole d'Instagram Ferdie Tooley, les délectera en leur montrant quelques brillants tours de magie. Enfin, notre journée se terminera par un somptueux dîner à l'Osteria di Massimo, étoilé au guide Michelin.

Était-ce le restaurant dont Danilo avait parlé ? se demanda Olivia. Elle se dit que ce devait être celui-là.

Tomas, le pianiste, était le seul client qui portait un costume bien coupé. La jeune idole d'Instagram portait une veste tape-à-l'œil couverte de cœurs, de diamants, de trèfles et de piques. Il avait l'air extrêmement nerveux.

Il était temps pour Olivia de rencontrer son premier client. Un homme à l'expression sévère et aux cheveux courts qui avaient été décolorés en blanc-blond quelques semaines auparavant et qui avaient repoussé depuis arriva nonchalamment au comptoir de dégustation.

Il portait un blouson d'aviateur élimé qui, estima Olivia, devait avoir au moins dix ans, sur un tee-shirt gris vraiment troué, pas déchiré par un designer ! Elle jeta un coup d'œil à ses chaussures en espérant qu'elles pourraient racheter ce désastre.

Hélas, non. Il portait des mocassins en cuir usés qui avaient l'air de dater de la même époque que son blouson.

Malgré cela, ce fut la première rencontre d'Olivia avec un touriste de haute volée du Platinum Tour. Décidée à se dépasser, Olivia lui fit un grand sourire.

— Bonjour et *buon giorno*, lui dit-elle en haletant. Je suis Olivia Glass et je vais être votre guide lors de votre dégustation.

Quand elle parla, l'homme fronça les sourcils.

— Vous êtes américaine ? demanda-t-il avec un accent traînant du Sud, assez contrarié.

Olivia sentit le découragement l'envahir. Sa nationalité lui avait déjà apporté des ennuis. Qu'allait-elle faire si la présence d'une sommelière américaine à La Leggenda s'avérait être le facteur décisif qui gâcherait cette journée ?

Du coin de l'œil, elle vit que Gabriella l'observait joyeusement depuis le restaurant. Olivia comprit qu'elle n'avait qu'un moment pour trouver une réponse susceptible de contenter ce client influent et de lui épargner un désastre.

CHAPITRE DOUZE

Olivia sourit humblement au client milliardaire.

— Je suis entièrement bilingue, mentit-elle. J'ai passé quelque temps en Amérique, oui. C'est vraiment un pays merveilleux !

Environ trente-quatre ans et demi, pour être exact. Cependant, ce mensonge innocent lui permit de s'en tirer sans frais. Le milliardaire sembla accepter son explication et approuva d'un hochement de tête le compliment qu'Olivia avait formulé sur le pays qui était en fait leur pays natal à tous les deux.

— Tu embêtes le personnel, Drake ?

Un homme costaud aux cheveux foncés vêtu d'un jean usé et d'un sweat gris trop grand très usé aux coudes avança vers la table à grands pas. Il était américain lui aussi, comprit Olivia, déroutée.

— Non, Bernie, j'essaie de trouver à boire. On dirait que le vin ne coule pas des masses, par ici.

Olivia remplit hâtivement des verres avec le vermentino blanc. Ce n'était pas comme cela qu'elle avait prévu d'effectuer la dégustation. Au lieu de présenter les vins de manière expressive, il semblait qu'elle devait plutôt servir de barmaid. Oh, bon, se dit-elle quand les deux hommes engloutirent le vin sans avoir l'air de s'intéresser à ce qu'était le vermentino.

Deux autres hommes arrivèrent, conversant ensemble en italien.

— *Buon giorno*, dit Olivia en souriant. Puis-je vous offrir du vermentino blanc ? C'est —

— *Si, si*, dit impatiemment le premier homme.

L'autre sourit.

— Ah, une Américaine. Enchanté. Je m'appelle Chico. Mon frère s'appelle Aldo. Nous sommes propriétaires de l'entreprise « Produits Cosmétiques Chi-Aldo ».

— Excellent !

Jusque-là, Chico semblait être la première personne amicale qu'elle ait rencontré dans le groupe et, au moins, il ne semblait pas gêné par le fait qu'elle soit américaine. Malgré sa tenue décontractée, Olivia vit qu'il portait, comme son frère, une lourde chaîne en or autour du cou.

Elle aurait aimé leur parler du vin, mais ils prirent eux aussi leurs verres et continuèrent à se promener. Il y avait une conversation en cours. Quand Olivia écouta, elle présuma que c'était le début du voyage. Elle se demanda si les milliardaires s'entendraient tous ou s'ils feraient tous dans la surenchère pour créer une hiérarchie.

— Allez, Tomas, parle-moi de ton récent concert à Berlin, demanda Sid, l'Australien en tenue de safari, au pianiste alors qu'ils allaient vers le comptoir de dégustation.

— C'était le plus gros concert de l'année, répondit l'homme aux traits aquilins avec un accent allemand en faisant des gestes extravagants d'une main mince aux doigts longs. J'ai fasciné un public de dix mille personnes pendant deux heures. Il y avait notamment le premier ministre, le roi et la reine du Danemark et la famille royale de Monaco. Ils ont tous dit que c'était l'expérience musicale la plus exaltante qu'ils aient jamais vécue.

Tomas se tourna vers le comptoir de dégustation et choisit le verre de vin le plus plein.

— Cela dit, pour moi, c'était seulement un autre jour de piano et une autre chance de révéler mon incroyable talent au monde.

Surenchère, décida Olivia.

Sid approuva d'un hochement de tête solennel.

— J'ai toujours aimé la musique moi-même. Je crois que mon héros est Justin Bieber. L'as-tu entendu au piano ? Il joue avec un talent énorme.

Tomas gonfla les narines d'un air furieux. Il prit son vin, envoya un regard sombre et dédaigneux à l'Australien puis s'en alla d'un pas raide.

Balle de match et premier set à Sid, se dit Olivia avec un léger amusement.

Son client suivant fut un gros homme aux cheveux clairsemés avec une barbe peu soignée. Il portait un caftan blanc froissé et des sandales de cuir Gucci.

— Je m'appelle Carmody et je voudrais un verre d'eau, demanda l'homme avec un accent britannique emprunté. Filtrée, s'il vous plaît, sans glace ni citron et dans un verre tout simple. Suite à mon expérience dans les montagnes du Tibet, j'ai appris que l'alcool corrompt les chakras et compromet le processus d'éveil spirituel.

Olivia le contempla d'un air consterné.

Il était en excursion œnologique ! Comment allait-il pouvoir s'amuser ? Elle avait vu Gabriella recouvrir son bœuf braisé du vin rouge économique et de petite qualité qu'elle achetait en gros et utilisait pour mariner la viande. Est-ce que cela corromprait les chakras de

Carmody ? Il ne mangeait peut-être pas de viande non plus, supposa Olivia.

— Je vous apporte de l'eau, dit-elle en se forçant à sourire.

Cependant, Carmody s'était détourné et sortait son téléphone portable dernier cri, qui sonnait bruyamment dans les plis de son caftan.

— Oui, Martha ? répondit-il sèchement. Non, nous ne pouvons pas offrir de réduction. Dois-je te rappeler que nous vendons des meubles de luxe ? Ça m'est égal qu'ils soient une organisation caritative. Nous n'en sommes pas une.

Appuyant furieusement sur le bouton rouge pour raccrocher, il rangea le téléphone et repartit au comptoir pour y prendre son eau. Il la contempla d'un air critique avant de la siroter.

Un homme aux cheveux gris vêtu d'un survêtement noir informe se racla la gorge avec mauvaise humeur. Olivia se retourna brusquement et lui sourit pour s'excuser de l'avoir fait attendre une nanoseconde.

Se souvenant de ce que Danilo avait dit sur le super-service, Olivia décida qu'il n'avait pas exagéré.

— Bienvenue. Aimeriez-vous essayer notre vermentino blanc ? dit-elle.

— Vermentino ? demanda-t-il.

Il avait l'air britannique, lui aussi, peut-être de Londres, estima Olivia.

Enfin quelqu'un qui semblait intéressé par sa description ! Olivia sourit à l'idée de pouvoir réciter son papotage soigneusement répété.

— C'est cela, commença-t-elle, mais elle ne put en dire plus.

— Quel nom affreux. Le mot *vermentino* me fait penser à la vermine.

Oh, bon sang ! Et elle qui l'avait pris pour un passionné de vin ! Se souvenant d'éviter les préjugés, Olivia continua son explication.

— Les raisins de vermentino sont d'origine italienne, mais ils ont récemment gagné en popularité dans le monde entier. Je crois qu'on les cultive en Californie, aujourd'hui.

— Mmm, dit-il en regardant Olivia les yeux plissés comme s'il la soupçonnait de mentir.

Derrière lui, un petit homme roux portant une veste écossaise qui semblait sortir d'une friperie lui donna un petit coup de doigt dans le dos.

— Hé, Rupert, tu es dans la vente au détail. Quel grand magasin du Royaume-Uni a le plus gros chiffre d'affaires annuel ? demanda-t-il avec un fort accent écossais.

L'homme aux cheveux gris se retourna vers l'homme roux.

— Je suis occupé, Hamilton, dit-il sèchement.

Au moins, maintenant, Olivia savait que cet homme s'appelait Rupert. Il se retourna vers elle.

— C'est un vin assez fort. Aigre, en fait. Une de nos filiales est une usine de mise en bouteille, donc, je sais de quoi je parle et, pour moi, il a l'air pas frais.

La voix de Rupert résonna dans toute la salle. Quelques personnes se retournèrent pour les regarder. Deux d'entre elles jetèrent des coups d'œil soupçonneux à leur propre verre.

Olivia sentit son cœur battre la chamade. Un seul client insatisfait pourrait influencer tout le groupe, vu que les connaissances en vins de ses membres paraissaient inexistantes ! Et cela ne concerne que ceux qui boivent du vin, se dit-elle. Elle jeta un coup d'œil à Carmody, qui buvait maintenant son eau en faisant la grimace comme si elle avait, elle aussi, été mise en bouteille incorrectement.

Qu'allait-elle faire ? Elle ne pouvait pas dire à Rupert qu'il se trompait. Il trouvait peut-être le vermentino trop sec, se dit-elle.

— Puis-je vous proposer le rosé ? Il a une saveur complexe et un arôme fruité délicieux, dit-elle.

Elle prit rapidement une bouteille dans le seau à glace et en versa dans un nouveau verre en espérant que ce vin-là plairait à ce client difficile. Il le goûta et, avec un nœud à l'estomac, Olivia vit qu'il ne l'aimait pas non plus.

Heureusement, il fut distrait par Hamilton, qui avança fièrement jusqu'au comptoir.

— Vous servez du vin rose, maintenant, jeune fille ? Donnez-m'en un verre, vous voulez bien ?

Il se tourna vers Rupert.

— Il faut que tu viennes résoudre notre désaccord. Ou alors, tu n'as qu'à dire que j'ai raison !

Jean-Pierre tira la manche à Olivia.

— Nous devons disposer les carafes sur la table de nourriture, rappela-t-il à Olivia.

— Je vais le faire. Mets des verres sur un plateau et continue à circuler, dit-elle.

Elle n'osait pas laisser ces clients sans serveur ne serait-ce qu'un moment.

Alors qu'elle contournait le comptoir à toute vitesse, elle faillit entrer en collision avec la seule femme du groupe, une grande blonde aux épaules larges. Ses cheveux étaient attachés en une queue de cheval peu soignée et elle portait une robe à fleurs informe qui ressemblait à un rideau, mais Olivia fut certaine que les énormes diamants qui étincelaient dans ses colliers et ses bagues étaient authentiques.

— Excusez-moi ! dit Olivia en espérant que la femme, qui devait être Sashenka, n'allait pas se mettre en colère.

— Je vois qu'ils vous harcèlent déjà, observa-t-elle d'un ton amusé.

Son accent rappelait l'Europe de l'Est. Elle est peut-être russe, se dit Olivia, qui sourit poliment à la dame sans savoir quoi dire ou si elle devait exprimer son accord.

— Ces hommes ont tous un ego surdimensionné, expliqua Sashenka, plus gros que leurs capacités en affaires, la plupart du temps. Très peu d'entre eux ont créé leur fortune. Celui-ci l'a héritée de son père. Celui-là aussi. Il a épousé une femme pour entrer dans l'entreprise ; c'est elle qui la gère. Il a eu de la chance quand un associé a vendu son entreprise.

Tout en parlant, elle montrait les hommes en question d'un doigt au vernis clair, mais le seul problème était qu'Olivia était face à elle et n'osait pas se retourner pendant que Sashenka dévoilait les turpitudes de la majorité des touristes de ce voyage. Si elle se retournait, elle craignait qu'ils ne la voient et ne comprennent que Sashenka était en train d'échanger des potins avec elle.

— Vraiment ? dit-elle, même si elle aurait aimé savoir qui était qui.

— J'ai créé ma fortune moi-même. Aujourd'hui, mon empire d'exportation de vodka est le plus gros de l'hémisphère nord. J'ai commencé à dix-huit ans en faisant passer une seule bouteille en contrebande, au-delà de la frontière !

— Ouah, dit Olivia. C'était un exploit.

— Nous reparlerons plus tard. Je peux offrir beaucoup d'opportunités à votre exploitation viticole en Europe de l'Est, en Ukraine et en Russie.

Ravie que cette journée porte finalement ses fruits, Olivia se précipita dans le restaurant.

Ils avaient déjà débouché les vins rouges qui accompagneraient la nourriture pour se réserver du temps pour respirer et, après une longue discussion, ils décidèrent les servir dans des carafes en cristal. Olivia se dit que cela avait été une décision avisée, car cela empêcherait, avec un peu de chance, les clients de se remettre à critiquer la mise en bouteille.

Elle versa le premier vin rouge en admirant la profondeur et la richesse de sa couleur dans le cristal immaculé. Ensuite, elle passa au second.

Quand elle en arriva au troisième, Olivia hésita.

Ce vin avait une odeur étrange.

Elle se rapprocha pour en inhaler l'arôme. Il était rude et fort. Ce n'était pas du tout ce à quoi elle s'était attendue.

Que se passait-il ? Déconcertée, Olivia vérifia l'étiquette.

Consternée, elle se retint de se serrer la tête entre les mains. C'était le rouge Miracolo, le meilleur assemblage de La Leggenda, et son odeur n'allait pas du tout !

Elle le versa dans la carafe et constata ainsi que ce vin avait une couleur trop claire. Ce n'était pas le Miracolo d'origine ou, si ça l'était, on y avait ajouté quelque chose.

Olivia regarda autour d'elle, prise par la panique. Il ne faisait aucun doute que ce vin avait été saboté.

Qui avait pu faire ça et pourquoi ?

Reniflant le vin une deuxième fois et essayant de réfléchir à cette découverte choquante de manière calme et logique, Olivia constata que ses soupçons se concentraient sur une seule personne.

CHAPITRE TREIZE

Olivia se souvint qu'elle avait laissé les bouteilles débouchées dans le restaurant. Or, sa rivale avait rodé aux alentours sans surveillance pendant que l'équipe des spécialistes du vin s'occupait des milliardaires dans la salle de dégustation.

Olivia était convaincue que Gabriella avait essayé de saboter le vin en espérant gâcher l'expérience de dégustation et tenir la réputation d'Olivia. Elle avait dû le faire en remplaçant le contenu de la bouteille de Miracolo par son vin de cuisine.

Olivia jeta un coup d'œil dans la cuisine mais n'y vit aucune trace de Gabriella. Olivia était certaine qu'elle se cachait.

Elle se sentit consternée que Gabriella se déshonore au point de compromettre la réussite de tout le Platinum Tour rien que pour remporter une basse victoire. Visiblement, pour elle, devenir directrice en l'absence de Marcello était plus important que garantir la réussite future de l'exploitation viticole.

Prise de court par cette découverte, Olivia dut reconnaître qu'ils n'étaient pas une équipe et que Gabriella n'avait aucune considération pour elle. Si la restauratrice devenait directrice, Olivia était tout à fait sûre qu'elle forcerait Olivia à partir ou la licencierait.

Au moins, elle avait repéré le problème et pouvait limiter hâtivement les dégâts.

Elle décida de commencer par emporter toutes les carafes dans la salle de dégustation. Elle ne pouvait pas prendre le risque de laisser des bouteilles fermées sans surveillance. Il faudrait les entreposer en sécurité derrière le comptoir jusqu'à ce que tout le monde s'asseye pour manger.

Après avoir effectué cette manœuvre d'urgence, Olivia prit la mauvaise bouteille et la vida dans l'évier. Elle tordit le nez en sentant l'arôme fort qui s'en éleva. Il était presque aussi mauvais que le vin imbuvable de Valley Wine dont elle avait été forcée de faire la promotion à Chicago.

Bouillant de colère à cause des actions irresponsables de Gabriella, elle retourna dans la salle de dégustation, où Jean-Pierre paraissait débordé.

Maintenant que tout le monde buvait, mis à part Carmody, l'atmosphère était plus agréable, constata Olivia en apportant un nouveau plateau de verres.

Sashenka parlait de musique avec Tomas, le pianiste, qui avait finalement l'air plus heureux.

— J'ai un Steinway dans ma deuxième maison. Je ne sais pas en jouer, mais il a l'air magnifique dans le hall d'entrée, sous le chandelier, dit-elle.

— C'est un piano magnifique, convint Tomas. L'année dernière, après ma tournée à succès à Tokyo, les organisateurs m'ont offert un Steinway que je garde dans mon appartement et que je j'utilise tous les jours. Tous les jours, je reçois des lettres des autres résidents, qui me disent que ma musique leur change la vie. Certains d'entre eux disent qu'ils pleurent après chaque récital.

— Puis-je vous offrir un peu plus de vin ? demanda Olivia.

Elle espérait que Sashenka appréciait les produits de La Leggenda qu'elle avait si généreusement promis de promouvoir.

— Je suis impressionné par la qualité des produits que vous proposez. Donc, c'est votre assemblage de rouges ?

Tomas plaça son verre dans la lumière et l'examina d'un air pensif.

— Oui, c'est notre vin le plus connu.

Olivia se réjouit profondément du compliment.

— Il est excellent, convint Sashenka.

Olivia se sentit encore plus à l'aise. Maintenant que tout le monde était détendu, il n'y aurait peut-être plus d'accrocs ou de méchancetés.

Elle se détourna avec son plateau et se retrouva face au jeune d'apparence nerveuse à la veste trop grande.

— Puis-je vous offrir du vin ? demanda-t-elle.

Il lui sourit timidement.

— Puis-je vous montrer un tour de cartes ?

Il sortit un paquet de cartes de sa poche avec un geste élégant et en sortit trois du paquet.

— Bien sûr, dit Olivia en posant son plateau sur le comptoir.

Elle adorait les tours de cartes. Ferdie devait être un magicien accompli pour être si célèbre sur Instagram.

— Choisissez-en une, s'il vous plaît, ma jolie dame, proposa-t-il d'une voix chevrotante.

— OK, je choisis celle du milieu. Le sept de cœur.

— Le sept ! C'est toujours un chiffre qui porte chance. Maintenant, je vais placer toutes ces cartes à l'envers et je veux que vous tentiez de retrouver la carte que vous avez choisie.

Olivia le regarda attentivement mélanger les trois cartes posées à l'envers.

— Bien ! Où est votre carte ? demanda-t-il d'un air triomphant.

— Elle est là.

Olivia désigna la carte de droite, dont elle avait facilement conservé la trace. Elle savait que ce ne serait pas la même, bien sûr, mais ça faisait partie du jeu.

Avec un geste élégant, Ferdie retourna la carte.

C'était le sept de cœur.

— Eh bien ! dit Olivia en la contemplant d'un air surpris.

Elle n'avait jamais vu ce tour se terminer comme ça ! Ferdie avait l'air abattu.

— Était-ce censé arriver ? demanda-t-elle.

— Non, dit-il tristement.

— Ça doit être le trac. Prenez un peu de vin, dit-elle pour l'apaiser.

Elle attendit qu'il prenne un verre. Elle aurait voulu pouvoir passer plus de temps avec lui, car il semblait avoir besoin de soutien, mais ses autres clients attendaient.

Déterminée à prendre l'initiative, Olivia approcha de Drake et de Rupert, qui parlaient des biens de consommation à évolution rapide. Le vin était un bien de consommation à évolution rapide, n'est-ce pas ?

— Puis-je vous présenter notre assemblage de rouges ? demanda-t-elle. C'est le vin le plus célèbre de La Leggenda.

— Bien sûr, dit Drake.

Son humeur cassante semblait avoir disparu. Il prit le verre à Olivia et le tint dans la lumière en admirant sa couleur.

— C'est un beau vin. Il ressemble pas mal à un merlot. Il est juste un peu plus complexe, dit-il d'un air pensif quand il l'eut goûté.

— Comment pourrais-tu le savoir ? demanda Rupert. Tu ne connais rien au vin.

Olivia sentit son sourire vaciller. En entendant cette réflexion, Olivia n'avait pas eu l'impression que Rupert avait plaisanté. Il n'avait pas parlé sur un ton taquin. On aurait plutôt dit une insulte, comme si Rupert avait voulu se disputer ou peut-être régler un vieux compte.

— Et toi, tu t'y connais ? dit Drake d'un ton clairement agressif.

— Je m'y connais assez pour être sûr que ce ne sont pas de bons vins, dit Rupert en fixant Olivia du regard d'un air accusateur. Le premier que j'ai bu était aigre. Celui-là ne vaut pas mieux. Cette exploitation viticole n'était pas mentionnée dans la brochure du voyage. Je crois qu'un des bons établissements s'est retiré et qu'ils ont choisi celui-ci à la dernière minute et sans enquêter correctement.

Olivia se sentit déconcertée par l'exactitude de sa supposition, alors qu'ils avaient été choisis par l'organisatrice elle-même et que leurs vins avaient une réputation exemplaire.

— Je crois que c'est un très bon vin, dit Drake. J'aime beaucoup les rouges.

— Tu es un ignare et, visiblement, tu n'as aucun palais, répliqua Rupert.

Les yeux de Drake étincelèrent de colère.

— Es-tu venu faire ce voyage rien que pour insulter les gens ? dit-il sèchement.

— Je suis venu faire ce voyage pour boire de bons vins. J'attends encore qu'on m'en serve un. J'espère que ça arrivera au restaurant ce soir. Je le connais bien. Là-bas, au moins, ils ont une liste de vins décente, dit-il avec mépris.

Avec le torrent d'insultes que lui infligeait Rupert, Olivia aurait aimé avoir quelques protocoles de super-service sur lesquels se rabattre. Il était incroyablement impoli et elle avait la sensation effrayante qu'il lui en voulait personnellement. Si elle se mettait à pleurer, est-ce qu'il s'arrêterait ?

Non. Olivia pensait que son attitude empirerait. Son seul espoir était de rester calme.

— Nous avons aussi un autre assemblage de rouges et un simple sangiovese, dit-elle en essayant d'avoir l'air serviable alors qu'elle était sur le point de paniquer.

Rupert lui lança un regard noir.

— Vous pouvez arrêter d'essayer de me vendre vos vins. Croyez-moi, madame, vous perdez votre temps, dit-il laconiquement.

— Ne sois pas impoli avec elle, dit sèchement Drake. Elle est juste la serveuse. Si tu as un problème, pourquoi n'en parles-tu pas avec le propriétaire ? Regarde, il est là-bas.

Il désigna Marcello, qui se tenait à l'entrée du hall.

Alors que Drake parlait, Marcello leva la voix pour faire une annonce.

— Mes amis, c'est un bel après-midi et il est l'heure la plus chaude de la journée. Je vous prie de m'accompagner pour une visite rapide de notre propriété, qui se terminera par une présentation de notre bâtiment de vinification.

Tout le monde murmura son approbation sauf Rupert et le groupe partit vers la sortie où trois voiturettes de golf à six places étaient garées. Antonio et Nadia étaient déjà au volant de deux d'entre elles. Olivia se dit avec soulagement que, avec des voiturettes de golf aussi grandes, les clients difficiles auraient beaucoup d'espace. Drake et Rupert montèrent dans des voiturettes différentes. Olivia espéra que, à la fin de la visite, ils auraient oublié leur dispute et Rupert son désaccord avec Olivia.

Quand les voiturettes s'éloignèrent avec un bruit métallique, Olivia laissa retomber ses épaules de soulagement. La première partie de la journée était terminée. Elle avait été chaotique ! Elle n'avait pas eu l'impression de contrôler la situation une seule minute. Cela n'avait pas du tout été une dégustation de vin normale et cela n'avait pas du tout ressemblé à ce qu'elle avait imaginé.

Repartant hâtivement dans la salle de dégustation, elle commença à rassembler les verres utilisés sur des plateaux pour que Jean-Pierre les emporte à la cuisine. Au moins, les invités avaient bu une bonne quantité de vin, même si Carmody avait à peine touché à son eau.

— Ces riches étaient très difficiles, murmura Jean-Pierre à Olivia en aparté.

— Oh, oui ! acquiesça Olivia.

À l'exception de Sashenka, elle n'était pas sûre que l'un d'entre eux ait été assez impressionné par La Leggenda pour en parler à ses amis.

Abattue, elle ramena les carafes de vin dans le restaurant et décida de les surveiller jusqu'au retour des touristes pour empêcher Gabriella de se livrer à d'autres mauvais tours. Quand Gabriella et Paolo amenèrent les plats fumants d'en-cas, Olivia imagina prendre une salière quand Gabriella aurait le dos tourné afin de rendre la nourriture immangeable.

Quelle délicieuse revanche ce serait, pensa-t-elle méchamment. Ce serait un châtiment approprié et Gabriella le méritait après ce qu'elle avait fait en douce. Olivia tendit rapidement une main vers le sel.

CHAPITRE QUATORZE

Pendant un long moment, Olivia soupesa la salière pleine et lourde dans sa main et s'imagina en train de la vider sur la nourriture. Elle se sentit triomphante d'avoir évité la ruse de Gabriella visant à détruire sa réputation et de s'être vengée de manière brillante.

Alors, elle soupira, replaça le sel sur la table et se détourna des plats fumants. L'idée de saboter le buffet de Gabriella était tentante, mais elle savait qu'elle ne pourrait jamais la mettre à exécution. Dans son cœur, elle n'était pas assez méchante pour le faire, même si elle aurait aimé l'être ! De toute façon, elle savait que, si le dîner se passait mal, cela entacherait la réputation de toute l'exploitation viticole, pas seulement celle du restaurant.

Se souvenant que Carmody avait eu besoin d'eau pure, elle repartit précipitamment dans la salle de dégustation et plaça quelques bouteilles d'eau minérale plate et d'eau minérale pétillante sur la table.

Avec les bouteilles de vin disposées près des carafes, les bouteilles d'eau, les verres étincelants et les somptueuses assiettes d'en-cas, la table longue avait l'air magnifique.

Olivia ne put s'empêcher de reluquer les en-cas. Gabriella s'était surpassée. Olivia était sûre que les magnats adoreraient les tas de saumon fumé et de caviar sur bruschetta au fromage frais à tartiner, les minuscules pots individuels remplis de bœuf Wagyu riche et rôti lentement et les cuillères en porcelaine pleines de tomate cerise hachée, de mozzarella et de basilic avec une goutte de pesto qui, savait Olivia, aurait une saveur intense.

Ensuite, il y avait les mini-tartes au gibier préparées avec une pâte délicieusement fine et croustillante et une garniture de viande de sanglier sauvage au vin rouge, les risottos aux truffes taille cuillère à soupe et les brioches au saumon et à la fraise.

Olivia remarqua que Gabriella surveillait les assiettes pour les protéger. Elle s'attendait peut-être à une vengeance. Décidant de jouer avec ses nerfs, Olivia tendit nonchalamment la main vers la salière une nouvelle fois et vit Gabriella se crisper immédiatement.

Satisfaite et riant en son for intérieur, Olivia reposa le sel et alla s'occuper du feu. Elle était sûre que les clients auraient froid après leur excursion en voiturette de golf ouverte.

Quand elle attisa le feu, cela produisit une arrivée de chaleur réconfortante qui la détendit encore plus. Quand les clients auraient fini leur visite fascinante et qu'on leur aurait servi d'autres vins fins et des en-cas appétissants dans le cadre douillet du restaurant, ils ne pourraient plus rester indifférents, se dit Olivia.

Même Rupert.

Alors qu'elle venait juste de préparer les feux et de nettoyer, le bruit métallique des voiturettes de golf qui arriva de l'extérieur annonça l'arrivée du groupe.

Olivia se précipita dans le hall et y arriva en même temps que Bernie et Jose, qui étaient rouges et enthousiastes.

— Quelle exploitation viticole ! On n'avait jamais vu un bâtiment de vinification aussi magnifique, dit Jose avec enthousiasme.

— Nous avons adoré l'histoire du Miracolo, ajouta Bernie.

Olivia fut ravie de voir que l'humeur des clients s'était enfin améliorée et qu'ils avaient adopté une attitude positive et élogieuse.

— C'était très authentique. Ça m'a donné une idée de la réalité de la viticulture et de la vinification. De plus, c'était amusant à certains moments, acquiesça Sid.

Marcello suivait les clients, visiblement satisfait de la réussite de l'excursion.

— Je crois que nos visiteurs ont aimé la visite, dit-il à Olivia. Ils ont été fascinés par les plantations aux pentes les plus raides et par la laiterie parce qu'Erba était perchée sur le toit.

— Le toit ?

Olivia pâlit, horrifiée. La laiterie était si haute qu'elle faisait presque deux étages.

— Comment Erba est-elle montée là-haut ? Comment va-t-elle en redescendre ? demanda Olivia, inquiète pour sa chèvre.

— Je suis sûr qu'elle trouvera un moyen, dit Marcello pour la rassurer.

Au moins, Erba avait réussi à ravir les clients, alors qu'Olivia n'y était pas encore parvenue. De plus, elle commençait à penser qu'elle devrait souscrire à une assurance spécialisée pour son animal indiscipliné.

Se souvenant de son rôle, et du super-service, qui devait continuer, Olivia éleva la voix.

— Veuillez nous suivre au restaurant. Nous avons préparé des carafes de nos vins rouges préférés ainsi que des en-cas de notre table de dégustation.

Olivia alla au restaurant et recula rapidement les chaises quand les clients arrivèrent. Quand ils furent assis confortablement, ils attaquèrent la nourriture sans attendre. En fait, ils avaient l'air d'avoir tellement faim qu'Olivia se dit qu'elle aurait peut-être pu verser du sel sur la nourriture sans qu'ils le remarquent.

Sid ne l'aurait pas remarqué, devina-t-elle. Drake le difficile, si. Hamilton, pas trop. Carmody aurait dit que le sel contrariait sa spiritualité. Tomas aurait dit qu'un membre reconnaissant de son public lui avait offert une montagne de sel !

Plongée dans ses rêves, Olivia dut se retenir d'éclater de rire. Alors, un vrai cri de colère la remmena brusquement au moment présent.

— Ce bœuf est coriace !

C'était encore Rupert. Cette fois, il se plaignait bruyamment du Wagyu tellement tendre qu'il fondait dans la bouche. Olivia était certaine qu'il était parfaitement cuit et que, de toute façon, la quantité élevée de gras du Wagyu le rendait exceptionnellement tendre quel que soit le degré de cuisson.

— Quoi, tu as les dents pourries ? demanda Drake d'un ton badin.

Olivia se mordit anxieusement la lèvre inférieure, car elle savait que cette réflexion ne serait pas bien reçue.

— Mes dents vont très bien, dit sèchement Rupert.

Fouillant dans sa poche, il prit un cachet dans un pilulier, se versa un demi-verre d'eau minérale et avala le tout.

— Si tes dents vont bien, pourquoi prends-tu un antalgique ? demanda Drake, curieux.

— Ce n'est pas un antalgique. C'est un médicament sur ordonnance qui m'aide à rester en bonne santé, répondit Rupert en lançant un regard noir à Drake. Sache que je me soucie beaucoup de ma santé. C'est normal, vu que j'ai été un triathlète d'envergure nationale jusqu'à ma quarantaine, quand je me suis consacré aux affaires à plein temps. C'est pour cette raison que je n'ai pas encore de bide, contrairement à toi.

Rentrant le ventre et se redressant sur sa chaise, Drake sembla être vexé par cette raillerie personnelle et Rupert utilisa ce moment d'avantage pour aller plus loin.

— Je ne sais pas pourquoi cette exploitation viticole s'est souciée de préparer des en-cas immangeables avec un vin imbuvable. Nous devrions aller dîner dans un bon restaurant. Ce voyage a baissé en qualité. Nous devrions peut-être nous arrêter dans un McDonald's ou dans un Burger King.

— Burger King ? Y en a-t-il un dans les environs ?

Soudain intéressé par la conversation, Sid regarda impatiemment autour de lui.

À ce moment-là, Olivia vit Gabriella derrière Rupert. Chose ironique, elle portait une nouvelle assiette de mini-cocottes de bœuf braisé Wagyu.

Elle avait dû entendre sa critique, parce qu'elle le contemplait les yeux plissés comme si elle avait décidé qu'ils étaient maintenant ennemis pour la vie.

Subjuguée par le conflit qui se déroulait sous ses yeux, Olivia attendit que la situation explose.

La poitrine pulpeuse de Gabriella se leva et retomba lourdement, comme si elle inspirait plusieurs fois pour se calmer. Ses lèvres charnues se serrèrent l'une contre l'autre et Olivia vit qu'il lui fallait déployer un effort énorme pour retenir les cris vengeurs qu'elle avait envie de pousser.

Fascinée, Olivia vit la femme aux cheveux couleur fauve réussir à afficher un semblant de sourire.

— Je suis désolée que le bœuf vous déplaise, dit-elle. Il est préparé selon une recette locale tout à fait authentique, un modeste ragoût que l'on prépare dans cette région depuis des siècles. Nos recettes cherchent à apporter de la saveur tout en honorant l'histoire et les traditions des générations qui nous ont précédés.

Elle sourit d'un air charmeur à Rupert, qui sembla pris de court par sa réaction habile. Olivia admira elle aussi la réplique de Gabriella. Comment avait-elle pu imaginer cette réponse à la volée ?

On entendit de nombreux murmures d'approbation et tout le monde se mit à manger les mini-cocottes de Wagyu, sauf Rupert, qui avait encore l'air renfrogné. Maintenant qu'il avait été battu par Gabriella, il se concentra à nouveau sur son vin.

— Ce vin est aussi médiocre que les derniers que j'ai bus, dit-il en soupirant impatiemment, et ne me faites plus de cours sur les origines modestes des générations passées.

Il désigna la tablée de façon expansive.

— Si j'avais envie de vivre comme on le faisait il y a un siècle, je n'aurais qu'à mener mes recherches. Ce n'est pas pour ça que j'ai payé si cher. Je veux de la bonne nourriture, des vins de première qualité et je veux qu'on me traite en conséquence, pas qu'on me fasse la leçon.

Il hurla les derniers mots et Olivia se recroquevilla, horrifiée. C'était comme si Rupert la provoquait délibérément pour déclencher une bagarre.

Gabriella afficha un niveau de maîtrise de soi qu'Olivia n'aurait pas imaginé chez elle et hocha la tête d'un air compréhensif en disant :

— Absolument. Absolument, monsieur.

Personne ne prêtait la moindre attention à cet échange. Ferdi avait sorti son paquet de cartes et les battait nerveusement tout en jetant un coup d'œil à Jose à sa droite. Jose, qui n'avait pas remarqué les cartes, était en pleine conversation avec Carmody. Ils semblaient parler de voyages au Tibet.

Aldo, Chico et Bernie discutaient avec animation sur les meilleurs investissements en matière de voitures, ou, du moins, ce fut ce que pensa Olivia en entendant les mots « Maserati », « Ferrari », « prix au détail » et « attrait pour le client » résonner dans la salle.

La seule personne qui semblait écouter Rupert était Tomas le pianiste.

— Mes origines sont modestes, dit-il fièrement. C'est mon talent qui m'a fait gravir les échelons.

Avec un rire agacé, Rupert jeta un coup d'œil à la pendule.

— Nous devons partir dans cinq minutes, annonça-t-il. Je vais attendre dans le bus.

Cinq minutes ? Olivia n'arrivait pas à croire que le temps ait pu passer si vite. Pour le meilleur ou pour le pire, les touristes du Platinum Tour repartiraient bientôt dans leur minibus sombre et raffiné.

Quand Rupert sortit d'un pas lourd, Olivia espéra ardemment qu'elle ne le reverrait plus. Elle avait décidé qu'il n'était qu'un fauteur de troubles.

— Encore du vin ? demanda-t-elle à Drake.

— Je voudrais un peu plus de vin rose, acquiesça-t-il avant de poursuivre sa conversation avec Bernie. Oui, j'ai bu cette marque-là de tequila avec Richard Branson il y a quelques années et je l'ai trouvée meilleure avec de l'orange qu'avec du citron, moi aussi.

Fascinée, Olivia approcha pour essayer d'en entendre plus. Cependant, elle perçut du mouvement du coin de l'œil et, quand elle se tourna, elle vit, consternée, que Rupert revenait furieusement dans le restaurant ! Il avait l'air tout rouge et extrêmement en colère.

— Si vous pensiez qu'on allait partir pour une meilleure destination, vous vous trompiez, annonça-t-il rageusement à la salle. Le bus a un problème et il ne démarre plus. Nous sommes maintenant coincés dans ce taudis, et probablement pour le reste de la nuit !

CHAPITRE QUINZE

Horrifiée par l'annonce de Rupert, Olivia se précipita vers la porte, où elle arriva en même temps que Gabriella. Elles échangèrent brièvement un regard noir puis la restauratrice s'imposa pour passer la première. Comme Olivia ne portait pas de talons ridicules, elle la rattrapa et la dépassa avant qu'elles n'atteignent le hall.

Olivia courut à l'extérieur et vit le conducteur en uniforme et le guide du voyage regarder le moteur d'un air soucieux. Marcello était déjà là. Il avait dû se préparer à dire au revoir aux clients. Maintenant, il tendait des clés à molette au conducteur, les mains couvertes d'huile.

— Est-ce que tout va bien ? demanda-t-elle. Marcello, faut-il que j'appelle Antonio ?

Antonio était le Vescovi le plus doué en mécanique.

— Non, non, *grazie, signorina*, dit le conducteur. Le problème est bénin, mais il faut une petite pièce de rechange pour le résoudre. Nous avons déjà appelé un garage à Pise et ils arrivent avec la pièce.

— J'ai regardé, confirma Marcello. Cette pièce est essentielle, donc, nous ne pouvons qu'attendre.

— Combien de temps leur faudra-t-il pour arriver ici ? demanda Olivia en remuant d'un air soucieux.

Cet incident allait compromettre l'emploi du temps qu'ils avaient soigneusement prévu et Stella allait être furieuse.

— Ils ont promis qu'ils seraient là dans une demi-heure, lui dit le conducteur.

Olivia échangea un coup d'œil avec Gabriella, qui avait l'air aussi choquée qu'elle. Dans ce type de situation, une demi-heure semblait durer une vie entière.

— Je vais préparer des desserts sucrés. Nous avons des truffes au chocolat au lait et des truffes au chocolat noir dans le réfrigérateur, dit Gabriella avant de partir précipitamment.

Comme Marcello s'occupait encore de réparer le bus et comme le guide et le conducteur tenaient des lampes et s'occupaient frénétiquement du moteur tous les deux, Olivia devina que ce serait à elle de confirmer la durée du retard. Elle inspira profondément et repartit dans l'exploitation viticole.

— Votre attention je vous prie, chers clients, cria-t-elle en se tenant à la porte du restaurant. Nous avons un léger souci mécanique à réparer. Le bus a besoin d'une pièce de rechange, qui mettra une demi-heure à arriver. Heureusement, nous avons quelques délicieux chocolats à vous proposer et, bien sûr, du vin et des alcools forts de notre bar. Vous pouvez demander à Paolo et à Jean-Pierre de vous servir.

Sans attendre, les deux jeunes hommes passèrent à l'action et circulèrent parmi les clients. Au grand soulagement d'Olivia, les murmures de mécontentement furent bientôt noyés par les commandes bruyantes et enthousiastes de boissons.

Après avoir vérifié que tout le monde soit content, Olivia repartit en toute hâte à l'extérieur. Antonio était arrivé. Il était allongé sous le bus. Agenouillé à côté de lui, Marcello lui passait des tournevis et des marteaux. Olivia vit la lueur d'une lampe de poche. Elle espéra qu'Antonio, qui s'y connaissait en mécanique, arriverait à résoudre le problème sans qu'ils aient besoin d'attendre la pièce de rechange.

Antonio parla d'un ton étouffé et si vite qu'Olivia ne comprit pas ce qu'il disait.

Par contre, Marcello eut l'air horrifié.

— Il y a d'autres problèmes, dit-il d'une voix aussi bouleversée qu'Olivia se sentait. Ce n'est pas seulement une seule pièce qui a besoin de remplacer, mais aussi une partie du tuyau d'échappement, et il faut souder quelque chose.

— Pouvons-nous le faire ici ? demanda Olivia.

Marcello hocha la tête.

— Oui. Nous avons un plan. Antonio va monter le devant du véhicule sur cric. Alors, nous pourrons le surélever sur des briques et cela laissera assez de place pour souder. Ça ne sera pas facile, mais c'est possible. Le problème, c'est que ça prendra plus de temps.

Il commençait déjà à faire sombre, constata Olivia. Que se passerait-il si le groupe ratait l'exposition artistique et le concert de piano ? Olivia redoutait qu'ils ne se mettent en colère contre l'exploitation viticole parce que la panne s'était déclarée pendant que le bus était garé ici.

— Veux-tu que j'appelle Stella pour le lui dire ? demanda-t-elle.

Expliquer le problème à l'organisatrice du voyage serait une épreuve, elle en était sûre, mais, au moins, ça ferait un problème de moins pour le pauvre Marcello.

Marcello la regarda d'un air reconnaissant.

— Je lui ai parlé juste avant que tu n'arrives. Elle est occupée à réorganiser l'emploi du temps. On peut repousser le concert à demain et le groupe ira directement d'ici au restaurant. C'est dommage, mais il n'y a pas d'autre solution.

— Je retourne voir les clients, dit Olivia.

Elle n'était restée dehors que quelques minutes mais, à l'intérieur, la situation dégénérait à une vitesse alarmante. Les voix faisaient un tel vacarme qu'Olivia avait du mal à s'entendre réfléchir. Paolo et Jean-Pierre se ruaient çà et là avec des plateaux de boissons. Gabriella avait complètement disparu. Quelqu'un avait renversé une chaise. Alors, en suivant la piste des meubles renversés, Olivia vit avec horreur la scène qui se déroulait au milieu du restaurant.

Rupert et Drake se tenaient face à face, en position de combat. Ils avaient l'air prêts à se battre à coups de poing. En fait, Rupert remontait ses manches en criant des insultes à l'autre homme.

— Tu es si minable, dit-il pour le provoquer, juste un petit employé en informatique qui a eu la chance de s'enrichir. Tu ne joueras jamais dans la cour des grands. Tout le monde se moque de toi et tu ne t'en rends même pas compte.

— Retire ça ! rugit Drake. Je ne supporterai plus tes agressions. Tu n'es venu faire ce voyage que pour insulter et rabaisser autant de personnes que tu peux. Pourquoi, hein ? Tu n'as pas assez à faire, au travail ? Ton entreprise ne fonctionne pas aussi bien que tu le prétends ? cria-t-il.

Hamilton et Bernie, qui regardaient, hochèrent la tête pour le soutenir et Olivia craignit que cela ne dégénère en un pugilat à trois contre un. Que pouvait-elle faire ?

Alors qu'elle se demandait avec inquiétude comment empêcher un pugilat complet, Jean-Pierre s'inséra maladroitement entre les deux hommes qui menaçaient d'en venir aux mains.

Il laissa tomber son plateau, qui heurta bruyamment le sol. Une bouteille d'eau en tomba. Elle atterrit violemment sur le carrelage et répandit de l'eau partout, mais elle ne se brisa pas.

— Oh, pardon ! dit le Français. Je suis très maladroit, aujourd'hui ! Veuillez m'excuser, mais il faut que je nettoie tout ça.

Olivia admira Jean-Pierre pour la rapidité de sa réflexion et pour l'habileté avec laquelle il leur avait sauvé la mise. Drake et Rupert reculaient tous les deux devant la mare d'eau qui s'étendait.

— Qui aimerait du vin pétillant ? proposa Olivia haut et fort.

Il y avait quelques bouteilles de Metodo Classico dans le réfrigérateur du restaurant. Olivia remplit rapidement quelques flûtes et en distribua. Quand tout le monde eut un verre, Rupert avait disparu. Olivia espéra qu'il avait compris à quel point il avait été odieux et qu'il s'était éclipsé quelque part pour se calmer.

Quand elle regarda de l'autre côté de la table, elle vit que Carmody et Jose étaient plongés dans une grande conversation. Ils sirotaient tous les deux un liquide couleur ambre dans des verres ordinaires.

Est-ce du jus de pomme ? se demanda brièvement Olivia.

Elle ne le pensait pas. Elle était presque sûre que les verres que tenaient les deux hommes contenaient des whiskys forts. Choquée, elle devina que le stress de l'après-midi avait pris le dessus sur la culture tibétaine de Carmody et souillé sa spiritualité.

Elle entendit parler fort à l'extérieur et se précipita vers la porte.

Quand elle vit Rupert dehors, elle s'arrêta brusquement dans l'embrasure de la porte. Visiblement, il ne s'était pas calmé et n'avait pas décidé de renoncer à l'attitude infecte qu'il avait eue avant. Au lieu de s'en prendre à ses compagnons de voyage, il s'attaquait maintenant au pauvre guide du voyage qui s'était éclipsé pour aller fumer une cigarette en paix.

— C'est entièrement de votre faute, cria-t-il.

Olivia se rendit compte qu'il mangeait ses mots et avait l'air très ivre. Visiblement, il avait réussi à avaler beaucoup plus de leur vin inférieur qu'il ne l'avait admis.

— Vous n'êtes même pas capable de nous trouver un bus en bon état. Comment avez-vous même réussi à vous faire embaucher pour ce voyage, je vous le demande ? Avez-vous falsifié vos papiers ? Savez-vous ce qui signifie « falsifier » ou êtes-vous trop stupide pour le comprendre ? À cause de votre incompétence, notre voyage est foutu. Ne croyez surtout pas que je vais tolérer ça.

— *Signor, signor*, je suis désolé.

Le guide du voyage avait pâli. Il avait l'air horrifié par cette diatribe, comme si son monde était sur le point de s'écrouler. Olivia eut pitié de lui. Ce n'était pas de sa faute si le bus était en panne et il était complètement injuste qu'il soit forcé de subir ces insultes injustifiées de la part d'un des clients.

Olivia serra rageusement les lèvres, car elle savait que, si elle prononçait un mot de plus, cela déclencherait une nouvelle diatribe de Rupert.

— Je vais vous faire licencier, dit Rupert d'un air moqueur et en trébuchant légèrement. Croyez-moi, les organisateurs le feront dès que je le demanderai. Vous n'êtes qu'un misérable subalterne qui n'a aucune importance dans notre vie et vous ne méritez pas mieux.

Olivia sentit sa colère monter. Comment Rupert pouvait-il traiter un être humain innocent et sans défense aussi cruellement en utilisant sa richesse comme arme ?

— Je vous en prie, ne vous en prenez pas à lui, supplia-t-elle Rupert tout en sachant qu'elle allait seulement aggraver la situation. Voulez-vous que j'appelle Marcello pour qu'il s'occupe de votre plainte ?

Rupert se retourna et Olivia se rendit compte qu'elle avait bien deviné. Son intervention n'avait fait que le rendre encore plus furieux.

— Vous croyez que vous faites quoi, en vous imposant dans ma conversation ? lui cria-t-il. Vous ne valez pas mieux que cet idiot. Vous êtes incapable et incompétente. Vous m'avez fourni un mauvais service tout l'après-midi et vous avez si mal présenté vos vins que je pourrais vous faire un procès. Je vais vous faire licencier, vous aussi.

Olivia recula d'un pas. Elle avait l'impression qu'il l'avait giflée en prononçant ces paroles horribles. Elle ne s'était pas attendue à une attaque aussi agressive.

Elle savait qu'elle aurait dû se mordre la langue et partir, mais elle se rendit compte qu'elle ne le pouvait pas. Au lieu de cela, bouillonnante de colère, elle se rapprocha de Rupert. Elle ne pouvait bien sûr pas prendre le risque de gâcher tout le voyage en criant, mais elle pouvait siffler comme un serpent, comme Gabriella, en fait. Imitant la restauratrice dans ses pires moments, Olivia plissa les yeux en espérant avoir l'air aussi intimidante que Gabriella pouvait l'être quand elle faisait de même.

— Vous avez beau être riche, avoir beaucoup d'influence ou avoir déjà harcelé des centaines de personnes, ça m'est égal. Ce que je n'accepte pas, c'est que votre comportement est toxique et inacceptable. De plus, je tiens à ce que vous sachiez que, si j'entends une menace de plus de votre part contre cette exploitation viticole, il y aura des conséquences. Une seule de plus et vous en subirez les conséquences !

Olivia tapa le milliardaire éberlué de son index en parlant.

— Comment osez-vous dire une telle chose ! bafouilla rageusement Rupert.

Cependant, il avait reculé d'un pas instable, visiblement secoué par les paroles sincères d'Olivia.

Derrière elle, Olivia sentit passer quelqu'un. Elle n'osait pas quitter Rupert des yeux, car cela aurait été un signe de faiblesse. Elle craignait quand même un peu que ses menaces, qu'elle n'avait proférées que pour Rupert et, bien sûr, le guide du voyage, n'aient été entendues par un des autres milliardaires.

— Bon !

Rupert fut le premier à baisser les yeux. Il se détourna et partit en trébuchant rageusement dans l'obscurité.

Olivia se détourna et laissa échapper un profond soupir de soulagement. Elle avait enfreint toutes les règles du super-service, mais ça lui était égal. Le harcèlement était inacceptable et elle refusait de le supporter plus longtemps. Elle repartit en toute hâte dans l'exploitation viticole en espérant que ses menaces sifflées forceraient Rupert à se tenir tranquille jusqu'à ce que le bus soit réparé.

Elle constata avec soulagement que, dans le restaurant, l'atmosphère devenait plus festive. Quelqu'un avait mis de la musique. Jean-Pierre et Paolo circulaient sans arrêt avec une variété de boissons et Gabriella avait rapidement préparé une tournée de paninis grillés au jambon de Parme et au provolone, fromage italien au lait de vache.

— L'année prochaine, le voyage devrait inclure un repas complet dans ce restaurant, dit Sid d'un ton élogieux en mordant dans la friandise croustillante dont le fromage dégoulinait.

— Oui, je le crois, moi aussi, acquiesça Sashenka. Ils ont été aux petits soins avec nous. Après tout, même si nous sommes restés plus longtemps que prévu, ils nous ont offert toujours plus d'hospitalité, dit-elle en riant bruyamment.

Olivia sortit dans le parking pour voir comment progressaient les réparations. Elle constata avec soulagement qu'elles avaient l'air presque terminées.

— Peux-tu me tenir ça ?

Marcello lui tendit la lampe de poche et se glissa sous le bus pour tenir le tuyau pendant qu'Antonio donnait quelques derniers coups de marteau. Entre temps, le conducteur serrait quelque chose sous le capot, qu'il referma soigneusement ensuite et que le guide du voyage essuya pendant qu'Antonio et Marcello se tortillaient pour se sortir de sous le bus.

Alors, le conducteur se lava les mains dans un seau d'eau savonneuse que quelqu'un avait placé près de la porte du bus, se les sécha soigneusement et monta dans le bus. C'est le moment de vérité, se dit Olivia quand il démarra.

Tout le monde poussa un soupir de soulagement quand le moteur ronronna puis démarra. Le chauffage commença à vrombir doucement et à réchauffer l'intérieur garni de cuir.

— Il est temps d'y aller. Nous pouvons demander à nos clients de sortir, dit Marcello en allant vers le seau pour s'y laver les mains lui aussi.

Le timing n'aurait pas pu être meilleur, pensa Olivia. Les clients étaient joyeux après avoir bien bu et on pouvait espérer qu'ils partiraient en gardant un bon souvenir de La Leggenda, même s'ils auraient trop mangé pour réellement s'intéresser au dîner étoilé au guide Michelin qui les attendait.

Quand elle revint à l'intérieur, Olivia se sentit heureuse de leur annoncer la bonne nouvelle, mais elle s'inquiéta quand elle vit que, alors qu'elle n'avait été dehors qu'environ dix minutes, le restaurant avait l'air plus vide qu'avant. Les clients étaient partis explorer l'exploitation viticole. Où étaient-ils tous partis ?

Elle vit que Sashenka était sortie et qu'elle admirait les jardins en les éclairant avec la lampe, de son téléphone portable. Chico et Aldo lisaient les affiches qui se trouvaient aux murs de la salle de dégustation. Drake s'était introduit dans la cuisine du restaurant en espérant convaincre une Gabriella visiblement flattée de lui donner d'autres en-cas. Quant à Hamilton, il ouvrait la porte du réfrigérateur et regardait à l'intérieur.

— Est-ce qu'il reste de ces délicieux chocolats ? demanda-t-il à Gabriella.

La cuisinière rit, ravie. Visiblement, quand c'étaient des milliardaires qui s'immisçaient dans son domaine, elle réagissait différemment.

Seuls Carmody et Jose avaient l'air vissés sur leurs chaises. À côté d'eux, on ne pouvait que constater que la bouteille de whisky était beaucoup moins pleine qu'avant.

— Pourriez-vous tous repartir dans le bus, s'il vous plaît ? cria Olivia.

En se tenant dans l'embrasure de la porte du restaurant, elle répéta les mots à plusieurs reprises en espérant qu'elle parlait assez fort pour être entendue par tous les clients éparpillés.

Ils ressortirent tous peu à peu, traversant nonchalamment la salle de dégustation pour aller dans le hall. Même si Olivia trouvait que gérer un groupe de magnats était un peu comme rassembler une troupe de chats, au moins, ils allaient tous dans la bonne direction.

— Nous devrions compter pour vérifier s'il manque quelqu'un, dit Jean-Pierre pendant qu'ils suivaient les clients à l'extérieur, où le bus les attendait.

— Compter ? Bonne idée, dit Olivia.

Il faisait sombre, les gens allaient çà et là et il ne fallait surtout pas qu'ils s'en aillent en oubliant quelqu'un.

Quand ils montèrent dans le bus, Olivia compta sur ses doigts.

Olivia se retrouva à court de doigts juste avant que la dernière personne, Sashenka, ne monte élégamment dans le bus.

— Onze, dit-elle.

Sashenka se tourna vers le conducteur.

— Est-ce qu'il nous en manque un ? Combien étions-nous quand nous sommes arrivés ?

— Douze, *signora*, dit le conducteur.

Olivia regarda au travers des vitres teintées et contempla le groupe qui était assis tranquillement à l'intérieur avec anxiété.

Tranquillement ! À ce moment, elle comprit qui manquait à l'appel.

Rupert avait dû partir dans l'obscurité en trébuchant après sa dispute avec Olivia.

— Excusez-moi. Je vais chercher la personne qui manque, dit-elle.

Elle repartit dans l'exploitation viticole en courant, furieuse que Rupert cause autant de problèmes. Même quand il n'était pas là, il semait le désordre en empêchant le bus de partir. Où pouvait-il être ?

Il y avait une lampe de poche puissante sur une étagère près de la porte latérale du restaurant. Olivia la saisit puis sortit dans l'obscurité.

Elle partit en toute hâte dans les jardins du restaurant et cria fort :

— Rupert ? Rupert ! Où êtes-vous ? Il est temps de partir !

Elle craignait qu'il se soit évanoui et elle ne voulait pas trébucher sur son corps immobile.

— Rupert ? cria-t-elle une nouvelle fois.

Quand elle regarda dans la pénombre, elle aperçut avec soulagement une forme indistincte devant elle, près de la mare.

Cependant, quand Olivia approcha de l'eau, elle vit la forme rapetisser. Elle n'était absolument pas humaine. Elle était plus petite. En fait, elle avait la taille d'une chèvre !

Erba se tenait de l'autre côté de la mare.

— Eh bien, bonsoir, dit Olivia à sa chèvre, contente qu'elle ait réussi à descendre du toit de la laiterie sans se faire mal.

Cependant, Erba ne réagit pas à la présence d'Olivia. Elle paraissait fascinée par une chose qui se trouvait dans l'eau.

Sentant monter en elle une terreur croissante, Olivia avança et pointa sa lampe de poche sur la forme qu'elle voyait tout juste dans les vagues sombres de la mare.

C'était une personne, constata-elle en sentant son cœur battre plus vite, une personne aux membres écartés, allongée sur le ventre. La silhouette de son survêtement foncé était à peine visible dans l'eau froide qui léchait le bord de la mare.

Olivia inspira fortement, choquée.

C'était indubitablement Rupert.

Le pire, c'était qu'il était indubitablement mort.

CHAPITRE SEIZE

Olivia se plaqua la main sur la bouche, horrifiée, mais seul un braillement faible lui passa entre les doigts. Mille idées se bousculaient dans sa tête et son cerveau tentait illogiquement de la convaincre que tout allait bien parce que Rupert était peut-être en train de nager.

— Erba, va retrouver tes amies, dit Olivia d'une voix tremblante, car sa chèvre était trop jeune pour affronter la dure réalité de la mort.

Qu'est-il arrivé ? se demanda-t-elle frénétiquement pendant qu'Erba, obéissante pour une fois, se détournait et partait en trottinant. Rupert avait-il glissé avant de tomber dans l'eau ?

Olivia n'en avait aucune idée. Quelque part dans son esprit, une petite voix protestait en lui disant qu'il ne pouvait pas avoir glissé puis être tombé à l'eau, mais Olivia ne comprenait pas pourquoi cette voix était si sûre d'elle-même.

Elle s'écarta des eaux froides et repoussantes et frissonna quand elle entendit les petites vagues lécher les bords boueux de la mare.

Tremblant sous le choc, elle poussa un nouveau petit cri quand elle se rendit compte qu'elle allait maintenant devoir annoncer à ce groupe élitiste qu'une catastrophe s'était produite. Marcello allait devoir appeler la police et elle était sûre que la police allait insister pour que personne ne s'en aille avant qu'elle n'ait inspecté la scène !

Imaginant les invectives qu'allaient prononcer ces clients privilégiés, elle se mit à courir, en proie à la panique. Ils allaient être furieux qu'on les retarde encore plus.

Elle revint au bus choquée et à toute vitesse. Le rayon de la lampe de poche s'agitait dans tous les sens devant elle. Comme s'il avait senti sa détresse, Marcello apparut et avança vers elle à grands pas.

— Olivia, que se passe-t-il ? demanda-t-il à voix basse. Y a-t-il un problème ?

Alors, il la prit dans ses bras et Olivia se mit à sangloter sur la laine douce de sa veste élégante.

— C'est Rupert. Il est dans la mare. Il s'est noyé, Marcello !

— Noyé ? demanda-t-il d'une voix basse et horrifiée.

— Il est à plat ventre dans l'eau. Il ne bouge pas.

94

— Oh, *mio Dio*, comment une telle tragédie peut-elle nous arriver une nouvelle fois, et surtout lors de ce jour important ? chuchota Marcello en disant ce qu'Olivia pensait elle-même.

Prenant la lampe de poche d'une main et la main d'Olivia de l'autre, il se précipita dans les jardins pour se rendre sur la scène de crime.

Il s'arrêta en trébuchant quand il atteignit le sentier pavé qui entourait la mare. Alors, il se rendit du côté le moins profond de la mare, entra prudemment dans l'eau et pataugea jusqu'au corps.

Olivia ferma les yeux et se détourna. Elle ne voulait pas regarder.

Une minute plus tard, Marcello revint. De l'eau coulait de ses vêtements et de ses chaussures.

— Il est mort, ça ne fait aucun doute. Il est glacial et il n'a aucun pouls. Il faut appeler la police immédiatement. Olivia, est-ce que tu vas bien ? As-tu besoin de t'asseoir dans mon bureau pendant quelque temps ?

— Non. Je tiendrai le coup. Je préfère rester et aider si je le peux, dit courageusement Olivia.

— Je vais passer l'appel pendant qu'on revient au bus. Ensuite, nous allons devoir annoncer la nouvelle à nos clients.

Comme il faisait noir, Olivia ne pouvait pas voir le visage de Marcello, mais il avait parlé sur un ton sombre, comme s'il redoutait la réaction que la nouvelle allait déclencher.

Repartant vers le parking en pataugeant dans ses chaussures trempées, Marcello composa le numéro de la police, parla brièvement et laconiquement puis raccrocha.

— Ils arrivent. Maintenant, il faut expliquer ça au groupe, dit-il avec une détermination tranquille dans la voix.

Il ouvrit la porte du bus. Des conversations et des rires arrivèrent de l'intérieur à l'odeur de cuir.

— Je suis désolé de vous annoncer qu'il s'est produit une tragédie, annonça Marcello.

— Le bus refuse encore de démarrer ? dit Sid en provoquant un rire généralisé.

— On est à court de vin ? suggéra Drake en gloussant.

Marcello poursuivit d'un ton sinistre.

— Un membre du groupe a été retrouvé mort. On dirait que Rupert Curren s'est noyé dans une mare près des jardins du restaurant.

Il y eut un bref silence. Olivia se prépara au torrent d'amertume et de reproches que ces milliardaires allaient déverser sur Marcello et sur elle.

— Il est mort ? demanda Sashenka en se penchant vers la porte du bus depuis le siège de devant où elle était assise et en regardant au-delà d'Olivia avec curiosité comme si elle avait pu voir le corps depuis le parking.

— Malheureusement, oui, confirma Olivia. Nous devons attendre que la police arrive pour que le bus puisse repartir.

Elle avait parlé d'une voix tremblante en s'attendant à un déchaînement d'insultes.

— Dans ce cas, nous n'avons aucune raison d'attendre dans le bus, déclara Chico. Nous avons un restaurant confortable juste à côté.

Tous les autres touristes acquiescèrent d'un murmure. Olivia se plaça devant l'embrasure de la porte ouverte, encore plus inquiète. Ce n'était pas du tout ce qu'ils avaient prévu, elle et Marcello ! Cependant, les milliardaires s'étaient déjà relevés et se dirigeaient vers la porte avec détermination. Donc, Olivia fut obligée de les laisser descendre.

— Par ici, dit-elle.

Elle espérait que, si elle faisait preuve d'une autorité calme, ils la suivraient au moins dans le restaurant sans aller errer dans les jardins. S'ils essayaient de voir où était le corps, ils contamineraient probablement la scène.

Contaminer la scène ! Olivia frissonna quand elle se rendit compte qu'elle soupçonnait déjà qu'il y avait peut-être eu un homicide.

Elle entra dans le restaurant, où Gabriella débarrassait les verres. Jean-Pierre, qui passait la serpillière, releva les yeux d'un air perplexe quand il vit revenir le groupe.

— Nos clients estimés vont passer un peu de plus temps avec nous à cause d'un événement tragique. Un membre du groupe est mort. Nous espérons que nos nouveaux amis pourront trouver un peu de confort *dans le restaurant* pendant que nous attendons la police, annonça Olivia en mettant l'accent sur les mots les plus importants et en allant directement à la porte latérale, qu'elle referma.

Visiblement consterné, Jean-Pierre regarda le groupe se rasseoir en raclant les chaises et en plaisantant dans une atmosphère conviviale.

— Ça me rappelle l'année dernière, où j'ai pris l'avion pour Singapour, commença Bernie à raconter à Sid. D'habitude, je n'utilise pas les vols commerciaux mais, cette fois-là, j'ai été obligé de la faire.

En tout cas, l'homme qui était assis de l'autre côté de l'allée de première classe, en face de ma rangée, s'est étouffé sur son bœuf bourguignon et il est mort sur place. Ils n'ont pas pu le sauver. Apparemment, il avait des problèmes médicaux préexistants, quelque chose de cardiaque. Encore du vin, s'il vous plaît, dit-il à Jean-Pierre.

Abandonnant sa serpillière, le jeune assistant se dépêcha d'aller chercher le vin.

— Oui, quand l'heure est venue, l'heure est venue, confirma Hamilton. À propos de nourriture, pourra-t-on avoir une autre tournée de ces excellents paninis grillés au fromage et au jambon ?

Gabriella s'était tenue dans l'embrasure de la porte de la cuisine, l'air à la fois choquée, curieuse et craintive. Quand elle entendit que l'on demandait de la nourriture, elle repartit précipitamment à l'intérieur. Olivia espéra qu'elle pourrait préparer en vitesse quelque chose d'aussi délicieux parce que, après ce qui s'était passé, elle ne pensait pas que les clients pourraient aller au restaurant étoilé par le guide Michelin qu'ils avaient réservé.

— Encore du whisky, s'il vous plaît, barman, dit Carmody en claquant les doigts à Paolo, qui passa immédiatement derrière le bar pour préparer la commande.

Donc, cela avait bien été du whisky, constata Olivia. Carmody avait l'air réellement éméché mais, heureusement, il ne semblait pas avoir l'alcool mauvais comme Rupert.

Quand Olivia regarda partout dans la salle, où l'atmosphère était festive, elle trouva triste que, dans son ensemble, le groupe considère cet événement comme intéressant et que personne ne semble réellement bouleversé par la mort de Rupert. Est-ce qu'aucun d'eux ne ressentait le même choc et la même inquiétude qu'elle ? Ou alors, est-ce qu'ils le cachaient parce qu'ils ne voulaient pas avoir l'air faibles en présence de leurs pairs ?

Ou alors, pourrait-il y avoir une autre raison ? se demanda Olivia avec une pointe d'anxiété. Rupert ne s'était pas rendu populaire auprès de ses compagnons de voyage. En fait, il avait fait tout son possible pour narguer et rabaisser les autres.

Même si Olivia se força à ne plus penser à ces soupçons qui montaient en elle, elle ne put se débarrasser de la petite voix qui la harcelait en lui disant que cette mort avait quelque chose d'extrêmement louche et qu'elle oubliait un détail important.

Alors qu'elle portait çà et là un plateau de verres, elle entendit Carmody, qui était maintenant plongé dans une conversation avec Jose. Lui aussi semblait souffrir des effets de l'alcool.

— Tu sais, ces moines tibétains, ils connaissaient le cercle de la vie. Tu dois l'accepter parce que tout cela fait partie du grand plan.

Il agita un bras pour faire un geste vaguement global qui frappa Jose à l'oreille. Ils ne semblèrent le remarquer ni l'un ni l'autre.

Pendant un bref silence, Jose réfléchit à ces sages paroles.

— Le cercle, répéta-t-il en regardant son verre et en tentant non sans mal de se concentrer.

— Tout est lié. La naissance et la mort.

Carmody cligna des yeux d'un air perplexe.

— Je veux dire — je veux dire dans l'autre sens.

— La mort et la naissance, acquiesça doctement Jose.

— Oui. Non.

Carmody chancela sur sa chaise.

— Je comprends leur sagesse. Cette journée a été spéciale. De très bon augure, sinon même bouleversante. Je me sens reconnecté à ma propre spiritualité à un niveau très profond. Oh, regarde, on apporte à manger.

Reposant son verre, Jose saisit l'assiette de paninis à la mozzarella et au salami que leur proposait Gabriella.

Quand Gabriella tendit les assiettes, la conversation animée se réduisit à un murmure convivial. Les convives qui, maintenant, étaient surtout très ivres, s'attaquèrent aux paninis et aux friandises au fromage grillé qu'elle avait réussi à préparer très vite.

Alors, l'estomac d'Olivia se noua quand elle entendit le son distinctif d'une petite Fiat qui s'arrêtait dans le parking.

À la façon impatiente dont les freins grincèrent, Olivia comprit que la conductrice était déjà de mauvaise humeur. Elle alla à la porte sur la pointe des pieds et regarda discrètement à l'extérieur.

Une camionnette de médecin légiste arrivait juste derrière la Fiat. Dès qu'elle s'arrêta, Marcello se précipita pour aider l'équipe à décharger le matériel, qui comprenait une civière, remarqua Olivia, mal à l'aise.

Alors, la portière de la Fiat s'ouvrit et Olivia sentit son estomac se nouer quand elle vit l'inspectrice Caputi en descendre.

L'inspectrice était en civil. Elle portait une veste noire chaude et des bottes à petits talons élégantes mais solides. Ses cheveux gris brillants coupés au carré luisaient dans les lumières extérieures. Elle ouvrit le coffre de sa voiture et en sortit un sac de matériel volumineux. Elle se l'accrocha à l'épaule et aboya des instructions à ses collègues de la police.

Pourquoi elle ? se demanda Olivia.

Elle avait vaguement espéré que cette inspectrice peu aimable aurait été promue après son excellent travail lors de la récente enquête pour meurtre dans laquelle Olivia avait été impliquée.

Visiblement, l'inspectrice était une personne terre-à-terre qui n'avait aucune envie de monter dans la hiérarchie vertigineuse de la police, quoi qu'elle permette d'obtenir, supposa Olivia.

Elle se tourna vers Jean-Pierre.

— S'il te plaît, assure-toi que personne ne quitte la salle, lui dit-elle.

Même si elle avait très envie de rester ici, dans la chaleur, au milieu des arômes réconfortants de la nourriture et du vin, elle savait qu'elle ne le pouvait pas.

Rassemblant son courage, Olivia sortit pour aller retrouver son ennemie jurée.

CHAPITRE DIX-SEPT

— Euh — *buon giorno*, dit Olivia pour saluer timidement l'inspectrice.

Caputi virevolta en la regardant d'un air sombre.

— Encore vous ? Pourquoi ne suis-je pas étonnée de vous retrouver ici ?

Elle fusilla Olivia du regard comme si elle la considérait personnellement responsable de tous les meurtres de la Toscane entière.

— Je crois qu'un client est mort de cause naturelle, dit poliment Olivia.

Elle ne voulait pas se mettre dans la même colère que l'inspectrice et espérait pouvoir la convaincre que la mort en question était probablement due à une cause naturelle comme elle l'avait dit.

— De cause naturelle ? Avec vous aux alentours ? dit l'inspectrice avec un rire ironique et désagréable.

Pour être honnête, Olivia comprenait qu'elle devait en avoir assez de voir ses soirées interrompues par des appels urgents de La Leggenda, même si cela n'avait jamais été la faute d'Olivia !

Elle traîna derrière le groupe quand ses membres traversèrent les jardins, guidés par Marcello, qui n'avait même pas eu le temps de changer ses vêtements dégoulinants et ses chaussures trempées. L'odeur fraîche d'herbes sauvages remplissait l'air parce que les bottes des inspecteurs écrasaient les feuilles de romarin et de menthe sauvage.

— Restez en arrière, ordonna l'inspectrice Caputi. Mon équipe doit examiner la scène.

— Qu'examinent-ils ? demanda une voix curieuse derrière elle.

Olivia virevolta et vit Sashenka qui se tenait là, en train de mâcher un panini grillé au fromage et de tenir un verre de vin dans l'autre main.

— Il faut que vous repartiez à l'intérieur ! dit Olivia.

Une lueur orange lui attira le regard. Derrière Sashenka, Erba attendait impatiemment dans la queue de badauds.

— Il faut tous qu'on s'en aille ! dit fermement Olivia. Venez.

Sashenka fit demi-tour à contrecœur et vit Erba.

— Oh, quelle jolie chèvre ! N'est-elle pas adorable ? Est-ce qu'elle aime le fromage grillé ?

Olivia décida de ne pas signaler qu'Erba espérait probablement que Sashenka allait lui donner un peu de son vin.

— Vous pouvez essayer, dit-elle.

Sashenka donna le reste de son panini à la chèvre, qui l'engloutit avec enthousiasme.

Alors, au grand soulagement d'Olivia, Sashenka se détourna de la scène, où l'inspectrice Caputi supervisait l'installation de gros projecteurs.

Comme elle avait une milliardaire à accompagner, Olivia sentit qu'elle avait une raison pour repartir dans l'exploitation viticole. Elle était contente de ne pas être obligée de rester assister à la récupération morbide du corps dans la mare.

— Regardez, tout le monde, annonça Sashenka en poussant en grand la porte du restaurant. Je nous ai remmené une chèvre.

— Non ! protesta Olivia.

Cependant, il était trop tard. Erba trotta à l'intérieur en toute confiance, comme si elle avait été une des dix clientes préférées. Elle alla jusqu'à la cheminée et s'installa sur la couverture.

— Elle est vraiment mignonne ! Est-ce celle qui était sur le toit ? demanda Chico.

— On peut voir ça en la comparant aux photos, dit Aldo.

Les frères, Sid et Hamilton se rapprochèrent d'un pas incertain de la chèvre en faisant défiler les écrans de leurs téléphones.

— C'est tout à fait la même, confirma Chico. Quel animal sympathique !

Olivia vit Gabriella les regarder de la cuisine, les bras croisés et les lèvres serrées en signe de désapprobation. Les frères offrirent à Erba un autre morceau de fromage grillé, qu'elle mangea avec beaucoup de plaisir, puis ils lui présentèrent une coupelle de vin.

À l'exception de Carmody et de Jose, qui étaient maintenant assis par terre en position de lotus avec une bouteille de whisky et deux verres entre eux, tous les milliardaires filmèrent Erba en train de laper le vin.

Olivia ne put s'empêcher de se sentir heureuse d'avoir finalement vu leur côté humain. Il avait fallu un bus en panne, une grande quantité de vin et une mort inattendue pour lui montrer que, en leur for intérieur, ces magnats étaient de vrais humains avec des émotions normales.

Cependant, cela créait d'autres sources d'inquiétude parce qu'Olivia savait que les émotions pouvaient être très puissantes et que les humains étaient capables de tout quand ils étaient en colère contre une autre personne. Pourquoi un milliardaire irait-il moins loin ?

Olivia remarqua Ferdie, le magicien, qui rôdait au bord du groupe. Quand elle s'éloigna du club de fans d'Erba nouvellement formé, il lui marmonna :

— Puis-je vous demander quelque chose ?

— Bien sûr. Allez-y, dit Olivia en se tournant vers le jeune homme.

— Est-ce que l'animation du soir est annulée pour l'instant ? Le concert de piano et tout ça ?

— Je ne sais pas si l'animation a été annulée ou repoussée.

— J'espère qu'elle a été annulée, marmonna-t-il.

Olivia aurait voulu lui poser quelques questions. Elle trouvait mystérieuse la présence ce jeune homme dans ce voyage. Cependant, avant qu'elle ait pu lui demander quoi que ce soit, on entendit un grand bruit devant la porte du restaurant.

Des roues firent du bruit, des phares trouèrent la nuit et Olivia entendit des voix crier quand on poussa la civière sur le sentier pavé. Alors, l'inspectrice Caputi entra d'un pas raide.

— *Buon giorno*, dit-elle au groupe, apparemment peu impressionnée par le fait de s'adresser à une pleine salle de milliardaires. Nous avons sorti le corps du lac. À ce stade, nous considérons que la mort est douteuse. Je vais devoir tous vous interroger. Comme vous êtes une employée de l'exploitation viticole qui est impliquée parce qu'elle a trouvé le corps par hasard, vous passerez en premier.

Après s'être exprimée d'un ton soupçonneux, l'inspectrice pointa un doigt accusateur sur Olivia.

*

Cinq minutes plus tard, Olivia était assise, mal à l'aise, dans le bureau de Marcello, qui avait été reconverti en salle d'interrogatoire. L'inspectrice était assise dans le fauteuil en cuir habituellement occupé par Marcello. Olivia se sentait désorientée par sa présence sévère dans la pièce qu'elle considérait habituellement comme un refuge. L'inspectrice avait les bras croisés et contemplait Olivia d'un air hostile.

— Je vais être honnête avec vous. Votre arrivée n'a apporté que des ennuis à notre région. Depuis que vous habitez ici, des morts douteuses se sont produites. Je trouverai le coupable de ce meurtre-ci, quoi qu'il en coûte. Je sens qu'il y a une dimension cachée à cette affaire, dit l'inspectrice Caputi d'un ton menaçant.

Olivia la regarda avec d'autant plus de consternation qu'elle se rendait compte que c'était visiblement un avertissement personnel et officieux. Ce ne fut qu'après avoir prononcé ces mots que l'inspectrice lança l'enregistrement.

— Quand avez-vous rencontré le mort, Rupert Curren ? demanda-t-elle.

Consciente du fait que l'enregistreur de cassettes enregistrait tous les sons et toutes les nuances, Olivia fit de son mieux pour répondre calmement.

— Il est arrivé à l'exploitation viticole avec le Platinum Tour.

— Avez-vous eu une interaction spécifique avec lui dans la soirée ?

Olivia aurait voulu pouvoir dire non, mais le problème était que les autres clients l'avaient remarqué. Elle savait ce que ressentiraient les milliardaires une fois assis face à cette femme effrayante, seuls avec elle dans le bureau de Marcello. L'argent et le statut seraient de piètres défenses contre son regard sombre et féroce. Ils diraient ce qu'il faudrait pour qu'elle s'intéresse à quelqu'un d'autre. Dans ce cas-ci, « ce qu'il faudrait » inclurait l'attitude désagréable de Rupert envers le personnel de l'exploitation viticole et envers Olivia en particulier.

— Oui, c'était un client difficile, admit-elle.

Sans surprise, le regard de l'inspectrice se fit plus intense.

— De quelle manière ?

— Il se plaignait beaucoup et il n'aimait pas les vins. Il se disputait avec les autres clients. Il était agressif envers eux. À un moment, il en est presque venu aux mains avec Drake Rafter. Heureusement, Jean-Pierre a réussi à désamorcer la situation. Rupert a aussi menacé le guide du voyage de manière horrible, en disant qu'il allait le faire licencier.

Qui m'a entendue menacer Rupert ? se demanda Olivia. Quelqu'un avait dû l'entendre. Elle savait avec une certitude déroutante que cette information ne resterait pas secrète. Il vaudrait probablement mieux qu'elle l'avoue elle-même à l'inspectrice.

— Je lui ai dit d'arrêter d'être odieux et que sa mauvaise attitude aurait des conséquences, avoua Olivia avec un soupir.

Levant les sourcils comme si cet aveu avait tout changé, l'inspectrice nota quelque chose dans son carnet.

— Repartons avant le moment où vous avez commencé à menacer le client maintenant mort, dit-elle. Est-ce que le groupe dînait ici ? Quel était leur programme ?

— Ils étaient censés effectuer une dégustation de vins et d'en-cas. Cependant, comme le bus ne démarrait plus et a dû être réparé, tout l'emploi du temps a été bousculé et ils sont restés ici plus longtemps qu'ils ne l'auraient dû. D'abord, les gens ont été mécontents, mais la plupart d'entre eux se sont calmés peu après. Ils ont beaucoup bu. Gabriella a préparé de la nourriture. Ensuite, quand il a été l'heure de partir, nous n'avons pas retrouvé Rupert. Je suis partie à sa recherche et je l'ai découvert dans la mare. En fait, c'est ma chèvre qui l'a retrouvé. Elle regardait dans l'eau et je suis allée voir ce qui avait éveillé sa curiosité.

Olivia espérait fortement que cette déclaration allait l'innocenter. Elle avait une sensation très désagréable à l'estomac, celle qu'on a quand on ne sait pas si on va rentrer chez soi ou aller tout droit en prison !

Elle espérait qu'elle pourrait rentrer chez elle. Sa chatte avait besoin d'elle !

— Montrez-moi vos chaussures, dit l'inspectrice.

Étonnée, Olivia se tourna de côté sur sa chaise, leva un pied au-dessus du bureau et montra ses confortables bottes en cuir noir. En levant le pied en l'air, elle eut un peu l'impression d'être une danseuse de revue.

— Non, non, dit impatiemment l'inspectrice. Enlevez-les.

Les enlever ? Pourquoi ?

Cette fois, elle eut l'impression d'être Cendrillon quand elle enleva ses bottes et les passa par-dessus le bureau. Elles étaient assez boueuses, constata-t-elle. Le carrelage lui paraissait froid sous ses pieds en bas.

— Je vous les rendrai plus tard, dit l'inspectrice d'un ton intransigeant.

Dans combien de temps ? se demanda nerveusement Olivia. Il fallait qu'elle rentre à la maison et elle ne pourrait pas le faire pieds nus !

— C'est tout, dit l'inspectrice. Vous restez suspecte d'un crime probable et nous devrons vous réinterroger plus tard. Tant que cette affaire ne sera pas résolue, vous ne pourrez pas quitter la région.

CHAPITRE DIX-HUIT

Quand Olivia quitta le bureau, marchant délicatement en bas sur le carrelage froid, elle se demanda pourquoi l'inspectrice avait été à ce point intéressée par ses chaussures. Bien que la policière ne l'ait pas dit, Olivia devina que, à la mare, certaines preuves avaient dû l'inciter à soupçonner un homicide.

Olivia en déduisit que ces preuves devaient être des empreintes de pas. Donc, l'inspectrice Caputi allait peut-être essayer de trouver quelles empreintes étaient celles d'Olivia et, s'il y en avait d'autres, quelles empreintes n'étaient pas les siennes.

Olivia se souvint qu'elle n'était pas allée jusqu'au bord de l'eau et cela grâce à Erba. En effet, comme l'attitude bizarre de sa chèvre l'avait inquiétée, elle avait éclairé la mare en restant à un ou deux mètres de distance au lieu de se tenir au bord de l'eau.

Est-ce que cela ferait une différence ? se demanda-t-elle avec inquiétude. Les empreintes de pas étaient-elles assez claires pour qu'on distingue qui avait été où ?

Si elles l'étaient, alors, la présence d'Erba sur la scène de crime pourrait permettre à sa maîtresse de revenir chez elle au lieu de passer la nuit en prison.

Quand Olivia rentra avec précaution dans la salle de dégustation, elle se rendit compte qu'il y régnait une activité fébrile. Stella était arrivée, habillée et maquillée de façon irréprochable. Porte-bloc en main, elle organisait le groupe.

— La police veut que vous restiez ici jusqu'à ce que vous ayez été interrogés. Quand ce sera fait, nous vous remmènerons dans vos hôtels. Toutefois, la police a demandé que vous ne quittiez pas vos hôtels et que vous restiez disponibles tout demain, car ils pourront avoir besoin de vous réinterroger.

Les milliardaires formaient un groupe apparemment rebelle autour de Stella.

— Je veux rentrer à mon hôtel maintenant, protesta Chico.

— J'espérais encore que nous allions dîner au restaurant, se plaignit Drake.

— Le repas au restaurant a été repoussé à demain, dit fermement Stella. Demain soir, le restaurant a été loué rien que pour nous et nous avons organisé une séance d'accueil avec le chef.

Cette perspective sembla amadouer les milliardaires mécontents, mais seulement un moment.

— Je suis fatigué et je veux me coucher maintenant, dit Sid. Pourquoi faut-il que nous restions ici ? La police ne peut-elle pas venir nous interroger dans nos hôtels ?

Il y eut un murmure d'approbation dans le groupe, dont les membres avaient visiblement l'habitude que l'on cède à leurs caprices.

Depuis le couloir, quelqu'un se racla sévèrement la gorge. Le son n'avait pas été fort, mais Olivia eut l'impression qu'il lui perçait les tympans.

L'inspectrice était là et elle contemplait le groupe. Elle tenait les bottes d'Olivia dans un sac en plastique.

— Comme les membres du groupe logent tous dans des hôtels différents, nous demandons à ce que les interrogatoires initiaux se déroulent ici, sur site. Ils seront brefs. Le seul autre choix serait d'emmener tout le monde dans un hôtel commun pour la nuit. L'endroit le plus proche est le Collina Inn, trois étoiles. Le propriétaire m'a dit qu'ils avaient six chambres à lits jumeaux à disposition.

Elle regarda le groupe d'un air satisfait.

Les milliardaires s'étaient soudain tus et se regardaient les uns les autres d'un air horrifié. Olivia devinait les messages non dits qui passaient entre eux.

— *Trois étoiles ? On a quoi, avec trois étoiles ? Y a-t-il même des oreillers dans la chambre ou faut-il apporter les siens ?*

— *Attends ! Six chambres et on est onze ! Ça — ça signifie que ... !*

— *Je parie qu'il n'y a aucun service en chambre, là-bas !*

— *L'hôtel est sûrement plein de puces !*

— *Cette inspectrice de police a l'air de parler sérieusement !*

Après avoir attendu que le groupe comprenne les conséquences de ses décisions, l'inspectrice pointa sévèrement un doigt vers Sashenka.

— Je commence par vous, annonça-t-elle.

Presque comme si elle y avait pensé après coup, elle jeta un coup d'œil au sac en plastique et le lança dans la direction d'Olivia.

*

Quand tout le monde eut été interrogé et quand le conducteur et l'organisatrice du voyage les eurent remmenés à leurs logements divers, il était plus de vingt-deux heures. Olivia se sentait épuisée. Pour une fois, sa demi-heure de retour à la maison lui parut être une escalade de montagne et elle fut immensément reconnaissante quand Marcello insista pour la remmener :

— Nous devons fermer, maintenant. Permets-moi de te remmener chez toi.

— Merci, dit Olivia.

Elle verrouilla les lieux, sortit en traînant les pieds de l'exploitation viticole maintenant sombre et s'installa à la place passager du SUV de Marcello. Avant qu'elle n'ait pu refermer la porte, un trottinement de sabots arriva comme de nulle part et Erba contourna le coin à toute vitesse.

— Oh, bon sang, dit Olivia.

Elle avait espéré qu'Erba serait partie rejoindre ses amies chèvres pour la nuit. Maintenant, elle allait devoir remmener son animal rebelle jusqu'à la laiterie et espérer qu'elle y reste.

— Elle peut monter dans ma voiture, elle aussi, dit gentiment Marcello.

— Merci.

Soulagée de ne pas être obligée de révéler l'indiscipline de sa chèvre en public, Olivia ouvrit la portière de derrière et Erba bondit joyeusement à l'intérieur.

Quand Marcello vit la petite chèvre se blottir sur le siège, Olivia se rendit compte que c'était la première fois qu'elle le voyait sourire sincèrement depuis des heures.

— Je suis vraiment déchirée par ce qui est arrivé, avoua-t-elle pendant que Marcello sortait de l'exploitation viticole. Je ne peux m'empêcher de me demander tout le temps : pourquoi nous et pourquoi ici ?

Marcello hocha la tête.

— C'est exactement ce que je me demandais. C'est une catastrophe. Je n'imagine même pas ce que ça signifiera pour notre entreprise et quelle sera l'étendue des conséquences négatives qu'elle subira. C'est pire qu'un cauchemar ! Des milliardaires en plein voyage renommé arrivent ici et l'un d'eux meurt dans des circonstances louches. Ça pourrait nous forcer à mettre la clé sous la porte.

— Non ! Quand même pas, protesta Olivia, l'estomac noué par l'anxiété.

Sortant de l'exploitation viticole, Marcello secoua la tête d'un air sombre.

— Nous devons trouver ce qui s'est passé, dit Olivia. Il est peut-être mort de cause naturelle, après tout !

— Tant que ce point n'aura pas été éclairci, nous serons soupçonnés et La Leggenda aura mauvaise presse. Comme nous en sommes les propriétaires, nos réputations souffriront en même temps que l'exploitation viticole et je sais que je ne serai plus le bienvenu à Castello di Verrazzano après ces événements.

— Non ! s'écria Olivia.

Elle était accablée de l'entendre dire ça. C'était une chance unique et Marcello allait y renoncer ?

Marcello soupira.

— Attendons de voir ce qui se passe demain. L'exploitation viticole sera fermée pour la journée parce que c'est une scène de crime potentielle et que la police devra chercher d'autres preuves.

— Je viendrai quand même vous aider, promit Olivia. S'il y a une chose que je puisse faire, je travaillerai dessus le matin. Nous pourrons peut-être publier une déclaration officielle pour les médias.

— Nous devrons attendre que la police ait terminé son enquête sur la mort, dit Marcello. Ils ont déjà dit qu'ils reviendraient à la scène de crime demain et qu'il y aurait d'autres interrogatoires. J'ai proposé au conducteur et au guide du voyage de passer la nuit dans deux de nos chalets pour clients. Après avoir emmené les clients çà et là, ils étaient épuisés et l'inspectrice a dit qu'elle voudrait leur reparler.

— C'est très gentil de ta part, dit Olivia.

Marcello arrêta le SUV devant la ferme.

Olivia descendit et ouvrit la portière pour laisser sortir Erba. Elle voulait demander à Marcello d'attendre le lendemain avant de décider d'annuler le mentorat mais, avant qu'elle ait pu dire un mot, le téléphone de Marcello commença à sonner.

Il grimaça avec agacement avant de répondre. Quand il repartit, plongé dans sa conversation, Olivia le regarda s'éloigner d'un air soucieux. D'après ce qu'elle avait entendu, c'était un habitant du coin qui voulait savoir ce qui s'était passé à La Leggenda ce soir.

La nouvelle circulait déjà et, demain, Olivia était sûre que tout le village en parlerait.

Olivia nourrit Erba puis entra dans la ferme, épuisée. Quelle journée affreuse ! Elle était trop fatiguée pour manger et il était trop tard pour envoyer un message à Danilo. Il faudrait qu'elle le rappelle le lendemain et qu'elle lui explique l'étendue de la catastrophe. Elle espérait que Danilo aurait quelques bonnes idées à lui proposer. En tout cas, comme il serait au courant de tous les potins du village, il pourrait peut-être l'aider à gérer la situation.

Elle monta l'escalier avec lassitude et vit Pirate qui, roulé en boule sur son lit, lui jetait un coup d'œil méfiant.

— Oh, Pirate.

Avec douceur, Olivia caressa sa chatte délicate et coûteuse qui se remettait d'une opération.

— Tu as eu une journée horrible, la pire de ta vie, et moi aussi ! Nous devons espérer toutes les deux que les choses iront en s'améliorant.

Pirate eut l'air de ne pas y croire. Olivia sentit que sa chatte doutait profondément de ses propos.

Après une douche rapide, Olivia se glissa sous les couvertures en faisant attention de ne pas déranger sa chatte perturbée. Elle était sûre que, après tout ce stress et cet épuisement, elle allait s'endormir très vite mais, quand sa tête toucha l'oreiller, son esprit commença à tourner dans tous les sens. Elle ne pouvait ni arrêter de penser à ce qui s'était passé ce jour-là ni effacer le moment où elle avait vu cette forme sombre flotter dans la mare.

Alors, Olivia comprit ce que cette mort avait de plus dérangeant.

Elle se redressa dans l'obscurité, respirant avec difficulté, la peau picotée par la chair de poule.

Il était impossible que cette mort ait été accidentelle. Olivia venait de se souvenir de ce que Rupert avait dit dans le restaurant. Il s'était vanté auprès de Drake d'avoir été un triathlète national.

Un nageur de compétition ne se serait jamais noyé aussi facilement. C'était tout simplement impossible.

Il y avait eu un homicide. Avant, Olivia l'avait soupçonné mais, maintenant, elle en était convaincue. Quelqu'un avait dû assassiner Rupert.

Olivia frissonna en se disant que l'assassin était en liberté et en imaginant les conséquences affreuses qu'un crime non résolu aurait pour l'exploitation viticole.

— Je vais devoir enquêter là-dessus moi-même, Pirate, confia Olivia à sa chatte. C'est une situation désespérée. La survie de l'exploitation viticole et la carrière de Marcello sont en jeu. Enfin, le plus important, c'est que l'inspectrice Caputi ne m'a pas dit de ne pas enquêter. Je vais commencer dès demain matin et je sais qui sera le premier suspect de ma liste !

CHAPITRE DIX-NEUF

Le lendemain matin, Olivia partit pour La Leggenda en se sentant déterminée. En conduisant, alors qu'elle jetait parfois un coup d'œil dans le rétroviseur, où elle pouvait voir Erba regarder résolument par-dessus son épaule, elle passa en revue les faits disponibles. Comme elle avait peu de temps, elle allait devoir agir vite et bien ordonner ses pensées.

Elle décida que Rupert avait dû être poussé dans la mare. Toutefois, est-ce que quelqu'un l'avait d'abord frappé à la tête ? Y avait-il eu une bagarre au bord de la mare et était-ce pour cela que l'inspectrice avait examiné ses chaussures ?

Cela paraissait probable. Cependant, quel que soit le déroulement exact de la scène, Olivia savait qui était le premier suspect. Heureusement, grâce à la gentillesse de Marcello, il logeait ici même, à La Leggenda.

Le guide du voyage était son suspect principal. Après tout, il avait été la dernière personne qu'elle ait vu parler à Rupert avant que ce dernier ne s'en aille pour finir dans la mare. Rupert avait rageusement menacé l'homme et lui avait dit qu'il le ferait licencier. Donc, le guide disposait d'un mobile solide pour avoir commis le crime.

L'excitation monta en Olivia quand elle se rendit compte que, si elle menait bien son enquête, l'affaire pourrait être élucidée en une heure. Cela résoudrait beaucoup de problèmes et cela sauverait la réputation de l'exploitation viticole ainsi que le mentorat de Marcello à Castello di Verrazzano.

Si le crime n'était pas rapidement élucidé, les gens commenceraient à considérer l'exploitation viticole comme un lieu dangereux, à juste titre.

— Donc, si ce n'est pas le conducteur, nous l'acceptons sans sourciller et nous passons au prochain suspect le plus probable. Nous avons tout un groupe de clients à interroger et l'assassin est forcément l'un d'eux, dit Olivia à sa chèvre, qui écoutait intelligemment.

Olivia se rendit compte qu'elle pouvait jouer un rôle important dans le processus d'interrogation, sinon même un rôle essentiel. Après tout, un groupe de milliardaires allait naturellement se méfier de la police, une des rares entités à avoir un vrai pouvoir sur eux.

D'un autre côté, Olivia pourrait approcher les magnats sans qu'ils se sentent menacés. Ils s'ouvriraient peut-être plus volontiers à elle, surtout parce qu'ils la connaissaient un peu, maintenant.

— Et surtout parce que l'inspectrice Caputi ne m'a pas dit de ne pas m'impliquer dans l'enquête ! rappela triomphalement Olivia à Erba.

Ses instructions avaient été claires et Olivia se souvenait clairement de ses mots. Tout ce que l'inspectrice avait dit, c'était qu'Olivia devait rester dans la région. Elle était sûre que, si elle allait à Florence, cela serait encore « la région ». De plus, l'inspectrice ne lui avait pas interdit formellement d'enquêter. Comme Caputi avait oublié de le préciser, cela signifiait qu'elle voulait bien qu'Olivia participe. C'était peut-être même un appel à l'aide, décida-t-elle.

Quand elle entra dans l'allée de La Leggenda, elle ne se gara pas à sa place de parking habituelle mais continua sur la route, prenant l'embranchement qui menait dans les collines et aux chalets.

Olivia adorait les chalets et les promouvoir était une de ses tâches préférées. Les six résidences bien équipées étaient nichées dans une partie isolée et vallonnée de l'exploitation viticole. Elles bénéficiaient toutes d'une tranquillité maximale et de vues magnifiques.

Les méandres de la route pavée traversaient un petit bois d'oliviers. Devant elle, elle vit le chalet numéro un. Admirant ses murs en pierre, ses détails en bois et son toit de tuiles en pente, Olivia fut impressionnée par la qualité de l'entretien du petit jardin du chalet. Son balcon était parfaitement balayé et le seul signe qui montrait qu'il n'était pas occupé était que tous les stores étaient baissés et les rideaux tirés.

Elle passa devant les chalets deux et trois en se souvenant que c'étaient les logements les plus grands, prévus pour des familles. Il était plus probable que Marcello ait attribué un logement plus petit aux gens qui y séjournaient seuls et cela s'avéra exact. L'un avait l'air vide alors que, devant l'autre, une voiture inhabituelle était garée.

Sous l'auvent pour voiture qui se trouvait devant le petit chalet numéro quatre, Olivia retrouva le bus du voyage.

— Si le bus est là, ce doit être le logement du conducteur, déduisit Olivia, qui comprit ainsi qu'il fallait qu'elle continue à chercher.

Elle contourna lentement une haie soigneusement taillée et arriva au bâtiment suivant. Nerveuse, elle descendit de sa voiture. Erba la suivit, regarda admirativement autour d'elle puis trotta avec détermination sur le sentier qui menait à la laiterie.

Olivia approcha de la porte d'entrée et souleva le heurtoir en cuivre.

Avant d'avoir pu se convaincre que c'était peut-être une mauvaise idée, elle frappa fortement.

Elle attendit, sentant son cœur battre fort.

Elle entendit des pas approcher et, un moment plus tard, la porte s'ouvrit.

— *Buon giorno*, dit le guide, qui avait l'air étonné de la voir.

C'était un homme grand et mince. Ce matin-là, il était nonchalamment vêtu d'un jean et d'un sweat gris qui, selon Olivia, avaient l'air deux fois plus stylés que les vêtements vieux et démodés que les milliardaires avaient portés.

— Est-ce que la police nous attend déjà ? Marcello a dit que nous devions être prêts à dix heures.

— Non, la police n'est pas encore arrivée. Je me demandais si je pouvais vous poser une question. Nous nous sommes rencontrés hier mais nous ne nous sommes pas présentés. Je m'appelle Olivia.

Pendant un moment, le soupçon lui obscurcit les traits puis il recula.

— Je m'appelle Luca. Entrez, dit-il.

Olivia entra dans l'espace somptueux du chalet, qui sentait le café.

Quand Luca ferma la porte d'entrée derrière elle, l'assurance d'Olivia s'évapora et fut remplacée par le doute et la peur.

Comment avait-elle pu agir de manière aussi obstinée et irresponsable ? Personne ne savait où elle était ! Si le guide du voyage avait tué une fois, il pourrait facilement recommencer. Olivia sentit un frisson lui parcourir l'échine quand elle se souvint qu'il y avait une autre mare très près de ce chalet.

Elle s'imagina en train de flotter dans celle-là, perdue pendant des semaines ou des mois, pendant que Luca conduisait sa voiture dans les collines et l'y abandonnait.

— Café ? demanda Luca juste derrière elle.

Olivia sursauta si violemment que sa tête frappa presque le haut plafond.

— Oui, je vous prie, dit-elle en entendant le tremblement de sa propre voix.

Au moins, la préparation du café occuperait Luca un moment et Olivia pourrait chercher comment remédier à ses actions irréfléchies. Elle alla dans le petit salon. Les rideaux étaient tirés et, par la grande fenêtre, on voyait les collines lointaines et une plantation de raisins sangiovese. Le mur d'en face était décoré avec des peintures de lavande et de géraniums.

Olivia se percha sur un des sofas en cuir beige.

Il fallait qu'elle envoie un SMS à Danilo, décida-t-elle. C'était une chose qu'elle aurait dû faire avant même de partir. Il fallait que Danilo sache où elle était et ce qu'elle faisait.

Bien sûr, son téléphone était enfoui au fond de son sac à main et il lui fallut, pensa-t-elle, une éternité pour le trouver. Elle le sortit. Ses mains tremblaient sous l'effet de la tension et cela n'allait pas l'aider à écrire un message rapide. Cela dit, il fallait quand même qu'elle essaie.

— *Salut, Danilo. Si tu me cherches, je suis au* — commença-t-elle à écrire.

Alors, Luca revint avec deux tasses fumantes sur un plateau.

La panique monta en elle. Elle n'avait pas fini son SMS. À quelques mots près, elle aurait pu échapper à un destin affreux. Cependant, elle allait peut-être pouvoir s'en sortir par le bluff.

— J'envoyais un SMS à mon petit ami, dit-elle avec un sourire. Je viens de lui dire que ce chalet est magnifique. Je n'étais jamais entrée dedans. Il est vraiment beau et bien équipé. En plus, la réception est excellente. Mon SMS a été envoyé tout de suite !

— C'est un bel endroit, dit Luca, qui la regardait encore d'un air étrange.

— Vous vous demandez peut-être pourquoi je suis ici, dit Olivia d'un ton joyeux.

Elle posa sa tasse sur la desserte en acajou, décidant qu'il fallait qu'elle en vienne au but de sa visite et s'en aille aussi vite que possible. Dans la manière que Luca avait de la regarder, quelque chose la mettait réellement mal à l'aise.

— Pourquoi êtes-vous venue ? demanda-t-il.

Olivia sentit son pouls accélérer quand elle se rendit compte qu'il regardait précisément son cou. Elle n'osait imaginer quelles pensées infâmes il avait en tête en ce moment. Elle aurait vraiment voulu abandonner son interrogatoire et fuir le chalet, mais elle avait commencé et elle irait jusqu'au bout.

— Comme vous le savez, j'ai vu Rupert se disputer avec vous dehors, hier soir, juste avant qu'il ne disparaisse, dit Olivia en remarquant que Luca plissait les yeux pendant qu'elle parlait. Avez-vous vu où il est allé ou remarqué si quelqu'un d'autre le suivait ?

Alors, l'expression de Luca se figea et Olivia comprit qu'il avait deviné pour quelle raison elle était venue.

Au lieu de répondre à sa question, il dit, d'une voix basse mais autoritaire :

— Ne bougez pas !

Olivia laissa échapper un cri de terreur quand il bondit vers elle les mains tendues.

CHAPITRE VINGT

Olivia recula quand Luca bondit en avant. Des pensées frénétiques lui passèrent rapidement en tête. Est-ce que son visage aux sourcils foncés et froncés serait la dernière chose qu'elle verrait jamais ?

Cependant, à son grand étonnement, il joignit doucement les mains quand elles atteignirent son col.

— C'était une punaise verte, dit-il. Je l'ai vue sur votre veste quand vous êtes entrée. Je suis désolé de ne pas vous l'avoir dit. Je craignais que, si vous la remarquiez, vous ne preniez peur et ne l'écrasiez. Alors, votre veste et le chalet auraient senti terriblement mauvais tout le reste de la journée !

— Je — oui, j'ai eu un peu peur, j'imagine, acquiesça Olivia en se levant sur des jambes en coton et en suivant Luca jusqu'à la porte d'entrée. Merci de l'avoir enlevée !

— Laissons repartir cette créature, dit-il.

Olivia ouvrit la porte. Luca sortit, ouvrit les mains et le petit insecte vert vif s'envola dans la fraîcheur de la matinée.

— C'est inhabituel d'en voir au milieu de l'hiver, fit remarquer Luca pendant que l'insecte s'envolait au loin.

Olivia sentit son assurance lui revenir. L'attitude bizarre de Luca avait eu sa raison et, vu ce qui venait de se passer, il semblait être une personne gentille qui aimait les créatures innocentes, quelles que soient leur taille ou leur odeur.

Elle revint à l'intérieur avec Luca et se rassit. Cette fois, elle se sentit assez calme pour siroter son café. Même si elle n'avait pas besoin de caféine après l'incident remuant qui venait de se dérouler, le goût riche du café, qui contenait une goutte de lait mousseux, était apaisant et délicieux.

— Donc, vous voulez que je vous parle de Rupert ? demanda Luca en fronçant les sourcils et en tendant une main vers sa propre tasse. Vous n'êtes pas la seule. La police m'a demandé des quantités d'informations, elle aussi.

— Pourquoi ? demanda Olivia.

— Elle voulait savoir ce qui s'était passé entre Rupert et moi. Leur avez-vous dit qu'il m'avait insulté et menacé ? Cette inspectrice m'a posé beaucoup de questions et a dit qu'elle reviendrait ce matin, au cas où j'aurais oublié de lui dire quelque chose.

Olivia haussa les épaules avec regret.

— Oui, j'en ai bien parlé à l'inspectrice, avoua-t-elle. J'ai pensé que je ferais mieux de dire tout ce que je savais, car d'autres avaient peut-être entendu ça, eux aussi. Je lui ai expliqué que j'avais menacé Rupert, moi aussi.

Luca soupira.

— Je comprends. Avouer toute la vérité est toujours la meilleure idée. Comme je l'ai dit à l'inspectrice, j'aime mon travail ! C'est merveilleux de s'occuper d'un bus de luxe, de visiter les plus belles parties de l'Italie et de s'assurer que les clients qui sont à bord soient bien traités. Jamais je ne mettrais en danger ma carrière, ou la réputation de l'entreprise, en commettant une chose aussi terrible. De plus, si j'avais une raison de soupçonner quelqu'un d'avoir fait ça, je le dirais à la police, parce que je crains que, si ce crime n'est pas élucidé, l'entreprise n'ait à en souffrir.

Olivia trouva que Luca avait l'air passionné et apprécia la logique de ses mots et son désir de protéger son travail. Elle hocha la tête en espérant qu'il se sentirait assez motivé pour continuer.

— J'ai l'habitude que les clients se plaignent. Les riches peuvent être exigeants et tous les clients peuvent se mettre en colère de façon déraisonnable s'ils sont de mauvaise humeur. La direction comprend. S'ils voient que je fais bien mon travail et que j'obtiens de bons comptes rendus et si un client dit qu'il veut me faire licencier, ils ne feront rien contre moi.

— C'est logique, dit Olivia.

Il semblait que travailler avec des clients « exigeants » qui passaient leur colère sur le premier venu soit une partie inévitable de l'industrie du tourisme de luxe. Olivia était étonnée d'apprendre qu'une telle attitude n'était pas inhabituelle.

Cependant, même si Luca n'avait aucun mobile apparent, Olivia ne voulait pas renoncer à son suspect principal sans étudier la question sur tous les angles. Après tout, il aurait pu craquer pendant un moment de colère et il pourrait être en train de mentir adroitement pour cacher ce qu'il avait fait.

— Après votre dispute avec Rupert, où êtes-vous allé ? demanda-t-elle.

— Marcello m'a envoyé chercher un seau d'eau savonnée et une serviette pour que tout le monde puisse se laver les mains rapidement après les réparations. Sur le chemin, j'ai fumé une cigarette puis je me suis dépêché d'aller dans l'arrière-cuisine pour faire ce que Marcello m'avait demandé. Quand le seau a été rempli, je l'ai rapporté directement au bus et j'ai continué à aider tout le monde jusqu'à ce que les clients remontent à bord.

Olivia hocha la tête. Elle se souvenait avoir remarqué le seau que tout le monde avait utilisé pour se laver les mains. De plus, Luca avait été au bus à la fin des réparations. Donc, Olivia savait où il avait été tout le temps et il n'aurait pas eu l'opportunité de commettre ce crime.

— Selon vous, qui aurait pu faire une telle chose ? demanda-t-elle alors en espérant que Luca accepterait de partager ses observations.

Luca tapota sa tasse de café d'un air pensif.

— Je n'ai pas passé assez de temps avec les clients pour bien les connaître. La Leggenda était seulement le deuxième arrêt du voyage, après la visite d'une usine de vêtements de créateur de mode pour hommes.

Olivia hocha la tête d'un air pensif. C'était à l'exploitation viticole que les conflits s'étaient aggravés. Par conséquent, elle savait qui serait son prochain suspect. Cependant, comment allait-elle trouver où il avait été ?

Peut-être Luca accepterait-elle de l'aider.

— Vous avec transporté tous les clients, dit-elle. Pourriez-vous me dire où ils logent ?

Luca eut l'air horrifié. À ce moment, Olivia comprit qu'elle avait commis une grosse erreur. Il ne le lui dirait jamais, bien sûr, surtout s'il pensait qu'elle allait s'empresser de troubler la tranquillité de ses clients VIP.

Il n'était guère plus de huit heures du matin et elle avait déjà commis sa deuxième erreur stratégique de la journée. Elle aurait voulu se gifler. Il fallait qu'elle arrête d'être aussi impulsive. Elle réfléchit vite et trouva un moyen de rassurer Luca.

— Si je vous le demande, c'est parce que j'ai besoin de faire un peu de relations publiques, expliqua-t-elle d'un ton confidentiel. Stella a dit que, si les membres du groupe s'étaient bien amusés, ils auraient peut-être envie de revenir l'année prochaine. Cependant, je crains qu'ils n'aient plus envie de revenir à l'exploitation viticole après cette mort.

J'aimerais passer à leurs hôtels et offrir une bouteille de vin à chacun d'eux.

Luca réfléchit à la demande d'Olivia pendant quelque temps puis hocha la tête, au grand soulagement de cette dernière.

— Cela me semble être une bonne idée, convint-il. Je peux vous fournir les noms des hôtels. Je ne suis pas sûr des numéros de chambre. Quand j'arrive à la réception, ils appellent les clients.

Cela contrariait quelque peu les projets d'Olivia, mais elle se dit qu'elle y arriverait quand même. Après tout, les magnats étaient confinés à leurs chambres pendant que la police effectuait ses interrogatoires. Il ne serait pas forcément difficile de les trouver là-bas.

— Cela m'aiderait beaucoup. Nous espérons tous qu'ils reviendront l'année prochaine, dit Olivia même si elle n'était pas sûre de le penser.

— Je vous écris les noms ?

— S'il vous plaît !

Olivia attendit pendant que Luca parcourait son téléphone pour accéder à ses données de voyage. Elle se disait qu'interroger les milliardaires serait difficile. Il faudrait qu'elle surveille ce qu'elle dirait. Si ces gens puissants s'offensaient, ils pourraient détruire la réputation de l'exploitation viticole. Cependant, Olivia n'oubliait pas qu'un meurtre non résolu serait encore plus préjudiciable pour La Leggenda.

Comme elle allait marcher sur des œufs, il vaudrait mieux qu'elle arrive en offrant du vin et qu'elle s'en serve pour commencer la conversation.

— Drake et Sid logent au Platino Toscana, annonça Luca en griffonnant le nom sur un bloc-notes.

Olivia hocha la tête, contente de connaître l'adresse de son suspect principal. Drake était assurément celui qui avait le mobile le plus fort. Après tout, pendant la dégustation de vin, il s'était disputé sans arrêt avec Rupert et il en était presque venu aux mains avec lui.

— Chico et Aldo sont aux Jardins de Florence.

Luca parcourut soigneusement sa liste.

— Bernie est à la Villa Fiora. Carmody loge chez des amis, qui possèdent la Villa Laggio. Hamilton loge aussi dans une résidence privée, Villa Tivoli, juste à l'extérieur du village. Sashenka et Jose sont au Terrazzo Magnifico et Ferdie et Tomas logent au Terrazzo Moderna, plus loin sur la même route que le Magnifico. Je crois que c'est tout.

Il relut sa liste puis arracha la page et la tendit à Olivia.

— Je serai contente de pouvoir leur offrir un bon souvenir de La Leggenda. Merci pour votre aide, dit Olivia.

À ce moment, son téléphone vibra. Elle avait un message. Elle le consulta et constata avec inquiétude qu'il venait de Marcello. *Peux-tu venir maintenant ? Nous allons organiser une réunion d'urgence à huit heures trente.*

— Il faut que j'aille à l'exploitation viticole maintenant, dit Olivia en se levant en toute hâte. Merci pour les informations. J'espère que votre interrogatoire se passera bien.

— Je l'espère moi aussi, dit Luca en faisant une grimace.

Quand Olivia sortit, son téléphone commença à sonner.

Elle le prit immédiatement en s'attendant à ce que ce soit Marcello. En fait, c'était Danilo et Olivia se sentit brièvement coupable. Elle avait compté l'appeler en début de matinée, ou au moins lui envoyer un SMS, mais, finalement, elle avait accordé la priorité à l'urgence de sa mission.

— Olivia ! dit Danilo d'une voix inquiète. Que se passe-t-il ? Dès le début de la matinée, on m'a appelé pour m'annoncer des nouvelles terribles. On dit qu'il y a eu une autre mort à La Leggenda et on laisse entendre que c'est une mort louche. Est-ce que tu vas bien ? Je suis venu dès que j'ai pu, mais il n'y a que Pirate à la ferme.

Danilo s'interrompit et dit d'un ton curieux :

— Il a l'air de bien se porter, mais pourquoi a-t-il un triangle de poils rasé sur le flanc ?

Olivia inspira profondément et monta dans sa voiture. Elle avait beaucoup de choses à dire à Danilo. Elle ne savait pas par où commencer. Finalement, elle décida de révéler la nouvelle stupéfiante sur son félin apprivoisé en premier.

— Le vétérinaire a découvert que Pirate est une femelle, lui dit-elle. Elle a eu une stérilisation, pas une castration. Ils ont eu recours à la chirurgie endoscopique avec des points de suture fondants pour que Pirate n'ait pas à revenir. C'était une très bonne idée, car elle a mordu le vétérinaire et je ne suis pas sûre que je pourrais la faire rentrer dans un porte-chats une nouvelle fois !

Il y eut un silence bref et stupéfait. Alors Danilo, reprit la parole d'un ton ébahi.

— Une femelle ! C'est incroyable, Olivia !

L'intéressée ne put réprimer un sourire satisfait. Danilo avait l'air aussi ravi que s'il venait d'apprendre le sexe de son premier enfant.

— Oui. Ça explique beaucoup de choses.

— Ses bonnes manières, sa tendresse, sa taille petite et délicate. Imagine ! Pendant tout ce temps-là, tu as pris soin d'une belle chatte ! Tu es mignonne, Pirate.

En entendant le ton extasié de Danilo, Olivia fut sûre qu'il caressait doucement la chatte tout en parlant. Elle sentit son cœur fondre. C'était pendant des moments comme ceux-là qu'elle espérait que les choses pourraient marcher entre eux.

— Je suis contente que tu sois venu lui rendre visite. Elle a besoin que d'autres personnes que moi lui témoignent beaucoup de gentillesse, car elle est encore en colère contre moi, dit Olivia, sachant que cela ramènerait la conversation à la raison pour laquelle Danilo était allé à sa ferme et que Danilo voudrait savoir où Olivia était exactement.

— Parle-moi de cette mort, je te prie, dit Danilo d'une voix à nouveau inquiète.

Olivia fit faire demi-tour à sa voiture et repartit vers les bâtiments principaux de l'exploitation viticole.

— C'était un des clients du Platinum Tour. Le bus est tombé en panne hier, donc, ils ont dû passer plus de temps ici. Ils ont beaucoup bu. Un homme a été odieux et s'est battu avec les autres.

Danilo inspira brusquement.

— Et c'est lui qu'on a retrouvé mort ?

— Il semblerait s'être noyé dans une mare, affirma tristement Olivia en repensant à ce que Rupert avait dit fort peu modestement sur ses exploits de triathlète.

— C'est incroyable, marmonna Danilo. Est-ce que la police soupçonne qu'il y a eu homicide ?

— Elle enquête encore, mais je suis sûre que oui.

— J'imagine que tu dois être au travail, maintenant ? Il doit y avoir beaucoup de choses à gérer après un événement aussi tragique, dit Danilo avec compassion.

— Je vais à l'exploitation viticole maintenant. J'ai été aux chalets et j'ai posé des questions au directeur du voyage.

— Tu enquêtes ?

Le ton de Danilo avait l'air sec et Olivia ressentit une appréhension soudaine. On aurait dit que Danilo n'était pas content, mais elle ne savait pas si c'était parce qu'il était inquiet pour elle, parce qu'il désapprouvait ou les deux.

— Il faut que je tente d'innocenter l'exploitation viticole. Tu peux imaginer quel désastre c'est pour nous. Nous pourrions tous perdre notre travail, répondit-elle en remarquant le ton défensif qu'elle avait pris.

— Oui, mais — Olivia, tu pourrais te mettre en danger ! Et que feras-tu si tu as des ennuis avec cette inspectrice effrayante parce que la police veut enquêter sans qu'on la gêne ?

Olivia se sentit abasourdie. Danilo insinuait-il qu'elle était incompétente ? N'avait-il pas été là en personne quand elle avait élucidé l'affaire de meurtre précédente dans laquelle elle avait impliquée ?

— Je ne fais que poser quelques questions, répliqua-t-elle.

— La police pensera que tu te mêles de ses affaires !

— On ne m'a pas ordonné de ne pas le faire, essaya-t-elle de dire.

— Si tu te mets trop souvent sur leur chemin, ils te remarqueront, insista Danilo.

— Je ne me mets sur le chemin de personne !

— Que feras-tu si on t'arrête ? Il faudra que je vienne te sortir de prison !

Alors, Olivia sentit qu'elle se hérissait. Elle savait que, dans l'intérêt de leur relation, il fallait qu'elle réponde avec diplomatie mais, quand une réplique furieuse lui sortit de la bouche, elle se rendit compte que cette insulte l'avait frappée trop profondément pour qu'elle puisse faire semblant de ne pas en avoir souffert.

CHAPITRE VINGT-ET-UN

— Me sortir de prison ? Que veux-tu dire par là ? Dis-tu qu'on va m'arrêter parce que j'essaie d'aider la police à élucider ce crime ? dit sèchement Olivia à Danilo.

Elle était atterrée que leur conversation ait pris une tournure aussi accusatrice. Elle continua sur un ton furibond.

— En fait, ne te fatigue pas à me dire ce que tu entends par là. Je n'ai pas le temps de poursuivre cette discussion absurde. J'ai beaucoup à faire pour essayer d'arranger les choses. Il faut que j'aille à une réunion urgente maintenant et je n'aurai pas le temps de te parler pendant le reste de la journée. En fait, je serai aussi occupée demain !

En prétendant qu'elle ne serait pas disponible avant le surlendemain, Olivia avait exagéré parce qu'elle espérait que cela montrerait à Danilo à quel point elle était froissée.

Outrée, elle souffla, raccrocha sans dire au revoir et éteignit son téléphone.

Elle descendit de sa voiture en se sentant extrêmement irritable, comme si elle avait été impliquée dans une dispute qu'elle n'avait même pas anticipée.

Olivia savait qu'elle allait être obligée de se disputer avec son nouveau petit ami malgré l'attitude merveilleuse de ce dernier envers les animaux. Pourquoi ne la soutenait-il pas dans sa mission urgente de sauvetage de l'exploitation viticole et pourquoi croyait-il que ses tentatives d'aide la rendaient coupable d'une façon ou d'une autre ?

Bien sûr, un moment plus tard, elle commença à se sentir très mal à l'aise à cause de ce qu'elle avait fait. En se remémorant la conversation, elle soupçonna que Danilo n'avait pas exactement voulu dire ça. Pendant cette brève conversation téléphonique, Olivia avait pu passer à côté de quelques nuances de langage. Elle n'avait pas laissé à Danilo le temps de s'expliquer, ne lui avait pas demandé ce qu'il voulait dire : elle lui avait froidement raccroché au nez.

— Eh bien, il m'a vexée, marmonna Olivia en essayant d'oublier que Danilo s'était empressé d'aller directement à sa ferme pour voir comment elle allait et avait finalement accordé à sa chatte convalescente une attention dont elle avait beaucoup besoin.

Elle avait beau se dire qu'il l'avait beaucoup vexée, ça ne l'aidait pas. Quand Olivia entra dans la salle de dégustation, elle constata qu'elle se sentait entièrement coupable de ne pas avoir écouté Danilo jusqu'au bout ou de ne pas avoir bien compris l'essentiel de ce qu'il avait dit. Alors qu'elle s'était sévèrement intimé l'ordre de ne pas se comporter de façon impulsive, elle avait recommencé à le faire, avec son petit ami, cette fois-ci !

Sa crise de colère tumultueuse avait peut-être endommagé leur relation de manière durable.

Avec un soupir, Olivia entra en décidant qu'elle appellerait Danilo plus tard, quand ils auraient eu tous les deux leur chance de se calmer. À ce moment-là, elle s'excuserait. Elle n'en avait pas le temps maintenant, parce que Marcello entrait déjà dans le restaurant à grands pas. Une table avait été installée pour la réunion. Gabriella y était déjà assise, vêtue d'une veste noire et apparemment inquiète. Nadia tirait une chaise près d'elle, avec une grimace stressée. Olivia entendit quelqu'un courir derrière elle et comprit que Jean-Pierre se dépêchait de prendre place aussi vite que possible.

Assis à la table, ils se contemplèrent tous d'un air anxieux. Avec une excuse, Antonio entra à toute vitesse. Il avait les cheveux ébouriffés et les bottes couvertes de boue.

Olivia vit Gabriella jeter un coup d'œil aux empreintes de pas d'Antonio d'un air distrait et devina qu'elle était trop préoccupée pour lui dire de ne pas salir le sol de son restaurant.

— Malheureusement, nous nous dirigeons vers un désastre qui dépasse ce que j'attendais, dit Marcello d'un ton sombre pour ouvrir la réunion. De plus, hier soir, j'ai été contacté par beaucoup de nos fournisseurs régionaux, quelques sites d'actualités divers et un nombre incalculable des voisins et des amis de notre exploitation viticole. Personne n'arrive à croire qu'un autre meurtre se soit produit ici, et dans des circonstances beaucoup plus graves. Je n'arrive pas à le comprendre moi-même.

Il soupira. Quand Olivia vit le stress gravé sur ses traits, elle se dit qu'il n'avait pas dû dormir du tout et qu'il avait dû passer la plus grande partie de la nuit à répondre aux innombrables questions qu'il avait reçues.

Gabriella inspira profondément.

— J'aimerais que les individus irréfléchis qui sont parmi nous se souviennent que j'avais dit que cette journée était une mauvaise idée !

annonça-t-elle d'un ton triomphant. C'est peut-être parce que certaines personnes attirent ces désastres, n'est-ce pas ? ajouta-t-elle sans ambiguïté en envoyant un coup d'œil appuyé à Olivia.

Olivia garda les yeux baissés sur la table, honteuse. Après tout, les meurtres s'étaient produits depuis son arrivée. Et si elle portait malheur ? Pire encore, c'était son vote qui avait poussé Marcello à accepter d'accueillir les milliardaires. Elle avait encore apporté des ennuis à l'exploitation viticole !

Quelqu'un frappa bruyamment sur la table. Brusquement tirée de ses tristes rêveries, elle leva précipitamment le regard.

— Nous ne devons pas parler comme ça ici ! Ce n'est pas le moment de proférer des remarques inutiles qui sèment la division, répliqua Marcello d'une voix proche d'un cri.

Alors, tout en adressant un regard noir à Gabriella, il frappa du poing sur la table une deuxième fois.

Olivia ne l'avait jamais vu dans une telle colère. Elle se dit brièvement que sa relation avec Gabriella avait dû être incroyablement houleuse.

— On n'accusera personne ! Ni aujourd'hui ni plus tard ! répéta Marcello en lançant un regard noir à tout le monde.

Un bref silence s'ensuivit. Olivia échangea un coup d'œil effrayé avec Jean-Pierre et Nadia.

— Qu'as-tu dit aux gens qui ont appelé ? osa demander Nadia.

— Je leur ai conseillé d'attendre le rapport de police. La mort est peut-être due à des causes naturelles.

Marcello avait prononcé cette dernière éventualité d'une voix fortement dubitative. De l'autre côté de la table, Gabriella hocha la tête, visiblement impatiente de se faire excuser pour ses railleries.

— Exactement. C'est très probable. Tout le monde doit mourir un jour, même les milliardaires, dit-elle.

— Les habitants du village ne vont quand même pas tirer des conclusions hâtives avant la fin de l'enquête ? demanda Jean-Pierre.

Marcello soupira.

— Malheureusement, ils peuvent le faire et ils vont le faire. Plus l'enquête durera, le pire ce sera pour nous. Notre exploitation viticole est déjà liée à la mort de cet homme d'affaires très en vue. Nous ne pouvons qu'espérer que les ragots se dissiperont quand les rapports d'autopsie et de toxicologie seront publiés.

Marcello avait l'air profondément malheureux. Ses mots suivants produisirent un choc.

—Même si j'espère que tout se déroulera pour le mieux, nous devons nous préparer pour le pire. J'ai décidé de refuser la proposition de mentorat à Castello di Verrazzano. Je vais me retirer tôt et avec dignité plutôt qu'attendre que nous soyons empêtrés dans un scandale qui leur enlèvera l'envie de m'accueillir là-bas.

— Non ! supplia Olivia en ayant l'impression que son monde s'écroulait.

Elle eut la surprise d'entendre Gabriella crier le même mot, exactement au même moment.

— Marcello, tu ne peux pas faire ça ! supplia l'autre femme. C'est le but de ta carrière ! Les gens ont la mémoire courte. Dans quelques semaines, ils seront passés à un autre scandale et ils ne se soucieront plus de savoir qui est mort ici ou pourquoi.

Olivia soupçonna que Gabriella tenait énormément à avoir sa chance de diriger l'exploitation viticole pendant quelque temps et qu'elle se souciait plus de retirer cette opportunité à Olivia que de rappeler à Marcello l'importance de ses projets de carrière. Quand Gabriella adressa à Olivia un rapide coup d'œil en coin, les craintes d'Olivia furent confirmées.

Toutefois, ce fut pour Olivia une chance de faire preuve d'esprit d'équipe en soutenant sa rivale.

— Gabriella a raison. Le mentorat fournira des compétences supplémentaires précieuses à une époque critique où le biologique devient un énorme argument de vente.

—De plus, ton stage au Castello ne devrait pas être influencé par des événements qui se sont produits dans cette exploitation viticole, ajouta Gabriella.

— Je suis sûre que, s'il y a eu un homicide, la police ne tardera pas à arrêter le coupable, conclut Olivia.

Elle décida qu'il serait mieux de ne pas préciser qu'elle essayait de faire avancer l'enquête. Après la réaction négative de Danilo, elle ne voulait pas stresser Marcello encore plus.

Elle vit une étrange expression passer rapidement sur le visage de Gabriella, mais elle n'eut pas le temps de se demander pourquoi la restauratrice avait eu l'air tourmentée pendant un instant. Elle était trop occupée à se concentrer sur la réaction de Marcello à ses mots.

— Même si l'invitation est encore valable, nous devons avant toute chose limiter les dégâts, poursuivit Marcello d'un ton sinistre. Il est impossible de prévoir si la réputation de notre entreprise survivra à ce désastre. Je n'aurai pas le temps de suivre le mentorat parce qu'il faudra que je me consacre au sauvetage de notre exploitation viticole.

Au grand étonnement d'Olivia, ce fut Nadia qui poursuivit.

— Nous sommes tous capables de répondre au téléphone ! s'exclama la vigneronne impétueuse. En tout cas, je traite avec les fournisseurs aussi souvent que toi. Ce sont eux qui comptent. Nous ne devons pas les perdre et je serai leur personne de référence.

Olivia se sentit encouragée par le soutien passionné de Nadia. Si Nadia était à l'autre bout de la ligne, Olivia pensait que personne n'oserait annuler une commande.

— Au moins, réfléchis-y encore un jour ou deux, supplia Olivia. Que se passerait-il si tu refusais l'invitation puis que le meurtre était élucidé et que l'exploitation viticole était innocentée ?

En s'inquiétant pour Marcello, Olivia sentit monter en elle une résolution inébranlable. Elle allait devoir mener une course contre le temps pour trouver le coupable et il lui faudrait des résultats demain au plus tard, vu la lame de fond de ragots qui montait. L'avenir de Marcello était en jeu et l'inspectrice Caputi avait beaucoup à faire. Et si elle avait aussi d'autres affaires à résoudre et n'avait pas le temps d'élucider celle-là assez vite ?

Olivia avait déjà commencé à poser des questions et pourrait passer la journée à aller voir les gens qu'il fallait. Après tout, l'exploitation viticole était fermée et elle n'avait rien d'autre à faire.

Marcello soupira et jeta un coup d'œil à Antonio. Olivia devina qu'il espérait qu'Antonio le soutiendrait dans sa décision, mais même Antonio avait l'air réticent.

— Bien. Je réagis peut-être à ce problème de manière trop émotionnelle, dit Marcello. Je vais attendre un jour de plus pour prendre ma décision. Entre temps, si quelqu'un pose des questions, restons-en tous à la même version. Il y a eu un mort à l'exploitation viticole, un touriste très en vue nous a quittés et la police enquête comme le veut la routine.

Cela semblait être bon, pensa Olivia. C'était clair, factuel et cela n'éveillait pas de soupçon immédiat. Néanmoins, elle était sûre que, au village, tout le monde allait imaginer le pire et enjoliver de nouveaux éléments à chaque rencontre.

Quand Olivia se releva, elle s'interrogea à nouveau sur l'expression étrange de Gabriella.

Olivia eut la chair de poule quand elle se souvint de la fureur de la restauratrice au moment où Rupert avait critiqué aussi impoliment son bœuf Wagyu.

Elle n'aurait peut-être même pas besoin d'aller dans les hôtels pour interroger les suspects.

Le coupable se trouvait peut-être ici, dans cette salle.

D'un air soupçonneux, Olivia regarda Gabriella repartir précipitamment dans la cuisine. Elle n'avait aucune raison de se presser autant, alors que le restaurant était fermé aujourd'hui. Elle n'avait aucune nourriture à préparer de façon urgente.

Olivia fouilla dans son sac à main en faisant semblant de chercher quelque chose jusqu'à ce que les autres soient partis. Alors, elle suivit la restauratrice dans son domaine en ayant l'impression d'être une chatte qui traquait sa proie.

CHAPITRE VINGT-DEUX

Quand Olivia entra dans la cuisine bien organisée, elle se souvint avec une suspicion grandissante que Gabriella s'était déjà montrée capable de remplacer un bon vin par du mauvais. Qui savait jusqu'où ses actions antisociales avaient pu la mener ?

Olivia laissa échapper un souffle agacé quand elle vit Gabriella perchée sur le tabouret à l'autre bout du comptoir, en train de consulter son téléphone. C'était clair, non ? Elle ne s'était pas empressée d'aller effectuer des tâches urgentes. Elle s'en était allée pour qu'Olivia ne puisse rien lui demander.

Quand Gabriella vit Olivia, elle rangea son téléphone et afficha son air renfrogné habituel.

— Que se passe-t-il ? Je suis occupée ! dit-elle sèchement.

— Je suis vraiment désolée d'interrompre ton travail, dit gentiment Olivia. Toutefois, je voulais te demander quelque chose de très important.

Gabriella croisa les bras. Olivia remarqua que son langage corporel indiquait qu'elle était sur la défense.

— Je n'ai pas le temps, dit-elle dédaigneusement en descendant de son tabouret.

— Vas-tu commencer à préparer de la nourriture ? dit Olivia d'une voix innocente en contemplant les plans de travail vides.

— Je cherche des recettes, dit Gabriella. C'est une chose que j'ai besoin de faire en paix.

Elle lança un regard noir à Olivia.

— C'est bien que tu aies toute la journée pour le faire, vu que l'exploitation viticole est fermée, dit Olivia en décidant de ramener la conversation dans la direction requise.

— Je n'aurai pas toute la journée si on me prend mon temps ! Que fais-tu même dans cette cuisine ? Va faire quelque chose d'utile. Va brosser ta chèvre !

À chaque mot que disait Gabriella, Olivia devenait plus convaincue qu'il se tramait quelque chose. Il fallait qu'elle mette plus la pression à Gabriella en espérant que, sous le choc, elle avouerait la vérité.

— Je suis venue te poser une question sur Rupert. L'as-tu assassiné ? demanda-t-elle sévèrement.

Gabriella recula, outrée.

— Moi ? cria-t-elle en se tapotant la poitrine d'un doigt bien manucuré. Moi, faire une telle chose ? Je n'arrive pas à croire que tu essaies de m'accuser, alors que je suis loyale à l'exploitation viticole au point de ne pas dire que c'est visiblement toi qui as commis ce meurtre !

Maintenant, le même doigt manucuré était pointé dans la direction d'Olivia.

— Moi ? s'écria Olivia en agitant les bras avec indignation.

Elle se sentait prise de court par l'insolence des suppositions inexactes de cette femme.

— Oui, toi ! C'est évident, ou, du moins, ça l'est pour moi. Paolo a dit que cet homme affreux t'avait constamment harcelée pendant que le groupe était ici. Ensuite, tu es sortie pour aller le « trouver » et tu l'as « trouvé » mort, comme par hasard ?

Olivia secoua rageusement la tête.

— Jamais je ne porterais tort au voyage ou à l'exploitation viticole comme ça, dit-elle en espérant que Gabriella comprendrait ce qu'elle laissait entendre. À la différence de certaines personnes, je ne remplace pas l'assemblage Miracolo par du vin de cuisine en espérant attirer des ennuis à une de mes collègues. De là, on a vite fait de commettre un meurtre et, en fait, cela peut se faire à l'aide des mêmes méthodes ! Je crois que je devrais appeler l'inspectrice Caputi tout de suite pour lui expliquer tout ça.

Elle adressa un regard noir à Gabriella et vit avec satisfaction l'autre femme pâlir.

— N'appelle pas la police. Je suis innocente ! dit-elle sèchement, sur la défensive.

— Tu devrais être un peu plus convaincante, dit Olivia, contente d'avoir déstabilisé sa rivale, qui semblait prête à avouer le crime.

— Je n'ai pas changé le vin pour te causer des ennuis, je le promets, dit ardemment Gabriella.

Olivia leva les yeux au ciel de façon à ce que Gabriella le voie.

— Oh, vraiment ? Pourquoi l'as-tu fait ?

— J'étais en colère parce que ces gens-là ne nous prenaient pas au sérieux. Ces riches ne voulaient pas de dégustation de vin. Ils voulaient que des domestiques remplissent leurs verres pendant qu'ils buvaient et ils ne s'intéressaient qu'à leurs propres opinions. Quand j'ai changé le vin, cela a été ma propre plaisanterie secrète pour me moquer de ces idiots qui n'ont aucun goût et qui n'ont pas apprécié nos vins. Je ne crois pas qu'ils l'auraient remarqué, mais j'aurais ri en les regardant boire.

Olivia ne croyait pas entièrement à cette histoire, mais elle devait admettre que l'autre femme avait bien raison. Aucun des magnats n'avait su apprécier leurs vins.

— Drake était amateur de vins rouges, répliqua-t-elle d'un ton ferme parce qu'elle avait besoin de rester en position offensive. Or, ce vin de cuisine sentait si mauvais que n'importe qui aurait repéré le problème. Est-ce qu'il dissout complètement la viande si tu la laisses mariner dedans trop longtemps ?

— Ce n'est pas un mauvais vin. C'est un vin paysan rudimentaire. Tiens, goûte !

Olivia vit avec inquiétude Gabriella se tourner vers une grande bouteille en verre à forme de gourde qui était sur le comptoir, saisir un verre dans un placard et verser un centimètre de vin dedans.

— J'ai déjà senti ce vin, protesta Olivia.

— Il a un goût meilleur que son odeur !

Olivia soupira et leva le verre à ses lèvres. Ce n'était pas comme cela qu'elle avait prévu cette confrontation. Elle n'avait pas prévu de boire du vin avec Gabriella.

— Il a légèrement meilleur goût, c'est vrai, dut-elle admettre.

— Tu vois ? dit Gabriella d'un ton triomphant.

— Tu as quand même eu l'opportunité de mettre un produit dangereux dans la nourriture ou dans le vin, insista Olivia.

Gabriella soupira.

— Bois le reste de ton vin ! Ça t'aidera peut-être à penser clairement. Quand cet homme odieux a insulté ma nourriture, tous les plats avaient été préparés. Comment aurais-je pu retourner à la cuisine, trouver une substance toxique, l'ajouter à une spécialité gastronomique qu'un autre homme aurait très probablement prise et essayer de m'assurer que ce soit Rupert qui la mange ?

Olivia hocha la tête à contrecœur. Malheureusement, la logique de Gabriella était irréprochable.

— Et puis, non, je ne l'ai pas suivi à l'extérieur et je ne l'ai pas poussé dans l'eau. Comme tu l'as vu, j'ai été très occupée dans la cuisine, jusqu'au moment où la police est arrivée. Comme les clients voulaient du fromage grillé, je n'ai pas eu un moment à moi.

— Eh bien, j'ai été aussi occupée que toi, dit Olivia. Les clients buvaient beaucoup de vin, qu'ils l'apprécient ou pas. Je n'ai pas eu le temps d'errer dehors en espérant trouver Rupert près de la mare puis de le faire tomber et de le pousser dedans après l'avoir assommé avec une arme que je n'avais pas.

Gabriella poussa un soupir déçu.

— OK. Ça se tient. Je reconnais que tu ne l'as pas fait.

— Pourtant, quelqu'un l'a fait et je vais découvrir qui, jura Olivia.

Elle posa son verre et quitta la cuisine en se sentant résolue.

Dès qu'elle fut hors de la vue de Gabriella, elle fit un détour par le bar, où Paolo remplissait à nouveau le stock de whisky et remettait des bouteilles dans le réfrigérateur à vin.

C'était une chance idéale de vérifier la version de Gabriella, se dit-elle. Paolo avait travaillé avec elle la veille et, si elle avait disparu pendant quelque temps, il le saurait.

— *Buon giorno*, lui dit-elle.

Paolo montrait une solennité appropriée.

— Olivia, je suis inquiet. Crois-tu qu'ils vont trouver l'assassin ? Tout le monde dit que ça pourrait provoquer la fermeture de l'exploitation. J'aime mon travail, moi !

— C'est très inquiétant, dit Olivia.

— J'aurais voulu en remarquer plus, dit Paolo en désignant le restaurant d'un geste expansif, mais j'étais tellement occupé ! Je courais çà et là, je portais des boissons, je lavais des verres. Je ne pensais qu'à mon travail. Je n'avais pas le temps d'observer quoi que ce soit.

— Et Gabriella ? Aurait-elle pu voir quelque chose ? Elle est peut-être sortie prendre l'air ? demanda nonchalamment Olivia.

Paolo secoua la tête d'un air frustré.

— J'en doute. Elle était — comment le dire — enchaînée à la cuisinière ? Elle ne quittait la cuisine que pour apporter de la nourriture. Préparer ces plateaux supplémentaires après avoir fini les en-cas, c'était de la folie. Elle n'était pas prête à ça. Elle a dû se presser. En plus de mon service au bar, j'allais chercher des ingrédients dans le congélateur et dans la chambre froide pour l'aider. Les clients étaient fous de cette nourriture ! On aurait cru qu'ils n'avaient jamais mangé de panini au fromage grillé de leur vie. Quand ils sont partis, nous étions à court de fromage, dit Paolo.

Olivia hocha la tête. Paolo avait confirmé ce que Gabriella avait dit. Ils avaient été occupés tous les deux toute la soirée sans le moindre doute et ils n'auraient eu le temps ni de planifier ni de commettre le crime.

— Je sais que le groupe s'est disséminé juste avant que nous ne demandions à ses membres de rejoindre le bus. Sais-tu si l'un d'eux est resté à l'intérieur, mis à part Carmody et Jose ? demanda-t-elle.

Paolo hocha la tête.

— L'écossais roux m'a aidé à débarrasser les plats. J'ai trouvé ça vraiment gentil de sa part, même si je n'en avais aucun besoin. Il a porté beaucoup d'assiettes et de verres dans la cuisine. Alors, il s'est mis à bavarder avec Gabriella et à piller le réfrigérateur, parce qu'il voulait des chocolats !

Olivia se souvint qu'Hamilton avait fouillé dans le réfrigérateur avec enthousiasme quand elle était revenue dire que le bus était réparé. Elle se sentit heureuse d'avoir pu rayer quatre suspects de sa liste, dont Paolo. Or, la matinée était encore à ses débuts.

Quand Olivia pensa au temps, un nouveau soupçon se forma dans son esprit. Si le bus touristique n'était pas tombé en panne, tout le monde serait monté à bord et aurait quitté l'exploitation viticole en vie et en bonne santé.

La panne avait-elle été une coïncidence ?

Ou alors, est-ce que cela avait été un sabotage délibérément commis par l'assassin pour que le groupe reste à l'exploitation viticole pendant qu'il — ou elle — commettait son méfait protégé par l'obscurité ?

Avec cette idée en tête, Olivia monta dans sa voiture et repartit aux chalets avec détermination.

CHAPITRE VINGT-TROIS

Olivia n'avait pas prévu de revenir si vite aux chalets de La Leggenda. Elle se sentit soulagée que le conducteur soit sur site, grâce à Marcello, qui avait gentiment proposé de le loger.

Le bus avait-été saboté ?

Avec détermination, Olivia alla au chalet où il était garé.

La porte s'ouvrit dès qu'elle frappa. Le conducteur tenait les clés et paraissait prêt à s'en aller. Comme il ne portait pas son uniforme officiel, Olivia devina qu'il allait prendre son petit déjeuner au village avant de repartir à l'exploitation viticole pour l'interrogatoire de la police.

— Bonjour, dit-il à Olivia d'un air étonné.

— Je pensais que j'allais passer dire bonjour, dit Olivia. J'espère que vous vous sentez mieux après la journée affreuse que nous avons tous connue hier.

— Oui, ça va mieux, dit le conducteur en hochant la tête. Quelle journée ! Et tout ça parce que le bus est tombé en panne.

Contente de pouvoir en venir au point, et comme elle était sûre que le conducteur était pressé de partir, elle désigna le véhicule sombre et luisant.

— Ce bus a-t-il déjà eu des problèmes ?

— Jusqu'à maintenant, ce bus a été totalement fiable. C'est une belle machine et un plaisir à conduire, dit-il. C'est le véhicule idéal pour treize clients, car il contient seize places, donc, ils peuvent s'asseoir confortablement.

Visiblement, le conducteur se trompait sur les chiffres, car Olivia savait qu'il n'y avait eu que douze touristes dans le bus. Cependant, sa remarque lui donna l'occasion de poser la question dont elle voulait obtenir la réponse.

— Quel a été le problème, exactement ? Savez-vous comment il s'est produit ?

— Ah, cela a été un gros coup de malchance !

Les yeux lumineux à l'idée de parler de problèmes mécaniques, le conducteur se lança dans une explication détaillée comprenant une bonne quantité d'expressions techniques en italien et accompagnée par des gesticulations expressives. Plissant les yeux sous l'effet de la concentration, Olivia essaya de comprendre l'essentiel.

Elle constata avec plaisir qu'elle comprenait une plus grande proportion des descriptions techniques qu'elle ne s'y était attendue et qu'elle pouvait traduire pas mal de mots. Même s'il y avait des termes techniques qu'elle ne connaissait pas, Olivia savait qu'elle ne les aurait pas non plus compris en anglais. Son italien progressait bien.

— Donc, pour simplifier, vous dites que c'est une pierre qui a provoqué ces dégâts ? demanda-t-elle quand il conclut avec une dernière gesticulation énergique.

— Une pierre, oui, absolument ! convint-il avec enthousiasme.

Les soupçons d'Olivia commencèrent à s'éveiller. Est-ce que cela avait été un accident ou le coupable aurait-il pu utiliser une pierre ou une brique pour provoquer les dégâts ?

— Est-ce que quelqu'un aurait pu le faire exprès ? demanda-t-elle.

Le conducteur eut l'air inquiet. Visiblement, il n'avait pas encore envisagé cette possibilité.

— Quelle idée ! s'exclama-t-il. Je suppose que le problème aurait pu être provoqué délibérément ou résulter d'un simple accident. C'est dur à dire. J'espère que c'était un accident. C'est terrible de se dire que quelqu'un aurait pu endommager ce beau bus pour retarder le voyage quelle qu'en soit la raison.

Il frissonna de façon exagérée.

— Si vous remarquez ou vous souvenez d'une chose qui suggérerait que cette panne a été provoquée délibérément, pouvez-vous m'appeler ? Mon numéro de téléphone est sur cette carte, dit Olivia.

Elle lui tendit une de ses cartes de visite. Elle se sentait fière de ces belles cartes qu'elle avait conçues elle-même avec des caractères dorés gravés sur un fond marron chêne. Dans le cadre de sa campagne de marketing pour La Leggenda, Olivia avait fabriqué des cartes de visite pour tout le personnel de l'exploitation viticole et en gardait toujours quelques-unes dans son sac à main.

— C'est d'accord.

Avec un au revoir amical, le conducteur se rendit à son bus étincelant et monta à l'intérieur. Il le démarra doucement et le véhicule s'en alla en ronronnant comme s'il n'avait jamais eu le moindre problème.

Olivia repartit dans sa propre voiture, pensive. Elle aurait voulu que le conducteur puisse lui répondre oui ou non. Comme sa réponse avait été vague, elle ne pouvait pas exclure le sabotage.

Elle retourna à l'exploitation viticole afin de préparer les paquets-cadeaux qu'elle allait offrir aux milliardaires lors des interrogatoires. Elle avait devoir les préparer rapidement, ou alors, elle risquerait de croiser l'inspectrice Caputi à son arrivée.

Les portes d'entrée de l'exploitation viticole étaient fermées, mais pas verrouillées. Olivia les ouvrit discrètement, entra sur la pointe des pieds et entendit Marcello parler au téléphone dans son bureau. Il avait l'air stressé.

Olivia alla dans la salle de stockage pour préparer ses paquets-cadeaux, s'assurant de noter le numéro de stock et le prix de chaque bouteille pour pouvoir inclure ces articles dans son budget de marketing. Ils avaient discuté du budget ensemble à l'automne, elle et Marcello. Maintenant, Olivia était contente d'en utiliser une partie à des fins aussi constructives.

Travaillant vite, elle prépara les belles boîtes qui lui serviraient d'excuse pour sa visite aux magnats. Elle choisit des duos de Miracolo rouge et de son rosé, qui semblait avoir été le vin le plus populaire auprès des clients. Elle plaça élégamment chaque paire de bouteilles dans un sac de La Leggenda blanc et doré, avec sa carte de visite et un nœud en raphia.

Olivia trouvait ces cadeaux superbes. Elle les porta dans la voiture en deux fois et les plaça soigneusement dans le coffre.

Comme la police devait revenir à La Leggenda ce matin, elle se dit avec satisfaction qu'elle aurait toute la matinée pour interroger ses suspects principaux du groupe. Après tout, même si l'inspectrice Caputi était une travailleuse multitâche accomplie, elle ne pouvait pas être à deux endroits à la fois !

Son timing fut parfait. Quand elle prit la route principale vers la gauche, elle vit la Fiat grise de l'inspectrice Caputi arriver au sommet de la colline de la direction opposée et clignoter pour entrer dans l'exploitation viticole.

Le logement le plus proche de la liste était le Platino Toscana, où séjournaient Drake et Sid. Drake figurait en premier sur la liste d'assassins potentiels d'Olivia à cause de sa confrontation orageuse avec Rupert. Il avait assurément un mobile et il avait semblé avoir envie d'en venir aux mains, se souvint-elle. Il aurait pu suivre la victime à l'extérieur pour continuer la bagarre.

Heureuse de pouvoir interroger son suspect principal en premier, Olivia se dirigea impatiemment vers l'hôtel de luxe à cinq étoiles.

Le Platino Toscana était renommé chez les amateurs de sport. Il comprenait un des cours de golf les plus connus de la région. Ardents défenseurs des entreprises locales, son restaurant et sa cave à vins, tous les deux excellents, offraient beaucoup de vins de La Leggenda.

Olivia s'arrêta devant l'hôtel, heureuse que cet établissement n'ait pas instauré de protocole strict de protection de la vie privée. Elle savait qu'elle aurait peut-être moins de chance avec certains des autres hôtels, qui étaient conçus pour protéger le plus possible leurs clients VIP contre la curiosité du public.

Entrant avec assurance, Olivia salua la réceptionniste.

— J'ai des cadeaux pour Drake Rafter et Sid Murray, dit-elle. Pourriez-vous les appeler ou me dire où je pourrais les trouver ? Je suis sûre qu'ils voudront recevoir leurs cadeaux en personne.

La réceptionniste hocha la tête en souriant.

— Bien sûr, dit-elle en décrochant un téléphone.

Olivia attendit et son enthousiasme s'évapora quand elle se rendit compte que personne ne répondait.

Alors, la réceptionniste essaya une autre ligne, sans plus de succès.

— Ils n'ont pas quitté l'hôtel, n'est-ce pas ? demanda anxieusement Olivia.

Les deux hommes auraient-ils osé braver l'interdiction de l'inspectrice Caputi ?

La réceptionniste tambourina des doigts sur le bureau d'un air pensif. Alors, elle passa un troisième appel et parla rapidement pendant une minute. La conversation eut lieu en italien, mais Olivia comprit qu'elle parlait avec le directeur du club-house, qui lui passa ensuite la boutique.

La réceptionniste raccrocha et adressa à Olivia un sourire plein de regrets.

— Ils sont sur le cours de golf, dit-elle, confirmant ainsi ce qu'avait soupçonné Olivia.

Le découragement l'envahit. Elle ne pouvait pas se permettre de passer des heures à chercher deux hommes sur ce cours de golf à dix-huit trous très fréquenté, sans compter qu'ils seraient en chemise de golf et en casquette de golf comme tous les autres joueurs. Si elle s'approchait des joueurs pour retrouver ces deux hommes, elle finirait par semer le chaos, gâcher des frappes et des putts. De plus, si elle arrivait à les retrouver, elle interromprait leur partie ! Ce serait un crime grave.

— Je reviendrai plus tard, dit-elle à regret.

Elle devina que, s'ils étaient déjà sortis, ils auraient sans doute fini au milieu de l'après-midi. Son suspect le plus important devrait attendre mais, heureusement, il y avait d'autres suspects qu'elle pourrait interroger entre-temps.

Plus loin sur la route du Platino Toscana, il y avait la Villa Fiora, un hôtel minuscule très exclusif qui n'accueillait que de très petits groupes. Olivia n'y était jamais entrée, mais elle avait entendu dire qu'il proposait un service VIP vingt-quatre heures par jour et deux maîtres d'hôtel personnels par client.

C'était là que séjournait Bernie. Dans le village, on disait que l'établissement était presque entièrement réservé toute l'année et que les célébrités et les étoiles du cinéma le considéraient comme une destination prisée.

Quand Olivia tourna sur la route qui menait à la villa, elle se demanda frénétiquement si Bernie partageait sa chambre avec quelqu'un de célèbre. Olivia avait une liste d'étoiles du cinéma qu'elle voulait rencontrer. Il serait tout aussi étonnant de tomber sur des membres d'une famille royale, se dit-elle en arrivant à l'entrée décorée.

Le portail était fermé et un portier se précipita vers sa voiture. À son regard, Olivia devina qu'il savait qu'elle était une simple citoyenne. Sa Fiat modeste le lui aurait indiqué à un kilomètre de distance.

— J'ai un paquet pour Bernie Cooper, dit-elle en gratifiant le portier d'un sourire charmeur.

Le portier prit un air sévère.

— Je crains de ne pas pouvoir vous laisser entrer, dit-il. Vous pouvez me confier le paquet et je le lui donnerai.

Olivia le contempla d'un air consterné.

— Mais il faut que je le lui livre en personne, protesta-t-elle. Cela fait partie de l'excellent service de notre exploitation viticole. Je travaille pour La Leggenda, à trois kilomètres d'ici. Vous en avez peut-être entendu parler.

Le portier la regarda fixement d'un air impassible.

— Protéger les clients contre les visiteurs non désirés fait partie de notre excellent service, répliqua-t-il calmement.

Olivia leva les yeux au ciel. Elle se sentait agacée par le refus exaspérant de cet homme de la laisser entrer, alors qu'elle était seulement une sommelière innocente et une détective amateure.

Se disputer avec ce portier odieux et entêté ne l'aiderait en rien, aussi irritée qu'elle soit. Son seul espoir était de serrer les dents et d'utiliser toutes ses réserves de charme.

— Je comprends totalement, dit-elle en souriant gentiment. La vie privée, c'est très important. Toutefois, je n'étais pas au courant de cette règle.

Olivia battit des sourcils de façon suppliante.

— Mon patron m'a dit que je devais remettre le vin à Bernie en mains propres et je ne veux vraiment pas avoir d'ennuis ou perdre mon travail. Si j'étais licenciée, ça serait la catastrophe ! Donc, que proposez-vous ?

Le portier se tapota le menton d'un air pensif. Olivia semblait avoir brisé la glace. Elle se sentit soulagée que son approche amicale ait fonctionné.

— Appelez l'hôtel et parlez à la réceptionniste, conseilla-t-il. Alors, vous pourrez choisir une heure pour déposer le cadeau à la réception de l'hôtel. Si vous demandez à le livrer vous-même, la réception en informera le client, qui choisira de vous voir ou pas.

Olivia hocha la tête pour remercier le portier. Elle espérait que Bernie accepterait d'être là quand elle prendrait le rendez-vous. S'il refusait — eh bien, au moins, elle serait dans l'hôtel et un peu plus près de lui.

— Merci. Je vais faire ça.

Elle s'éloigna et appela la réceptionniste dès qu'elle eut passé le coin et que le portier ne put plus la voir.

— J'en informerai le client, *signora*, dit la réceptionniste d'un ton affecté. À quelle heure arriverez-vous ?

Olivia fut tentée de lui dire qu'elle arriverait dans deux minutes, mais elle savait que cela ferait mauvaise impression. Même si elle était à quelques minutes à pied de l'entrée, il fallait qu'elle retienne son impatience.

— À onze heures trente ce matin ? demanda-t-elle.

— Je note l'heure. Merci, dit la réceptionniste.

Olivia raccrocha avec un soupir agacé. Jusque-là, son enquête s'était avérée infructueuse. Elle n'avait pas réussi à interroger un seul milliardaire et commençait à craindre que l'inspectrice Caputi ne la rattrape. L'inspectrice était une personne impatiente et Olivia savait sans nul doute qu'elle viendrait interroger les milliardaires dès qu'elle aurait terminé à l'exploitation viticole.

Consultant sa liste, Olivia vit que le logement suivant le plus proche était la villa privée qu'Hamilton occupait. Même s'il avait un alibi grâce à ce que Paolo avait dit, il avait été le membre le plus aimable et le plus loquace du groupe et il avait interagi avec beaucoup des autres touristes, dont Rupert. Il y avait une bonne chance qu'il ait vu ou entendu quelque chose d'important.

Olivia monta la colline qui menait à la villa, espérant que cet interrogatoire en vaudrait la peine. Le temps passait vite et il y avait beaucoup de pression !

CHAPITRE VINGT-QUATRE

La Villa Tivoli n'avait pas de portier pour la protéger contre le monde extérieur. Toutefois, cette grande propriété isolée était entourée d'un mur élevé et disposait d'une porte massive équipée d'une sonnette avec interphone.

Olivia appuya sur la sonnette et s'annonça à l'interphone. Elle ressentit une poussée d'adrénaline quand la grande porte coulissante s'ouvrit.

L'allée sinueuse était bordée de rangées serrées de cyprès. Olivia suivit ses dalles parfaites jusqu'à ce que la maison apparaisse.

Elle ressemblait à ce qu'Olivia avait prévu : à un gâteau de mariage toscan sous anabolisants. Elle était décorée avec des tourelles, des pergolas et tant de peinture ocre qu'Olivia était sûre que le chantier avait épuisé les stocks mondiaux.

Elle se gara devant le quadruple garage et se rendit à la porte d'entrée, où Hamilton attendait. Ses cheveux roux étaient pleins de pointes et pas coiffés. Il portait un pantalon de camouflage déchiré qui tenait à peine debout et un tee-shirt du club de football d'Aberdeen.

— Entrez, entrez, jeune dame. Vous nous avez apporté du vin ? C'est très gentil à vous. Morag ? Morag, nous avons une invitée, appela-t-il en passant fièrement devant Olivia, marchant sur le carrelage intérieur qui luisait sous le soleil et longeant des murs ocres décorés d'une multitude de ceps.

Morag ?

Olivia n'avait pas pensé que certains membres du voyage avaient pu emmener leur famille avec eux. Pourquoi Morag n'avait-elle pas été à l'exploitation viticole hier ? Peut-être les compagnes des touristes avaient-elles préféré le shopping à la dégustation de vin, se dit-elle, perplexe.

Hamilton fila directement vers la cuisine, où l'odeur alléchante d'un saumon en cours de cuisson les accueillit.

Une brune bronzée aux longs cheveux ondulés et à la silhouette parfaite maniait des casseroles sur la cuisinière.

— Je te présente Olivia, la sommelière d'hier, lui dit-il fièrement. Voici ma femme, dit-il à Olivia avec tout autant de fierté. Morag adore faire la cuisine. C'est impossible de l'en extraire. C'est pour cela qu'on ne loge pas souvent à l'hôtel.

— Enchantée, dit Morag avec enthousiasme, jetant un coup d'œil par-dessus son épaule et adressant à Olivia un sourire éblouissant.

Elle est vraiment ravissante, décida Olivia qui, soulagée par son amabilité, lui rendit son sourire. Un simple coup d'œil à son pantalon stylé, son haut de marque, ses chaussures magnifiques et ses bijoux chers mais discrets suffit à lui indiquer que Morag aimait le shopping, contrairement à son mari, qui semblait ne pas avoir renouvelé sa garde-robe depuis son passage à l'université, se dit Olivia avec un sourire intérieur.

— Le brunch est presque prêt. J'en ai préparé assez pour une armée. Puisque vous nous avez apporté du vin, vous resterez bien manger avec nous, n'est-ce pas ? demanda Morag en se retournant et en charmant Olivia avec son tablier coloré Dolce & Gabbana.

Olivia se dit qu'elle ne devrait pas parce que cela repousserait trop loin les limites de l'acceptable mais aussi que, si elle refusait, elle devrait partir à toute vitesse pour qu'ils puissent se mettre à table.

De plus, elle avait très faim. Elle n'avait pas dîné la veille au soir et n'avait bu qu'une tasse de café en toute hâte au chalet de Luca ce matin.

— C'est vraiment gentil, dit-elle avec reconnaissance.

— Asseyez-vous, asseyez-vous.

Hamilton l'emmena à la table de la cuisine, toute en chêne poli avec des sets de table colorés et des couverts brillants visiblement onéreux.

— Café ? Jus d'orange ?

Avant qu'Olivia n'ait pu accepter l'un ou l'autre, on plaça les deux devant elle. Un moment plus tard, on lui présenta une énorme assiette de nourriture.

Un pavé de saumon frais rose et parfaitement cuit parsemé de câpres et de gros morceaux de fromage frais à tartiner reposait sur un lit d'œufs légèrement brouillés. Des deux côtés de l'assiette, on posa des triangles appétissants de ciabatta grillé.

— Oh, mon Dieu ! s'exclama Olivia.

Morag s'assit en face d'elle, visiblement contente du compliment.

— Mangez, mangez, dit-elle pour l'encourager.

— Hier, notre journée ne s'est pas déroulée comme prévu, expliqua Hamilton en prenant une grosse bouchée de nourriture avec sa fourchette. Vous voyez, Morag était censée aller faire du shopping avec une amie, j'étais censé goûter du vin et nous devions nous retrouver au restaurant.

— Ensuite, tout est parti de travers avec cette affreuse mort ! dit Morag en crispant ses traits impeccables, inquiète. Ont-ils trouvé comment il est mort ?

Olivia ne put répondre tout de suite parce qu'elle était trop occupée à mâcher un morceau de pain beurré, grillé et croustillant.

— La police mène son enquête, dit-elle quand elle eut fini sa bouchée.

— Rupert était un homme difficile, dit Hamilton avec insistance. Il se disputait avec tout le monde. Il a essayé de se battre avec moi. Il a provoqué Drake jusqu'à ce qu'il craque. Je l'ai même entendu insulter un des frères italiens. Ensuite, il y a eu un autre incident, se souvint Hamilton.

— Vraiment ? dit Olivia.

Elle n'avait pas assisté à l'interaction entre Rupert et l'un ou l'autre des magnats Bocelli. Cela dit, elle avait été occupée et avait passé beaucoup de temps à vérifier l'avancée des réparations du bus.

— Je me suis demandé si une certaine personne ne l'aurait pas suivi à l'extérieur pour se battre avec lui, dit Hamilton.

— A-t-il été tué dans une bagarre ? Je croyais que tu avais dit qu'il s'était noyé, dit Morag d'un ton perplexe.

— On ne se noie pas dans une mare aussi peu profonde, dit Hamilton d'un ton assuré en piquant un morceau de saumon avec sa fourchette.

Y avait-il eu une bagarre ? Olivia se repassa les scénarios dans sa tête. Une bagarre aurait été l'explication la plus logique pour la mort de Rupert, mais Rupert se serait débattu. À moins que … Il avait semblé ivre, se souvint Olivia.

— Qui l'a fait, à votre avis ? demanda-t-elle.

— Ce n'est pas un avis. J'en suis sûr ! dit-il en agitant un doigt en direction d'Olivia, qui faillit s'étouffer sur une bouchée d'œuf brouillé.

— Qui ? demanda-t-elle impatiemment.

— Écoutez bien, dit Hamilton en baissant la voix de manière confidentielle. C'était ce jeune homme, le bleu qui était là pour faire ses tours de cartes.

— Lui ? demanda Olivia avec incrédulité.

Elle se sentait choquée. Ce n'était pas du tout ce qu'elle avait cru que Hamilton dirait. Il soupçonnait Ferdie Tooley, l'idole d'Instagram ?

— Pourquoi Ferdie ? demanda-t-elle.

— Ah, oui, c'est son nom. Vous voyez, j'ai entendu une conversation intéressante entre ces deux-là. Rupert et Ferdie, je veux dire.

— Qu'ont-ils dit ?

Olivia se pencha impatiemment en avant, mettant presque le menton dans son assiette, pour écouter le murmure confidentiel de Hamilton.

— Rupert disait à Ferdie qu'il l'avait démasqué et qu'il allait s'assurer de causer sa perte, dit-il d'un ton triomphant.

— Vraiment ?

Olivia était stupéfaite. C'était une information cruciale ! Une menace aussi terrible pouvait fournir un mobile solide pour un meurtre. Le jeune Ferdie avait-il commis le crime pour échapper à sa perte ? Et quel était le contexte de cet échange troublant ?

Olivia mangea la fin de son saumon. Elle se sentait fortifiée et revigorée. Chose encore plus importante, sa liste de suspects grandissait. Drake et Ferdie étaient en haut, suivis par le frère Bocelli que Rupert avait insulté.

Il n'y avait pas de temps à perdre, décida Olivia en repoussant sa chaise.

— Merci pour ce délicieux repas, dit-elle, et Morag sourit.

— Vous partez déjà ? demanda Hamilton d'un ton étonné.

— J'ai beaucoup de livraisons à effectuer, expliqua Olivia. En fait, pour moi, c'est une journée de travail.

— Il faut se remettre au travail. C'est comme ça qu'on gagne de l'argent, dit Hamilton en approuvant d'un hochement de tête.

Olivia monta dans sa voiture et remonta l'allée. Son cerveau vibrait sous l'effet de ce qu'elle venait d'apprendre. Elle pensait encore que Drake avait le mobile le plus crédible pour le meurtre, mais Hamilton avait ajouté un suspect imprévu en parlant de Ferdie.

Est-ce que Rupert avait aussi menacé d'autres personnes ? se demanda-t-elle.

Il était presque l'heure de la livraison qu'elle avait prévue avec la réceptionniste de la Villa Fiora.

Cette fois, Olivia espérait que son rendez-vous lui permettrait de passer la porte et de se retrouver face à Bernie.

*

L'intérieur de la Villa Fiora était clair et lumineux avec des fioritures en or et assez de marbre pour faire de la concurrence au Taj Mahal, se dit Olivia en contemplant cet espace exquis avec admiration.

— Je suis venue livrer un colis à Bernie, dit-elle à la réceptionniste. J'espérais pouvoir le lui remettre en mains propres.

À ce moment-là, Bernie entra nonchalamment, venant du salon.

— Ah, Signor Cooper. Votre colis est arrivé, dit la réceptionniste en souriant.

— Ah, oui. Je comptais venir le récupérer moi-même.

Bernie portait un jean vert mousse étonnamment laid et un sweat si vieux que le logo n'était plus lisible.

Olivia ne s'en étonna pas. Chez ces milliardaires, plus rien ne pouvait la choquer. Cependant, elle était discrètement résolue à parler à Bernie seule et sans que la réceptionniste puisse l'entendre.

— Pourrions-nous nous asseoir un moment ? demanda-t-elle. J'aimerais vous décrire les vins.

— Bien sûr, dit Bernie en désignant le salon d'à côté.

Inspirant profondément, Olivia entra la première dans le salon et se rendit dans le coin le plus éloigné. À cet endroit, un luxueux sofa en cuir faisait face à une chaise moderne qui semblait avoir été conçue avec une planche de surf et un étendoir.

Espérant que Bernie se sentirait à l'aise sur le sofa, Olivia prit la chaise.

Comme prévu, la chaise était aussi confortable qu'une planche de surf, constata-t-elle.

— Vous n'êtes pas venue ici pour parler des vins, n'est-ce pas ? lui demanda Bernie à voix basse.

Olivia eut tellement peur qu'elle sursauta. La chaise trembla et tomba presque. Elle tendit une jambe au dernier moment et évita une chute qui aurait pu détourner l'attention de Bernie des choses importantes.

— Mon patron m'a dit que si un des clients voulait discuter de — voulait parler de ce qui s'était passé à l'exploitation viticole, je devrais lui offrir l'opportunité de le faire. Tout le monde mérite de pouvoir tourner la page, lui dit Olivia.

— Oui, c'est vrai, acquiesça Bernie.

— C'est peut-être ce que vous désirez ? demanda-t-elle d'un air encourageant. Dire les choses, ça aide.

— Vous avez raison.

Bernie soupira lourdement et Olivia se redressa, excitée.

— J'ai vraiment besoin de vider mon sac, parce que je me sens très coupable de ça.

CHAPITRE VINGT-CINQ

Olivia n'arrivait pas à y croire. Elle allait assister à un aveu de meurtre volontaire.

— Pourquoi vous sentez-vous coupable ? demanda-t-elle doucement à Bernie en espérant qu'il allait continuer à lui dire la vérité.

— Parce que j'aurais déjà dû dire à la police ce qui s'est passé, soupira-t-il. En fait, j'aurais dû intervenir en personne à ce moment-là et ne pas laisser ces choses-là se produire.

Maintenant, Olivia se sentait perplexe. La conversation semblait prendre une direction inattendue.

— Pouvez-vous vous expliquer ? demanda-t-elle.

Bernie soupira.

— Eh bien, quand Rupert a menacé le frère Bocelli, j'ai compris qu'il faisait le nécessaire pour devenir une future victime de meurtre. Lequel était-ce ? Ah, oui, Aldo, bien sûr. J'aurais vraiment dû lui dire à ce moment-là que son attitude était inacceptable, qu'il était visiblement trop ivre et qu'il devrait rentrer en taxi. Je ne l'ai pas fait. Résultat : Rupert est mort.

— Rupert a menacé Aldo ? répéta-t-elle en se souvenant que Hamilton avait mentionné ce même incident. Quand est-ce arrivé ?

— Juste après que Rupert a dit que le bus était en panne, se souvint Bernie. Je crois que vous vous êtes rués dehors, vous et deux autres. En tout cas, Rupert râlait en disant que nous allions tous être coincés sur place pendant des heures et Aldo a demandé à Rupert s'il était sûr que le problème ne pourrait pas se réparer rapidement. Je ne crois pas qu'il l'ait dit pour insulter Rupert, mais Rupert l'a compris comme ça. Il a dit que, s'il insinuait qu'il était un menteur, il ferait mieux d'y réfléchir à deux fois parce que Rupert ferait tout son possible pour lui gâcher le reste du voyage et de sa vie. Aldo a eu l'air extrêmement en colère. J'ai vu qu'il l'avait mal pris, même s'il n'a pas répondu et ne s'en est pas pris à Rupert.

Olivia se sentit horrifiée.

— Que s'est-il passé ensuite ? demanda-t-elle.

— Ensuite, Drake s'est levé et a dit à Rupert de la fermer parce qu'il n'y avait aucun besoin de parler sur ce ton à ceux qui ne faisaient que demander confirmation. Alors, Rupert s'en est pris à Drake, comme s'il avait été prêt à entamer un pugilat.

Se souvenant de la scène à laquelle elle avait assisté en revenant dans le restaurant, Olivia hocha la tête.

L'histoire de Bernie était crédible. Maintenant, elle savait comment Drake et Rupert avaient failli en venir aux mains. Tout avait commencé avec Aldo.

— Avez-vous Rupert sortir ? dit Olivia.

— Non. Je n'ai pas vu ça. Mon bureau m'a appelé en me demandant de résoudre un problème. J'ai passé environ dix minutes au téléphone. J'ai trouvé un coin tranquille à l'arrière du restaurant, là où il y a un espace extérieur vitré. Il y faisait froid mais, au moins, là, je pouvais me concentrer.

— Vous n'êtes pas sorti ? insista Olivia.

— J'ai essayé, mais le vent était affreux. Je n'arrivais pas à entendre ce que ma directrice des États-Unis me disait et elle ne m'entendait pas mieux. Donc, je suis rentré. En fait, j'ai téléchargé l'historique des appels ce matin, car je suis sûr que la police va vouloir les consulter. Je pense qu'ils constituent une sorte d'alibi.

— Je suis sûre que cela les aidera beaucoup, acquiesça Olivia.

Bernie consulta son téléphone.

— J'ai un courrier urgent et il faut que j'y réponde. Je repars dans ma chambre. Merci pour le vin et pour m'avoir aidé à me soulager.

— Merci de m'avoir accordé du temps, dit poliment Olivia.

Elle retraversa en toute hâte le hall de réception au sol en marbre. Elle se sentait excitée, bien que perturbée, par ce que Bernie avait dit. C'était un alibi solide qui pourrait être confirmé par des preuves concrètes.

Chose plus importante, Aldo était maintenant au sommet de sa liste, qu'il occupait avec Ferdie et Drake. Il avait été la cible de l'agressivité de Rupert en premier et il aurait pu décider de se venger personnellement plus tard.

Chico et Aldo logeaient aux Jardins de Florence. Comme c'était plus près que l'endroit où résidait Ferdie, Olivia décida d'y aller d'abord.

— Aldo, je viens te chercher ! annonça-t-elle sévèrement en repartant sur la route.

*

Vingt minutes plus tard, Olivia entra résolument dans le hall de réception somptueusement décoré des Jardins de Florence.

— J'ai des cadeaux pour Chico et Aldo Bocelli, qui séjournent ici. J'aimerais les leur remettre en mains propres, dit Olivia en souriant à la réceptionniste.

— Ah, nos clients préférés ! s'exclama la dame.

Olivia remarqua qu'il y avait un pot de crème de luxe pour les mains et les ongles Chi-Aldo à côté du clavier. Elle devina que les frères distribuaient généreusement des cadeaux partout où ils allaient. Il n'était guère étonnant qu'ils soient populaires !

Olivia se demanda brièvement comment des gens aussi gentils, généreux et bien aimés pouvaient être des assassins. Alors, elle s'interdit tout préjugé. Après tout, il faut se méfier de l'eau qui dort.

La réceptionniste cria au maître d'hôtel :

— Où sont nos héros locaux ? Cette dame adorable leur a apporté du vin !

— Ils étaient au petit déjeuner mais, après, ils sont sortis. Je crois qu'ils allaient vers les courts de tennis. Puis-je y emmener notre visiteuse ?

— Je vous en prie, dit la réceptionniste en souriant.

Ayant l'impression d'être elle-même une cliente VIP grâce à ce merveilleux traitement, Olivia suivit le maître d'hôtel à l'extérieur. Il la fit passer par un jardin à la française avec des sentiers pavés, des plants de lavande, une fontaine centrale et des petites statues çà et là. De là, ils prirent un sentier qui traversait des pelouses verdoyantes avec trois courts de tennis modernes à l'autre bout.

Olivia reconnut immédiatement Chico et Aldo. Chico, en tenue de tennis blanche et en train de danser d'un pied sur l'autre sur le cours de tennis pavé de dalles vertes, attendait qu'Aldo envoie un service dévastateur.

Aldo envoya le service avec un bond en s'enroulant sur sa raquette et la balle passa rapidement à tout juste deux centimètres au-dessus du filet, mais Chico était prêt et renvoya la balle en diagonale.

Le souffle coupé, Olivia regarda Aldo foncer vers la balle et arriver juste à temps pour effectuer un revers courbe. La balle frappa le haut du filet et perdit sa vitesse en rebondissant doucement de l'autre côté.

Fonçant désespérément vers la balle, Chico arriva après le deuxième rebond, mais son coup désespéré l'envoya quand même en l'air.

En regardant cet échec, Aldo rit.

— Trop lent, cria-t-il.

— Tu as eu de la chance, dit Chico en souriant. La prochaine fois, je gagnerai le point.

— Je viens de gagner le premier set ! Tu as du rattrapage à faire.

À ce moment-là, les hommes remarquèrent Olivia et le maître d'hôtel.

— *Ciao, ciao*, cria Chico.

— Pouvons-nous vous interrompre ? demanda le maître d'hôtel.

— Bien sûr. C'est moi qui gagne !

En riant, Aldo se rendit au petit portail qui se trouvait dans la clôture. Il prit une bouteille d'eau et, quand il en dévissa le bouchon, il regarda Olivia de plus près.

— Vous êtes de l'exploitation viticole. Je me souviens de vous.

— Oui. Je suis venue vous apporter un cadeau.

Olivia tendit les paquets de bouteilles de vin.

— Ah, merveilleux ! Ça me rappelle notre dégustation, dit Chico.

— Et ce qui s'est passé ensuite, ajouta Aldo avec insistance.

— Nous voulions que vous gardiez un bon souvenir de notre exploitation viticole, malgré ce malheureux incident, dit Olivia.

Le maître d'hôtel repartit sur la pelouse, décidant visiblement qu'Olivia voulait avoir une conversation privée. Elle fut très contente d'en avoir la possibilité.

— J'espère qu'ils arrêteront bientôt le coupable, dit Chico.

Aldo hocha la tête.

— Dès le premier moment, nous avons su qui c'était, dit-il.

— Exactement. Tout le monde l'a compris, acquiesça Chico.

Olivia regarda les frères avec des yeux ronds. Cette conversation ne prenait pas le chemin qu'elle avait espéré. Aldo n'avait pas du tout l'air coupable et ne semblait pas essayer de détourner les soupçons. C'était comme si les deux frères ne faisaient qu'exposer des faits.

— Qui ? demanda-t-elle.

Les frères répondirent ensemble.

— Carmody, dit Chico.

— Tomas, dit Aldo.

Ils se contemplèrent tous les uns les autres et un silence stupéfait se fit.

Olivia ne savait plus quoi penser. Que se passait-il ? À chaque fois qu'elle interrogeait un suspect, le suspect accusait quelqu'un d'autre. Entre temps, les frères se tournèrent l'un vers l'autre pour échanger des regards pleins de perplexité.

— Pourquoi l'accuses-tu ? demandèrent-ils les deux en même temps.

Chico fronça les sourcils.

— Ça me semble évident. Pendant tout le trajet jusqu'à l'exploitation viticole, Carmody s'est vanté de son expérience au Tibet et de ce qu'il y a appris. Je suis sûr qu'ils lui ont appris les arts martiaux et que c'est comme ça qu'il a réussi à vaincre Rupert.

Olivia n'était pas convaincue par cette idée. D'abord, Carmody n'avait pas semblé avoir la carrure requise pour être expert en arts martiaux, car il ressemblait plus à un Bouddha qu'à un ninja. Ensuite, elle était sûre qu'il était resté tout le temps dans le restaurant. Toutefois, pourquoi Aldo soupçonnait-il Tomas ?

— Cet étrange pianiste était trop susceptible et ne supportait pas les critiques, expliqua Aldo. Alors que nous marchions dans l'exploitation viticole, Rupert a dit qu'il n'avait pas entendu parler de lui et qu'il ne croyait pas que ça arriverait un jour. J'ai cru que Tomas allait le tuer sur place. Les pianistes ont des doigts forts, n'est-ce pas ? Il aurait pu le suivre, l'étrangler et le jeter dans la mare !

Olivia mémorisa cette information. Elle pensait elle aussi que Tomas avait un ego surdimensionné et qu'il était très égocentrique. Est-ce que son narcissisme aurait pu le pousser à détruire celui qui l'avait critiqué ?

Enfin, chose plus importante, les frères avaient-ils un alibi ?

— J'ai entendu dire que vous vous êtes disputés pendant la soirée, vous et Rupert. Je suis sûre que la police va vous demander où vous étiez au moment de sa mort, dit Olivia à Aldo en essayant d'avoir l'air en même temps inquiète et compatissante.

Aldo hocha la tête.

— Certes, il m'a parlé durement et il a été très impoli et très menaçant mais, dans la culture d'entreprise des Produits Cosmétiques Chi-Aldo, nous avons des règles très strictes sur le comportement en public. J'étais en colère, bien sûr, mais, dans de telles circonstances, nous nous en allons, nous pardonnons et nous oublions.

— Exactement ! approuva Chico en hochant la tête.

— Nous avons observé que Rupert continuait à chercher la bagarre et nous l'avons même entendu pendant sa confrontation avec vous, dehors. Nous avons décidé de rester à l'écart des ennuis et nous sommes partis à la porte d'à côté, à la salle de dégustation, où nous avons lu des faits intéressants sur l'exploitation viticole.

Olivia écarquilla les yeux. Donc, Chico et Aldo avaient assisté au harcèlement de Rupert et avaient entendu les menaces qu'elle avait sifflées au milliardaire.

— Nous avons entendu que vous l'avez remis très fermement à sa place, expliqua Aldo.

— Nous sommes restés dans la salle de dégustation jusqu'à ce que vous nous appeliez, ajouta Chico.

— Nous avons fait ce que nous faisons toujours dans une telle situation, bien sûr, dit Aldo.

— Qu'est-ce que c'est ? demanda Olivia en espérant que cela fournirait un alibi solide pour les frères parce que, jusqu'à maintenant, ils auraient pu être en train de mentir de façon à s'innocenter l'un l'autre.

Elle se dit brièvement que cela aurait pu être plus facile pour deux hommes de tuer Rupert que pour un.

— Nous avons pris un selfie ensemble et nous l'avons posté sur notre compte de réseaux sociaux, expliqua Chico. Nous y avons ajouté quelques paroles exaltantes pour nos followers. C'est un merveilleux moyen de se calmer !

— Le meilleur, dit Aldo.

— En dix minutes, nous avons reçu plus de dix mille likes. Nous avons passé quelques minutes à interagir avec notre public, dit fièrement Chico. Cette photo a maintenant bien dépassé les cinquante mille likes ! Vous pouvez la voir sur notre page Chi-Aldo. Vous constaterez avec plaisir que le logo de votre exploitation viticole est visible à l'arrière-plan. Plusieurs de nos fans ont déjà dit qu'ils veulent visiter vos beaux locaux et acheter vos vins !

— Bien sûr, s'il s'avère que c'est un meurtre, cela n'aura pas été une si bonne idée. Dans ce cas de figure, nous devrons retirer la photo, car notre présence sur la scène de crime donnerait une mauvaise image de notre entreprise, dit tristement Aldo.

— Ça porterait tort à notre marque, acquiesça Chico.

— Les ventes s'effondreraient, ajouta Aldo.

— Nous espérons tous que ce sera résolu très bientôt. Merci beaucoup pour le selfie et la publicité, dit Olivia.

— Merci pour le vin ! dit Chico en souriant.

Olivia se sentit soulagée de pouvoir rayer les frères de la liste des suspects grâce à leur usage des réseaux sociaux au moment de la mort de Rupert et à leur conscience de la mauvaise réputation qu'un meurtre peut apporter.

Alors qu'elle retraversait la pelouse pour revenir au parking, elle entendit Chico crier triomphalement :

— Ace !

Plongée dans ses pensées, Olivia monta dans sa voiture. Alors qu'elle s'éloignait des Jardins de Florence, elle se rendit compte qu'elle se sentait plus perplexe que jamais. C'était comme jouer à chat. Tout le monde marquait quelqu'un d'autre et elle n'était toujours pas plus proche de son but final, qui était d'identifier l'assassin.

Son prochain arrêt lui révélerait peut-être quelque chose de plus concret, espéra-t-elle.

Elle allait au Terrazzo Moderna, où elle espérait que Ferdie, le mystérieux magicien, révélerait ses secrets ou, de préférence, les avouerait.

Pendant qu'elle conduisait, elle se rendit compte avec regret qu'elle n'avait pas encore appelé Danilo pour s'excuser de son emportement du matin.

Olivia composa rapidement son numéro pendant qu'elle était arrêtée à un feu rouge. Elle mit le téléphone en mode haut-parleur pour pouvoir parler sans danger en conduisant. Il fallait qu'elle consacre toute son attention à cette conversation. Il était important qu'elle arrange les choses avec Danilo.

Cependant, Olivia entendit avec inquiétude son appel passer directement sur la messagerie.

Elle décida de ne pas laisser de message long et détaillé. Ce serait une solution de facilité. Elle espérait qu'il verrait qu'elle avait appelé et qu'il répondrait. Alors, elle pourrait lui dire ce qu'il fallait.

Malgré cela, pendant qu'elle conduisait, Olivia ne put s'empêcher de s'inquiéter. Que ferait-elle si elle avait déjà trop compromis leur relation et si Danilo ne la rappelait pas du tout ?

CHAPITRE VINGT-SIX

Après avoir passé la plus grande partie de son trajet pourtant riche en vues spectaculaires à se reprocher son impétuosité, Olivia fut contente d'arriver au Terrazzo Moderna. C'était un hôtel en deux parties. Le Terrazzo Magnifico, ultra-luxueux et extrêmement exclusif, se trouvait plus loin sur la route. Cette partie-là était l'hôtel principal, plus grand mais quand même luxueux.

Comme Tomas et Ferdie étaient plus des artistes que des gens très riches, ils avaient été logés dans le Moderna.

Olivia se souvint que Sashenka et Jose résidaient dans la section ultra-luxueuse de cet hôtel en deux parties. Toutefois, aucun d'eux ne figurait sur sa liste de suspects. Jose avait été au restaurant toute la soirée et Sashenka avait semblé trouver les autres milliardaires amusants plutôt que blessants. En outre, elle avait eu l'air de s'intéresser sincèrement à ce qui s'était passé quand elle avait suivi Olivia avec Erba jusqu'à la scène de crime.

Entrant dans le Moderna, Olivia fut contente de ne même pas avoir à demander à la réceptionniste d'appeler le client qu'elle avait besoin d'interroger. Elle repéra sa veste à l'éclat éblouissant en un instant. Ferdie était assis dans le café adjacent au restaurant.

Olivia avança vers lui avec détermination comme un prédateur vers sa proie. Comme il avait le dos tourné, cela lui fournissait une excellente opportunité d'observer ce suspect.

Sur sa table, Ferdie avait un verre de soda à l'orange et une focaccia au salami à moitié mangée. Les sourcils froncés, il distribuait un paquet de cartes et les retournait sur le bois poli tout en remuant silencieusement les lèvres.

Il doit répéter, se dit Olivia.

Espérant qu'il serait concentré sur ses cartes, Olivia avança en se trémoussant et réussit à se percher sur la chaise d'en face avant que Ferdie ne l'ait ne serait-ce que remarquée. Quand il la vit, il releva brusquement la tête. L'apparition d'Olivia semblait l'horrifier.

— Que faites-vous ici ? demanda-t-il en haletant.

Olivia lui offrit un sourire aussi lumineux qu'innocent.

— Je suis venue vous offrir du vin.

Elle plaça le bel emballage en carton sur la table.

Ferdie le regarda tout juste.

— Non, insista-t-il. Jamais vous n'auriez fait un tel trajet pour m'offrir du vin. Vous me connaissez à peine ! Et puis, je ne suis ni important ni riche. Donc, ça signifie que vous êtes venue ici pour une autre raison et je veux savoir laquelle c'est !

Il la regarda d'un air renfrogné. Il avait peut-être voulu avoir l'air menaçant, mais cela ne faisait que lui donner une apparence encore plus vulnérable.

Olivia ne put s'empêcher de se sentir désolée pour lui. Il avait l'air extrêmement nerveux. De plus, il avait bien compris qu'elle ne venait pas simplement lui offrir du vin. Il ne s'attendait pas à ce que les gens le flattent et le comblent de cadeaux. Toutefois, cela soulevait une autre question essentielle.

— Donc, vous n'êtes ni important ni riche ? demanda Olivia en saisissant l'élément illogique principal de ce que Ferdie venait de dire.

Comprenant son erreur, Ferdie essaya de faire marche arrière.

— Je suis moins important et moins riche, clarifia-t-il.

— Ce n'est pas ce que vous avez dit !

Espérant qu'une expression sévère l'aiderait à bien se faire comprendre, Olivia essaya d'imiter l'inspectrice Caputi en le clouant sur place avec un regard sombre dur comme l'acier.

Le résultat dépassa ses espérances. Ferdie tressaillit de manière visible. Alors, avec un soupir lourd, il prit une grosse bouchée de l'autre moitié de sa focaccia.

C'était un homme qui mangeait en situation de stress, tout comme Olivia.

Il mâcha, avala et ne répondit qu'après.

— Vous avez raison, dit-il d'un ton démoralisé. Je n'aurais jamais dû participer à ce voyage. Je vais avoir de gros ennuis. On m'arrêtera peut-être même pour escroquerie, si on ne m'arrête pas d'abord pour meurtre, à tort.

Il reposa la focaccia et observa Olivia avec tristesse.

Olivia le contempla avec considération. Même s'il s'habillait très mal, elle avait la sensation qu'elle commençait finalement à comprendre qui était le vrai Ferdie. Était-il un assassin ? Elle espérait qu'elle pourrait le pousser à en révéler plus.

— Vous feriez mieux de tout m'expliquer, dit-elle d'un ton doux en pensant qu'une approche gentille fonctionnerait mieux que des mots durs, qui l'inciteraient à se réfugier dans sa coquille.

— Eh bien, vous voyez, j'ai un chat merveilleux, dit Ferdie d'un air plus heureux. Il a une fourrure longue et ondulée couleur or et il pèse plus de neuf kilos. Il est énorme !

— Oh, comme c'est étonnant ! dit Olivia.

— Il se trouve que mon chat a sa propre page Instagram. Il adore faire des trucs mignons. Il s'étend tout le long du sofa et, dans notre jardin, nous avons un arbre qu'il escalade comme un koala. En promenade, nous le tenons en laisse. Il a un jouet en forme de souris qu'il cache dans son château de chat, puis il chasse la souris comme s'il était Superman ! Il saute sur le plan de travail, prend des friandises dans un bocal et les fait tomber au sol pour que Chunky, notre beagle, puisse les manger. Il connaît pas mal de mots et il lui arrive même de réagir à quelques-uns d'entre eux.

— Pour un chat, c'est incroyable.

Olivia considérait qu'elle connaissait le sujet.

— Donc, en tout cas, Magicien (c'est son nom) a des milliers de followers sur les réseaux sociaux. Je crois nous avons dépassé les cent mille.

— Magicien ?

Les pièces du puzzle commençaient à se mettre en place pour Olivia. Elle pensait comprendre où allait les mener cette triste histoire.

— Oui. Donc, il y a une semaine, j'ai reçu un message de cette drôle de dame, Stella. Elle a dit qu'ils avaient une place de dernière minute pour un artiste qui accepterait de participer à un voyage très chic et qu'une de ses chercheuses avait proposé mon nom pour ce voyage.

— Qu'a-t-elle dit d'autre ? demanda Olivia, intriguée.

— Eh bien, elle a dit que je toucherais une rémunération pour mes prestations et que je logerais dans des hôtels de première catégorie pendant une semaine, tous frais payés. La rémunération était très généreuse ! De plus, ma fiancée et moi, nous envisageons de redécorer notre maison. Donc, j'ai accepté. Je me suis dit que c'était génial qu'ils aient envie de faire participer le maître d'un chat célèbre à ce voyage. J'ai même préparé un diaporama de photos et une vidéo courte désopilante où mon chat fait ses tours. Cependant, quand je suis arrivé et qu'on m'a dit que je devrais donner un spectacle de magie … eh bien, j'ai commencé à comprendre que j'avais été victime d'un affreux malentendu.

— Oh, mon Dieu !

Olivia se sentait emportée par cette histoire. Elle pouvait imaginer la peur de Ferdie. Dans ces circonstances, il aurait été mal avisé d'admettre qu'il n'était pas magicien. Déjà, elle était sûre que la chercheuse aurait été immédiatement renvoyée.

— Je ne savais pas quoi faire. Je suis allé acheter une veste appropriée. Ensuite, j'ai décidé de chercher quelques tours de cartes sur Google en espérant que je pourrais peut-être en apprendre rapidement quelques-uns et m'en tirer comme ça. Toutefois, la magie, c'est beaucoup plus difficile que ça en a l'air et je ne crois pas avoir ce talent-là. Donc, en résumé, je sens approcher le désastre.

— Pourquoi ? demanda Olivia. Vous êtes tiré d'affaire, maintenant, n'est-ce pas ?

Il l'était grâce au meurtre. Tout en parlant, Olivia ne put s'empêcher de se demander jusqu'où Ferdie, plongé dans le désespoir, aurait pu aller pour arrêter le programme du voyage. Avait-il délibérément provoqué une tragédie en espérant se tirer d'affaire ainsi ?

— Non ! Vous vous trompez. Je ne suis pas du tout tiré d'affaire. Je suis encore en danger !

Ferdie prit le paquet de cartes et les battit tristement. Il en laissa tomber quelques-unes par maladresse. Olivia se pencha et ramassa celle qui était tombée par terre.

— Pourquoi ? demanda-t-elle en la lui tendant.

Il regarda fixement Olivia d'un air angoissé.

— Vous n'êtes pas au courant ? Le divertissement et le dîner ont été reprogrammés. Ils commencent à dix-sept heures, cet après-midi ! On viendra me chercher ici à seize heures.

Olivia se retrouva bouche bée.

— La police l'a autorisé ? demanda-t-elle d'une voix aiguë.

Ferdie haussa les épaules.

— Les organisateurs ont parlé à la police. Elle a accepté que l'événement ait lieu si les touristes sont transportés en bus tous ensemble et ne quittent pas le restaurant et la salle de spectacle et si tout le monde signe à nouveau en rejoignant son hôtel. Je crois qu'il y aura tout le temps un agent de police devant le restaurant et la salle de spectacle.

Olivia fut choquée par cette nouvelle parce qu'elle contrariait ses plans. Elle avait pensé qu'elle aurait tout l'après-midi pour interroger le groupe mais, dans une heure, tous ses membres allaient se préparer.

Elle n'avait pas un moment à perdre. Il fallait qu'elle aborde les sujets importants.

— Un des clients m'a dit que Rupert vous avait menacé, dit-elle.

Ferdie hocha la tête d'un air abattu.

— Il m'a vu m'entraîner. Ça s'est passé après que le bus est tombé en panne. Je me tenais près de la porte du restaurant et je tentais de faire le tour à trois cartes. Il est passé devant moi avec un verre de vin, qu'il a jeté dehors. Le vin, pas le verre. Il a dit que c'était une saleté acide dégoûtante qui lui donnait des brûlures d'estomac et de l'indigestion et qu'il ne se sentait pas bien. Alors, il s'est retourné, m'a vu, m'a traité d'escroc et a proféré toutes sortes de menaces horribles.

— Avez-vous pensé aux problèmes qu'il pouvait vous infliger ? dit prudemment Olivia.

— Aux problèmes qu'il pouvait m'infliger ? demanda Ferdie en levant les yeux vers Olivia, perplexe. Il ne peut rien me faire de plus que ce que je vais me faire à moi-même. Ils vont probablement exiger que je rembourse ma rémunération. Or, nous avons déjà dépensé une partie de l'argent pour acheter du carrelage, une nouvelle cuisinière et énormément de bulbes pour le jardin.

— Oh, mon Dieu, dit Olivia.

Elle avait beaucoup de peine pour Ferdie. Il était vraiment dans une situation difficile. Le fait qu'il accepte son destin lui prouvait qu'il n'était pas l'assassin. Pourquoi se serait-il soucié de ce qu'une personne pensait alors qu'il savait que, après son spectacle, tout le monde penserait la même chose ?

Comment l'aider ? se demanda-t-elle. Soudain, elle eut une idée réalisable.

— Vous savez ce que vous devriez faire ?

— Quoi ? lui demanda Ferdie d'un ton désespéré.

— Bandez-vous la main droite. Dites que vous avez glissé dans l'escalier et que vous vous l'êtes foulée. Dites que vous souffrez beaucoup et que vous ne pourrez malheureusement pas donner votre spectacle. Enfin, demandez au public s'ils aimeraient voir quelques photos et vidéos de votre chat à la place. Je suis sûre que la salle pourrait vous prévoir un grand écran.

Ferdie regarda fixement Olivia avec des yeux où renaissait l'espoir.

— Vous croyez que ça marchera ?

— Ce sont tous des gens qui aiment les animaux. Regardez le succès que ma chèvre a remporté ! dit Olivia. Si Stella elle-même est présente, elle risquera de ne pas être très heureuse mais, s'il y a juste les milliardaires, je crois qu'ils préféreront le chat, en fait. Ils semblent être très égoïstes et ils aiment tout contrôler tout le temps. Je ne suis pas sûre que des tours de magie leur plairaient.

Ferdie regardait fixement Olivia comme si elle avait été le soleil levant.

— Oh, Olivia, vous êtes formidable ! Vous m'avez donné de l'espoir ! Je sens que ça peut fonctionner.

Il regarda sa main.

— Elle me fait déjà mal. De plus, j'ai vu une pharmacie dans le village, quand nous l'avons traversé. Je peux y aller et acheter des quantités de bandages.

— Bonne chance, dit Olivia en souriant à Ferdie pendant qu'il s'en allait à toute vitesse.

Elle se sentit heureuse d'avoir su élucider un mystère, même si ce n'était pas le plus important. De plus, elle avait réussi à aider un homme qui était dans le besoin. Toutefois, maintenant, la journée allait être courte parce que le voyage allait continuer.

La dernière personne qu'elle allait voir rapidement était Tomas, qui logeait dans cet hôtel. Après tout, quelqu'un avait accusé le pianiste d'être un suspect et, même s'il était innocent, il avait peut-être vu quelque chose.

Elle espérait que la réceptionniste accepterait de l'appeler à la réception et que Tomas serait attiré par le vin gratuit.

Cependant, alors qu'elle repartait dans le hall, Olivia se rendit compte qu'elle pourrait peut-être se passer de demander à voir le pianiste. Des notes de piano venaient du salon de l'autre côté. Elle savait où Tomas devait être.

Elle alla au salon, où elle constata avec plaisir qu'elle avait bien deviné. Tomas était assis au grand piano, très élégant dans un smoking chic, et ses doigts tombaient en cascade sur les touches en produisant des notes retentissantes.

Quand Olivia regarda dans la pièce, elle vit que c'était là que les gens prenaient le thé l'après-midi. Des gâteaux, des sandwichs-éclairs, des macarons, des tartelettes et des scones étaient habilement disposés sur les buffets et les tables se remplissaient de clients qui venaient profiter du buffet et de la musique.

Sauf que, comme le vit Olivia, il allait y avoir un problème, ici.

Un homme à veste de tweed se tenait près du piano avec une partition en main. Avec ses chaussures étincelantes, il bougeait d'un pied sur l'autre et jetait parfois un coup d'œil embarrassé à sa montre puis au piano. Olivia constata que Tomas faisait de son mieux pour l'ignorer.

Avec un léger amusement, Olivia en déduisit que Tomas monopolisait le piano pour montrer son talent aux clients qui prenaient leur thé pendant que le pianiste qui avait réservé sa place attendait anxieusement de pouvoir y accéder.

Olivia approcha discrètement de lui.

— Bonjour, Tomas, dit-elle.

Il releva le regard. Quand il la vit, il sursauta. Une fausse note audible résonna désagréablement dans la salle et une femme assise à la table la plus proche laissa tomber sa fourchette.

Tomas leva les mains des touches. Il lança un regard furieux à Olivia.

— Que, que, que faites-vous ? Vous rendez-vous compte que vous avez interrompu un des moments les plus importants et les plus poignants du morceau ? Vous avez tout définitivement gâché pour tous ceux qui écoutent !

Maintenant que les seuls sons étaient le tintement des couverts et la voix furieuse de Tomas, de plus en plus de clients commençaient à se retourner. Olivia ne voulait pas semer le désordre.

— Pouvons-nous parler à un endroit plus privé ? marmonna-t-elle.

Encore en colère, Tomas se leva et la regarda d'un air renfrogné.

— Comme vous avez détruit cette musique impromptue, cette expérience irremplaçable que j'offrais généreusement à chaque auditeur, je n'ai pas le choix.

Furieux, il quitta le salon à grands pas, suivi en toute hâte par Olivia. Quand elle atteignit la porte, elle se retourna et vit que le pianiste lésé prenait place d'un air très soulagé.

Tomas parcourut le couloir d'un pas raide puis alla dans un autre salon plus petit. L'endroit était paisible et silencieux. Un brasero y brûlait et des fauteuils en cuir cachaient quelques clients occupés à lire ou à faire la sieste.

Tomas se percha sur un pouf, encore enragé.

— Pourquoi êtes-vous venue m'interrompre ici ?

— Je suis vraiment désolée, dit Olivia en espérant qu'une excuse sincère pourrait l'apaiser. Je suis venue vous poser des questions sur hier. J'ai pensé qu'une personne aussi observatrice que vous, tellement en phase avec son public, pourrait se souvenir de quelques détails susceptibles de s'avérer utiles.

Appréciant le compliment, Tomas fit le beau.

— Eh bien, j'ai considéré que les organisateurs avaient bien fait de m'inviter à ce voyage aussi exclusif. Être inclus dans un groupe exclusif de treize personnes, pour moi, c'est aussi important que jouer pour un public de trente mille personnes. Cependant, j'ai immédiatement compris qu'ils m'apprécieraient encore plus dans cet environnement intime.

Le groupe avait comporté douze personnes, mais Olivia décida de ne pas le corriger. En fait, elle se sentait agitée. Tomas avait-il remarqué quelque chose ? Quand allait-il en venir au but ?

— Avez-vous spécialement remarqué Rupert Curren, qui nous a hélas quittés ? demanda-t-elle.

Tomas hocha la tête.

— Pendant la dégustation de vin, il a été très clair que le vin n'était qu'un interlude et que Rupert et les autres attendaient le spectacle que je donnerais plus tard.

Olivia fronça les sourcils, inquiète. La mort de Rupert ne semblait pas du tout avoir touché Tomas.

— Avez-vous vu un des touristes se battre avec un autre ? essaya-t-elle de demander.

— Il est habituel que ceux qui viennent à mes spectacles se bagarrent pour avoir les meilleures places. J'étais impatient de leur offrir un morceau de musique de mon choix. Quel privilège pour ce groupe de riches d'être exposé à quelque chose d'aussi unique : un précieux concert par moi-même !

Olivia jeta un coup d'œil à la pendule murale en essayant de se retenir de taper impatiemment du pied. Elle n'avait pas de temps à perdre et Tomas non plus, pensait-elle. Toutefois, quand elle y réfléchit à nouveau, elle se dit qu'il était fin prêt pour son récital. Il fallait qu'elle aille droit au but.

— Où étiez-vous au moment du meurtre ? Étiez-vous avec quelqu'un ?

— J'ai réparti mon temps de façon égale parmi mes admirateurs, c'est-à-dire tous les membres du groupe, dit Tomas. Je venais de finir de parler à Carmody et à Jose du concert que j'ai donné à Singapour. Mon récit était si puissant que les deux hommes avaient tous deux fermé les yeux pendant que je parlais. Je suis sûr qu'ils s'imaginaient faire partie de ce public privilégié. Après, je suis allé aux toilettes des hommes et j'y étais quand vous avez demandé à tout le monde d'aller au bus.

Enfin, un alibi ! Pour l'obtenir, il avait suffi à Olivia de faire appel à absolument toute sa patience !

— Savez-vous qui aurait pu tuer Rupert ? demanda-t-elle.

Tomas soupira.

— Je n'en ai aucune idée, mais je trouve vraiment dommage que nous ayons maintenant un auditeur de moins. Les compliments de tous les membres de mon public sont précieux pour moi. Néanmoins, je captiverai ce groupe réduit avec mon talent plus tard.

— Je suis sûre qu'ils seront fascinés, dit Olivia. Eh bien, il est —

— Peu de pianistes de célébrité mondiale acceptent de faire montre de leurs compétences dans le cadre d'un récital à public réduit pour des VIP milliardaires.

Olivia décida d'acquiescer, du moment que cela permettait d'interrompre le flux d'auto-congratulations qui l'empêchait de s'en aller.

— Absolument. Vous êtes très généreux. Eh bien, merci beaucoup pour vos explications. Maintenant, je dois —

— J'ai vu qu'ils étaient fascinés par ma présence.

Olivia se leva.

— Merci beaucoup, Tomas. Tout le monde va adorer votre concert, cet après-midi.

— Exactement, dit Tomas en approuvant d'un hochement de tête.

Olivia partit précipitamment vers la porte et s'éclipsa. Tomas avait un alibi et, de toute façon, il n'aurait jamais assassiné un spectateur potentiel, ou, du moins, pas avant son récital, reconnut ironiquement Olivia.

Elle suivit les panneaux qui indiquaient la sortie jusqu'à la porte latérale de l'hôtel.

Cette journée avait été décevante, se dit-elle en traversant la cour et en montant dans sa voiture. Elle avait espéré élucider le crime. Maintenant, tous les touristes allaient être emmenés en bus à leur divertissement du soir et elle allait devoir rentrer chez elle.

Avant de repartir, elle réessaya d'appeler Danilo.

Elle composa le numéro en prévoyant ce qu'elle devrait dire. Quand la connexion se fit, elle se sentit un peu coupable. Le téléphone sonna et elle écouta anxieusement, formulant les mots dans sa tête.

Cependant, Danilo ne décrocha pas. Olivia eut la messagerie et sa culpabilité se transforma en frisson d'inquiétude.

Elle avait tout fait foirer et créé un problème grave. Danilo était offensé et refusait de répondre à ses appels. Il regrettait peut-être d'avoir décidé de sortir avec elle. Ou alors, lui indiquait-il par son mutisme qu'elle était allée trop loin quand elle s'était mise en colère et qu'ils n'étaient plus ensemble ?

Stressée, Olivia sortit de l'hôtel. Ses problèmes relationnels avaient peut-être déjà échappé à son contrôle et c'était effrayant.

Il ne restait qu'une chose susceptible de faire la différence qu'elle puisse encore accomplir aujourd'hui. Donc, Olivia décida de s'y atteler. Au lieu de repartir directement à sa ferme, elle prit la route secondaire qui menait à l'exploitation viticole.

Le problème crucial du mentorat de Marcello l'obsédait et elle tenait absolument à obtenir le résultat dont elle avait besoin.

CHAPITRE VINGT-SEPT

Déterminée, Olivia entra à grands pas dans La Leggenda. Bien que l'exploitation viticole soit fermée au public, elle était sûre que Marcello serait encore dans son bureau, en train d'effectuer une multitude de tâches urgentes.

Avant d'entrer, elle entendit quelqu'un taper rapidement sur le clavier de l'ordinateur. Quand elle entra, Marcello leva les yeux et elle fut contente de voir son visage s'éclairer et son expression stressée s'adoucir légèrement.

— Olivia. Puis-je t'aider ?

— J'ai posé quelques questions aujourd'hui, dit prudemment Olivia.

Elle espérait que ses efforts ne lui vaudraient pas des critiques supplémentaires. Elle constata non sans plaisir que Marcello avait l'air soulagé et intrigué.

— As-tu trouvé quelque chose ? demanda-t-il.

— Moins que je l'avais espéré, mais j'ai fait beaucoup de travail préparatoire, avoua Olivia. Tout le monde a son coupable désigné et la police n'a pas encore déterminé la cause de la mort.

— Comment sais-tu ça ? demanda Marcello d'un ton curieux.

— Ils permettent au groupe d'assister au concert et d'aller au dîner récompensé par le guide Michelin ce soir, sous supervision de quelques agents. Ils doivent être en train de se préparer pour le concert maintenant, dit Olivia. Je suis sûre que, s'ils avaient des preuves concrètes d'un crime, ils réinterrogeraient les gens ou ils les arrêteraient.

Marcello hocha la tête d'un air pensif.

— Un verdict de mort accidentelle nous sauvera peut-être.

— Oh, je l'espère !

Regardant Marcello avec sincérité, Olivia continua :

— Marcello, je sais que tu as encore des incertitudes sur le mentorat. Promets-moi quelque chose, s'il te plaît.

— Que veux-tu que je te promette ?

Il la regarda intensément de ses yeux bleu profond.

— Que tu vas l'accepter. Ne permets pas à ce problème de te détourner de ton but. Tu ne peux pas accepter d'y renoncer, quelle qu'en soit la cause, même pas une mort, qu'elle soit due à des causes naturelles ou pas.

164

— Olivia, dit Marcello d'une voix douce. Parfois, quand je me décourage, c'est ta passion qui ravive mon propre feu. Tu es si concentrée, si déterminée ! Quand je suis avec toi, je crois que rien ne peut arrêter notre exploitation viticole et que tous les problèmes sont insignifiants.

Olivia avait le souffle coupé. C'était un moment d'une intimité inattendue, même s'ils ne parlaient que du travail.

— Ce n'est pas toujours ce que je ressens en mon for intérieur, admit-elle avec un sourire. Tu vois toujours ce que j'ai de meilleur et tu sais l'obtenir. Je t'en prie, crois en ta passion et en ce qu'elle nous apporterait. Oublie tes soucis, même si je sais qu'ils ont l'air énormes. Je ferai de mon mieux pour élucider ce meurtre. J'y suis presque, je le sais ! Demain, j'aurai des réponses pour toi.

Marcello tendit une main et couvrit celle d'Olivia de sa paume large et chaude.

Olivia eut le souffle coupé. Elle ne s'était pas attendue à un geste aussi tendre. Pendant un moment, elle eut l'impression que Marcello testait les limites de l'accord pas-d'amour-au-travail qu'ils avaient passé.

Il ne savait pas qu'elle avait un petit ami. Ce n'était pas le bon moment pour en parler. Cela irait contre le but de sa visite et, en tout cas, ce n'était qu'un geste de soutien et d'amitié.

N'est-ce pas ?

Olivia se sentait incertaine. Elle avait cru que la porte entre Marcello et elle-même avait été résolument fermée. Or, elle venait de constater que le loquet n'était même pas engagé et que la plus légère des brises pourrait l'ouvrir.

— Je promets que j'accepterai le mentorat, dit-il.

Au ton de sa voix, elle comprit que c'était une vraie promesse. Il ne le disait pas seulement pour l'apaiser. Il parlait sérieusement et tiendrait parole.

— Merci, dit Olivia.

Sa voix était assez enrouée et elle se racla précipitamment la gorge.

Marcello sortit sa main et, lentement, la tension étrange qui avait régné entre eux disparut.

— Je vais rentrer chez moi, maintenant, car je ne peux plus enquêter aujourd'hui, mais je te promets, Marcello, que, demain à cette heure, l'exploitation viticole sera innocentée.

Olivia se leva. Quoi qu'il en coûte, elle allait tenir parole, tout comme Marcello.

Son regard bleu lui fit chaud au cœur. Elle se détourna et sortit du bureau, sentant avec embarras que le contact de sa main lui picotait encore la peau.

Elle partit vers sa voiture, où Erba l'attendait fidèlement près de la portière de derrière. Alors, elle laissa échapper un soupir frustré. Pourquoi la vie ne pouvait-elle pas être plus simple ? Pourquoi les émotions et les réactions des gens à ces émotions rendaient-ils tout plus compliqué que cela n'aurait dû l'être ?

Olivia mit le bref trajet de retour chez elle à profit pour se détendre, pour essayer de calmer ses pensées, qui partaient dans toutes les directions. Elle se sentait extrêmement perplexe et avait l'impression que plus rien n'avait de sens.

Quand elle passa le portail de la ferme, elle se sentait plus apaisée, même si la respiration profonde qu'elle avait effectuée lui avait un peu fait tourner la tête. Sortant de la voiture, elle décida d'aller dans sa grange pour voir où en était son vin.

Ensuite, elle allait partir dans les collines pour vérifier si la clé ouvrait la porte de sa réserve secrète. Après tout, Danilo était trop occupé pour la rappeler ou l'évitait délibérément. Ils n'avaient peut-être même plus de relation. Quoi qu'il en soit, il fallait qu'elle continue à vivre sa propre vie.

Elle se mit un pantalon de survêtement confortable et des tennis avant d'empocher la clé et de sortir.

Quand le vent tira sur ses cheveux, elle se sentit réconfortée par cette soirée nuageuse et pleine de poésie. L'air était frais et la vue qui s'assombrissait peu à peu était verte, mystérieuse, et charmante.

Il ne fallait pas que ses problèmes sentimentaux prennent le dessus, se dit fermement Olivia en suivant le sentier souvent emprunté qui menait à sa grange. La vie ne s'arrêtait pas là, après tout ! Par exemple, elle pouvait devenir la toute première personne de Toscane à produire une petite quantité de vin de glace commercial, qui était presque prêt à embouteiller.

Olivia déverrouilla les grandes portes de la grange, les ouvrit et inspira l'odeur qui régnait à l'intérieur. Quand elle avait commencé à nettoyer la grange, elle avait été délabrée et avait senti le moisi. Alors, quand elle y avait installé Erba pendant quelque temps, cet espace avait pris une odeur de paille fraîche et de luzerne luxuriante avec une nuance de chèvre à fourrure propre. Maintenant qu'Erba dormait dans sa propre maison d'enfant douillette, l'intérieur de la grange dégageait l'odeur sucrée, magique, subtile et somptueuse du vin en cours de maturation.

Olivia se dirigea vers son tonneau en chêne et sa cuve de fermentation en acier et les regarda avec espoir comme si elle avait voulu que son regard puisse passer au travers des conteneurs et faire mûrir le vin qui se trouvait à l'intérieur. La fermentation était presque achevée ! Elle allait bientôt pouvoir transférer le contenu de la cuve dans l'autre tonneau pendant quelques jours. Dans ce tonneau, son vin achèverait sa maturation en restant brièvement en contact avec le chêne.

Bien sûr, parce qu'une des cuves en acier avait mal fonctionné, une moitié de la production avait déjà commencé ce processus trop tôt. Olivia avait dû transférer ce vin dans le tonneau plus tôt que prévu et elle espérait que cela ne l'avait pas gâché. Qu'en savait-elle ?

Demain, elle goûterait son vin, décida-t-elle. Alors, elle saurait si ses longues semaines de patience avaient porté leurs fruits ou si elle avait perdu autant de temps que de raisins.

Elle ressortit, ferma la porte et son souffle produisit de la buée dans la fraîcheur du début de soirée. Elle monta dans les collines, trébuchant sur le terrain pierreux. Alors qu'elle traversait le paysage vallonné, elle se demanda encore pourquoi les propriétaires précédents de cette ferme avaient choisi de bâtir cette petite réserve à un endroit aussi isolé.

— Que leur est-il passé par la tête ? se demanda Olivia à voix haute en butant contre une grosse pierre cachée derrière une touffe d'herbe.

Serrant une main sur sa poche, elle vérifia que la clé s'y trouve encore. Si elle tombait maintenant, il lui faudrait une autre année pour la retrouver.

La montée de la colline l'essoufflait toujours. Elle se repérait en se concentrant sur le bosquet d'arbres qui se dressait à quelques centaines de mètres. Elle se dirigea vers cet endroit avec résolution, car elle savait qu'il ne tarderait pas à faire très noir.

Elle vit la réserve devant elle, enveloppée par les arbres qui la dissimulaient. Elle approcha du bâtiment isolé avec un frisson de tension et d'excitation. Quels secrets renfermait-il ?

Elle jeta un coup d'œil derrière elle et constata avec contentement que, dans le crépuscule nuageux, la lumière de sa ferme était visible depuis la colline. Elle n'aurait jamais cru qu'elle posséderait assez de terres pour s'y perdre, ou du moins pour s'y désorienter dans l'obscurité !

Sa vie avait changé de manière étrange.

Quand elle plaça une main sur le mur de pierre froid et rugueux, elle se sentit émerveillée d'être la nouvelle personne à s'occuper de cette réserve mystérieuse. Qui l'avait bâtie et dans quel but ? Il s'était écoulé tant de décennies qu'elle ne le saurait jamais. Le but originel avait été englouti par le passage du temps.

— Pourvu que je puisse découvrir ce que renferme cette réserve ! dit-elle en espérant que son vœu serait exaucé.

À ce moment-là, elle entendit un bruissement sinistre dans des buissons proches et sursauta. Elle se sentait vulnérable et seule.

Elle laissa échapper un soupir de soulagement quand un visage orange et blanc regarda de derrière un buisson de romarin sauvage.

— Erba ! dit Olivia pour la réprimander. Pourquoi approches-tu comme ça ? C'est sinistre, par ici !

Elle aurait aimé que Danilo soit avec elle et son absence lui rappela ses problèmes sentimentaux en ramenant une pointe de regret.

Au moins, elle avait sa chèvre fidèle, se dit-elle en enfonçant soigneusement la clé dans la serrure, l'estomac noué par l'anticipation.

La serrure semblait être rouillée, comme si les longues années d'abandon avaient obstrué l'ouverture. Pendant un moment, elle craignit que la clé ne se casse. Si ça arrivait, elle ne découvrirait jamais les secrets qui se cachaient derrière cette porte ou, du moins, pas sans casser la porte entière !

Alors, quand elle eut poussé et légèrement secoué la clé avec espoir, elle parvint à l'enfoncer complètement.

Est-ce que ça allait fonctionner ? Le souffle coupé par l'anticipation, elle sentait que son cœur battait la chamade. Enfin, les secrets de cette réserve allaient lui être révélés !

Olivia tourna prudemment la clé. Comme elle avait les mains qui tremblaient, la clé remuait dans la serrure. Elle stabilisa ses mains non sans effort et serra les dents tout en sentant le mécanisme laissé à l'abandon s'actionner avec difficulté.

Au plus profond de la serrure, Olivia sentit qu'elle s'ouvrait. Elle ne se débloqua pas de manière brusque mais se déverrouilla plutôt à contrecœur.

Stupéfaite, Olivia retint son souffle. La clé avait fonctionné et la serrure s'était ouverte. Olivia avait le vertige à l'idée qu'elle allait résoudre un des plus gros mystères de sa ferme ! Elle allait finalement pouvoir découvrir ce qu'il y avait à l'intérieur de cette réserve.

Olivia saisit la poignée rouillée de la porte. Elle sentit comme un grincement réticent quand la porte tourna et se demanda, le souffle court, ce qu'elle allait voir.

CHAPITRE VINGT-HUIT

Les gonds de la porte grincèrent très fort comme s'ils essayaient autant que possible de résister à ses efforts. Cependant, comme Olivia tirait en appliquant une pression régulière et constante, la porte s'ouvrit de plus en plus.

Respirant avec difficulté, Olivia s'arrêta. Elle posa la main sur la poignée froide et rouillée de la porte de la réserve secrète pendant que des pensées lui tourbillonnaient dans la tête. Elle se sentait déchirée. Alors que son cerveau insistait pour qu'elle ouvre la porte en grand, son cœur la suppliait de changer d'avis.

Elle interrogea énergiquement ses propres pensées pour trouver la raison de son hésitation.

Elle décida que ce ne serait pas bien d'ouvrir cette porte maintenant. Seule, dans la pénombre et avec la seule compagnie de sa chèvre curieuse, elle se laissait manipuler par son impatience. De plus, sa relation était peut-être en moins mauvais état qu'elle ne l'imaginait.

Faire ça sans Danilo lui donnait l'impression qu'elle prenait des mesures préventives pour exclure Danilo de sa vie et éviter le risque de souffrir plus longtemps. Elle laissait ses propres peurs prendre le dessus.

Olivia soupira. Maintenant qu'elle avait découvert ses raisons cachées, elle avait honte.

Tester la clé, c'était une chose. C'était une action rationnelle et elle savait maintenant qu'elle fonctionnait. Cependant, ouvrir la porte toute seule — eh bien, c'était différent. Elle ne pouvait pas le faire comme ça. D'abord, il faudrait qu'elle parle à Danilo et sache si tout était vraiment fini entre eux. Après tout, elle se trompait peut-être.

Olivia lâcha la poignée.

Alors, elle poussa la porte avec l'épaule et la referma complètement en laissant échapper un rire inattendu parce qu'elle se demandait ce que la pauvre porte devait penser de son comportement étrange.

— Je reviendrai, expliqua-t-elle à la porte. Ce n'est pas encore le bon moment.

Elle se détourna en ressentant une énorme sensation de soulagement, comme si elle avait failli commettre une erreur affreuse mais s'était retenue à la dernière minute.

Alors qu'elle se détournait, son téléphone sonna.

Son cœur sursauta. À ce moment crucial, elle fut certaine que c'était Danilo qui rappelait.

Elle saisit son téléphone, souriant de plaisir, mais son sourire disparut quand elle vit que c'était sa mère qui l'appelait.

Sa mère, maintenant ? Olivia n'avait vraiment pas envie de devoir supporter sa mère. Elle grimaça et se battit encore avec sa conscience. Cette fois, elle se demanda si elle pouvait simplement envoyer cet appel à la messagerie et rappeler sa mère plus tard.

Elle ne pouvait pas faire ça, bien sûr ! Avec un soupir, elle répondit.

— Bonsoir, ma chérie, annonça Mme Glass. Ai-je bien compris le décalage horaire ? Il n'est pas encore minuit, chez toi ?

— Non. On est en début de soirée.

— Ah. C'est le milieu de matinée, ici, et il neige ! J'espère que tu as un temps plus doux. C'est par des jours comme celui-là qu'on se met à chercher une maison en Floride, ton père et moi.

— Nous n'avons pas eu de neige ici, cet hiver, dit Olivia sans comprendre ce que cette remarque avait de mal avisé.

— Pas de neige ? Ça me donne envie de réserver tout de suite un vol pour venir en vacances en Toscane ! Ta chambre d'amis est-elle habitable ?

— Il a fait très froid, dit précipitamment Olivia, et il a plu sans arrêt. Quant à la chambre d'amis, elle a un lit, mais elle a encore besoin de beaucoup de rénovations.

— Andrew, Olivia a seulement eu très peu de pluie et la chambre est prête ! cria sa mère.

Levant les yeux au ciel, Olivia commença à redescendre vers sa ferme.

— Je crois que nous devrions venir en vacances le plus vite possible. Après tout, tu ne resteras peut-être pas en Italie très longtemps.

Olivia bafouilla, incapable de formuler une réponse cohérente, pendant que sa mère continuait à parler sans se laisser décourager.

— Nous voulons absolument découvrir la Toscane, après tout !

— Prévoyez plutôt ça pour l'été, supplia Olivia.

— Je crois que, en plus, les vols vont être très économiques pendant un mois ou deux, ajouta sa mère. Au fait, ma chérie, je crois que tu as mentionné que tu fréquentais un homme du coin, non ? Est-ce que c'est une relation sérieuse ?

Olivia fit la grimace. Elle avait cru que cette conversation ne pourrait pas devenir pire qu'elle ne l'était déjà mais, quand sa mère avait abordé le sujet sensible de Danilo avec la finesse d'un taureau lâché dans un magasin de porcelaine, le pire était devenu réalité.

— Nous sommes de bons amis et nous avançons calmement, commença-t-elle à dire, mais cette remarque sembla elle aussi déclencher l'ouïe sélective de sa mère.

— Si je te le demande, c'est parce que, hier, j'ai entendu dire que le traiteur italien qui se trouve sur la même route que nous a besoin d'un bon directeur. Il m'a dit qu'il n'était pas pressé, mais qu'il préférerait vraiment un candidat italophone capable de prononcer les noms des viandes et des pâtes. Ton jeune homme voudrait peut-être envoyer sa candidature, si vous êtes encore ensemble à ton retour ?

Marchant non sans difficulté sur les touffes d'herbe qui poussaient sur la colline, Olivia se retrouva encore en train de bafouiller. Sa mère était vraiment insupportable ! Comme si Danilo pouvait apprécier de gérer une petite épicerie fine de banlieue, alors qu'il était artisan local ici, en Toscane, et spécialiste en travail du bois ! Pire encore, sa mère supposait qu'il serait heureux d'effectuer ce travail *juste parce qu'il était italien* !

Olivia leva si fort les yeux au ciel qu'ils lui firent mal.

Pourquoi, oh pourquoi sa mère continuait-elle de s'imaginer qu'Olivia rentrerait aux États-Unis un jour ?

— J'ai une autre nouvelle intéressante pour toi, continua sa mère pendant qu'Olivia ouvrait la porte de la ferme et y entrait, heureuse de retrouver la chaleur et la lumière et de voir Pirate miauler d'un air affamé.

— Laquelle ? demanda Olivia en allant tout droit vers la cuisine.

Quand elle eut donné ses croquettes à Pirate, elle ouvrit le réfrigérateur, en sortit une bouteille de chenin blanc et s'en versa un gros verre. Il était tôt pour commencer à boire, mais Olivia sentait que les circonstances justifiaient sa décision.

— J'ai une amie, Iris, qui connaît une personne qui travaille dans le tourisme en Italie. Ce matin, quand nous nous sommes retrouvées pour boire un café, Iris a dit qu'un homme d'affaires en voyages touristiques très riche a été retrouvé mort dans ta région dans des circonstances douteuses. Apparemment, c'est un flash spécial et ça s'est passé dans une exploitation viticole qui s'appelle A La Loggio, si je me souviens bien. Es-tu au courant, mon ange ? Savais-tu que travailler dans cette région était aussi risqué ?

Olivia s'étouffa sur son vin. Les yeux pleins de larmes, elle posa le verre avant de le renverser et fit de son mieux pour tousser discrètement.

— Je — Je chercherai, dit-elle d'une aiguë dès qu'elle eut retrouvé l'usage de la parole.

— Je vais revoir Iris ce week-end et je vais lui en demander plus. Je crois qu'il faut qu'on te rejoigne dès que possible, ton père moi, mais, pour l'instant, il faut que j'y aille. J'ai mis une tarte à cuire et il faut que je vérifie où elle en est.

Olivia raccrocha avec un soupir de soulagement.

— Ne venez pas, je vous en prie, supplia-t-elle en sachant que sa mère, qui avait dû capter la requête désespérée d'Olivia de manière subliminale, réservait probablement le vol en ce moment-même.

C'était une idée terrifiante.

De plus, elle ne voulait pas imaginer la conversation qu'elle finirait par avoir si elle n'avait pas élucidé le crime avant le week-end et si sa mère se souvenait du bon nom de l'exploitation viticole !

Olivia s'effondra sur une chaise de cuisine, épuisée par sa journée. Comme Pirate avait fini ses croquettes, elle lui passa devant avec son nez féminin sensible en l'air, visiblement encore perturbée parce qu'Olivia l'avait traitée avec dureté.

— Pirate ! cria Olivia.

La chatte ne regarda pas dans sa direction mais, au moins, elle leva la queue comme une jolie antenne noire avant de bondir sur le plan de travail et de se faufiler élégamment par la fenêtre, ce qui indiqua à Olivia que, en son for intérieur, sa chatte l'aimait encore.

En ce qui concernait Danilo, elle était beaucoup moins sûre. Pourquoi ne l'avait-il pas rappelée ? Ses paroles sèches de ce matin l'avaient-elles complètement découragé ? Cette pensée l'angoissait. Si elle essayait encore de l'appeler, ce serait mal. Elle ne voulait pas lui donner l'impression qu'elle lui courait après, surtout s'il avait décidé d'en rester là.

À cette idée, son estomac se noua inconfortablement.

— Pourquoi ai-je la sensation que ma vie touche le fond ? dit Olivia à voix haute.

Rien ne semblait fonctionner : ni son enquête, ni ses relations. Sa chatte lui en voulait visiblement, elle n'avait pas eu le courage d'ouvrir sa réserve secrète et sa mère ne prenait toujours pas sa nouvelle vie au sérieux.

Quand Olivia pensait à tous ces agacements, elle avait l'impression de tenir une poignée de branches épineuses qui lui piquaient toutes la peau.

— Demain, ça changera ! promit Olivia. Premièrement, je vais trouver l'assassin. Deuxièmement, je vais me rabibocher avec Danilo. Troisièmement, je vais innocenter l'exploitation viticole et, quatrièmement, je vais dire à ma mère une fois pour toutes de me laisser tranquille et d'arrêter d'être aussi exaspérante !

Même si Olivia soupçonnait que seulement trois de ces quatre choses étaient possibles, elle comptait faire le nécessaire pour que, dès le lendemain, sa vie change de manière sérieuse et positive.

CHAPITRE VINGT-NEUF

Le poids chaud de Pirate sur ses pieds réveilla Olivia le lendemain matin mais, dès qu'elle se redressa, la chatte bondit du lit et quitta la chambre d'un pas raide et d'un air offensé.

Olivia fit une grimace. Est-ce que Pirate allait lui en vouloir éternellement ?

Essayant de ne plus penser à l'attitude problématique de son félin, Olivia sortit du lit en pensant à la journée qui s'annonçait. Les milliardaires devaient être à l'abri dans leurs chambres, probablement en train de dormir après leur dîner de la veille.

Si elle se dépêchait, elle pourrait les prendre par surprise et les interroger pendant qu'ils auraient encore les idées vagues et l'esprit alcoolisé par leur dîner.

Elle décida de passer voir Drake en premier. D'entrée de jeu, elle avait pensé que c'était lui qui avait le mobile le plus solide parce que Rupert l'avait insulté sans arrêt et qu'ils avaient presque fini par se taper dessus. S'il n'avait pas été au golf hier, elle aurait peut-être déjà résolu ce crime.

Dans sa garde-robe, elle chercha rapidement une tenue élégante mais standard. Elle se fit une jolie queue de cheval et descendit au rez-de-chaussée.

Erba attendait déjà ses carottes en regardant impatiemment par la fenêtre de la cuisine.

— Seulement quatre, dit Olivia à sa chèvre.

Elle achetait les carottes par poches de douze et en donnait quatre par jour à Erba, ce qui semblait être un bon petit déjeuner pour une chèvre énergique en pleine croissance.

Cependant, ce matin, quand Olivia mit la main dans la poche, elle se rendit compte qu'il restait cinq carottes.

— Eh bien, quelle chèvre chanceuse ! dit-elle à Erba en riant. Ça t'en fait une de plus. Ils ont dû faire une erreur à l'épicerie et en mettre treize dans la poche.

Quand elle plaça les carottes dans le bol rose, Olivia se mit à réfléchir sur ces nombres.

Deux personnes avaient utilisé le mot « treize », la veille. Le chauffeur du bus l'avait utilisé et Tomas avait lui aussi fait allusion au nombre de clients. Dans son ignorance, Olivia avait cru qu'ils avaient tous les deux commis une erreur. Pourtant, c'était peut-être elle qui avait mal compris !

— Et s'il y avait eu treize personnes à l'origine et que quelqu'un avait annulé à la dernière minute ? Et si cette personne détenait des informations cruciales sur un des autres touristes ? dit-elle à voix haute, déroutée par cette nouvelle possibilité.

Comme La Leggenda était sur la route de Platino Toscana, Olivia décida qu'elle allait s'arrêter brièvement aux chalets et parler de cette question au chauffeur du bus.

Saisissant sa veste, elle sortit rapidement. Elle constata avec étonnement qu'Erba avait abandonné ses carottes et trottait dans la même direction qu'elle, apparemment aussi déterminée que sa maîtresse.

— J'ai besoin que tu restes à la maison aujourd'hui, dit Olivia à sa chèvre. Je ne sais pas où je finirai la journée ou si je pourrai aller te chercher plus tard.

Elle s'était exprimée avec sévérité, mais elle comprit que ses paroles n'avaient eu aucun effet. L'éclat qu'elle voyait dans les yeux d'Erba indiquait que cette dernière ne comptait pas céder sur ce point. Erba voulait venir se promener en voiture et sentait qu'Olivia allait à l'exploitation viticole. Vu la façon dont elle passait déjà devant la maîtresse qu'elle avait adoptée et poussait le museau contre la voiture, Olivia pensait n'avoir aucune chance de l'arrêter.

Avec un soupir, elle ouvrit la portière de derrière et Erba bondit victorieusement à l'intérieur du véhicule.

Olivia monta à l'avant, jeta un coup d'œil à l'amas de nuages qui déployait un lever de soleil d'un rouge théâtral et espéra qu'il n'allait pas se mettre à pleuvoir.

Pendant le bref trajet jusqu'à l'exploitation viticole, Olivia réfléchit soigneusement aux questions qu'elle allait devoir poser à Drake et à la manière dont elle allait pouvoir obtenir les résultats dont elle avait besoin.

Elle passa les portes de l'exploitation viticole puis fit un détour par les chalets. Quand elle vit avec soulagement le bus briller à sa place sous l'auvent pour voiture, elle se gara près de lui et remonta hâtivement le sentier jusqu'à la porte d'entrée du chalet.

Le conducteur ouvrit la porte d'un air vaseux. Il était visiblement moins content de voir Olivia que la veille.

Olivia se rendit compte qu'elle allait devoir trouver une bonne excuse pour l'avoir réveillé. Comme elle n'avait qu'une seule raison à sa disposition, elle l'utilisa.

— Je suis désolée de vous embêter à nouveau, dit-elle pour s'excuser. Hier, j'ai oublié de vous donner votre cadeau. J'ai amené un lot de vins pour vous et un autre pour Luca, histoire de vous remercier pour votre aide.

— Oh, dit le conducteur, dont les traits s'illuminèrent. C'est gentil à vous.

— Je les ai dans la voiture. Comment s'est passée la soirée d'hier ? demanda Olivia pour faire la conversation en repartant vers sa Fiat.

— J'ai trouvé ça agréable. Tout le monde a semblé apprécier. Pendant le trajet, ils ont discuté d'affaires, du temps qu'il faisait et, bien sûr, des inconvénients que la police leur avait infligés, expliqua le conducteur.

— Et au retour ? demanda Olivia en choisissant un des lots de vins et en le tendant au conducteur.

— Au retour, ils ont surtout parlé de nourriture, bien sûr. Cela dit, je me souviens bien que plusieurs d'entre eux ont dit qu'ils avaient adoré la vidéo avec le chat.

Olivia ne put réprimer un sourire. Elle se sentit ravie que son conseil ait permis à Ferdie de s'en sortir.

— Au fait, à propos des lots de vin, dit Olivia en regardant ses paquets d'un air pensif, je me demande s'il ne m'en manque pas un ! Nous aimerions offrir un cadeau à tous les participants au voyage — euh, à tous ceux qui ont survécu. Pourtant, alors que douze touristes sont arrivés à l'exploitation viticole, vous avez dit qu'il y avait eu treize réservations. Je voulais vérifier ça avec vous.

Le conducteur hocha la tête.

— Oui. Il y avait un treizième client. Elle a annulé juste avant le début du voyage. Je crois qu'elle était malade et qu'elle s'est inscrite à un hôtel thermal près de Florence.

— Comment s'appelle-t-elle et où loge-t-elle ?

Le conducteur fit défiler l'écran de son téléphone.

— Marilyn Watkyns. Elle loge à l'Aqua Millionaire.

Olivia reconnut le nom d'un des hôtels thermaux les plus exclusifs de la région.

— Pourquoi n'est-elle pas venue dîner hier ? Est-elle encore malade ? demanda Olivia.

— Elle a annulé le reste du voyage et nous a dit qu'elle resterait à l'hôtel thermal, expliqua le conducteur.

— Oh, dit Olivia.

Cette femme ne donnait pas l'impression d'être malade, mais plutôt de ne pas avoir envie de participer au voyage.

— Merci, dit-elle au conducteur. Bonne dégustation.

Le temps n'avait pas tenu et, quand Olivia remonta dans sa voiture, il commençait à pleuvoir légèrement. Elle regarda quelle heure il était, se souvenant de l'air grognon et vaseux que le conducteur avait eu. Si elle arrivait trop tôt à Platino Toscana, Drake pourrait s'énerver et refuser de la voir.

Donc, elle décida de passer quelques minutes à se renseigner sur la nouvelle cliente.

Elle fit défiler l'écran de son téléphone et saisit « Marilyn Watkyns » dans le champ de recherche.

Elle fut distraite par un mouvement qu'elle perçut à la vitre de sa voiture. Erba se tenait à l'extérieur et la regardait d'un air implorant par le verre.

Olivia baissa la vitre de quelques centimètres.

— Erba, non ! dit-elle fermement. Pourquoi ne restes-tu pas à la laiterie, aujourd'hui ? Va jouer avec tes amies. Il commence à pleuvoir. Je ne veux pas que ma voiture sente la chèvre mouillée.

Erba poussa résolument le museau contre la minuscule ouverture. Avec un soupir, Olivia céda.

— Je crois que tu aimes te promener en voiture, dit-elle à la chèvre.

Elle ouvrit la portière de derrière et Erba bondit impatiemment à l'intérieur.

Maintenant entourée par l'odeur forte de sa chèvre trempée par la pluie, Olivia reprit ses recherches. Il y avait plusieurs liens, vit-elle avec excitation.

Marilyn Watkyns, propriétaire de Watkyns Enterprises, se tient devant la toute nouvelle usine d'embouteillage, ouverte après une longue bataille juridique sur la fragilité écologique du site, qui, a-t-elle dit avec insistance, est l'emplacement le plus économique.

Marilyn Watkyns, propriétaire de Watkyns Enterprises, est aujourd'hui au tribunal parce qu'on l'accuse d'avoir copié une marque déposée. La femme d'affaires milliardaire, qui produit le soda Zingy Lemonade, récemment lancé sur le marché, déclare que c'est en fait le plus petit fournisseur qui a copié son étiquette et pas l'inverse. Elle poursuit ce fournisseur en justice pour contrefaçon de marque.

Marilyn Watkyns a déclaré qu'elle poursuivrait en justice son concurrent Bondi Beans pour sa remarque « calomnieuse ». Pendant une interview en public, ce dernier a plaisanté en disant que la marque populaire de haricots au four dont elle est propriétaire, Fargo Beans, devrait être renommée Fart-Go parce qu'elle utilise des haricots de qualité inférieure qui donnent des flatulences excessives à ses clients.

En lisant ces rapports, Olivia écarquilla les yeux. Pour une femme d'affaires qui semblait vendre des biens de consommation, Mme Watkyns semblait vraiment passer beaucoup de temps au tribunal et Olivia soupçonnait qu'elle n'avait pas toujours raison. Elle se sentit nerveuse à l'idée d'aller interroger une telle personne. Si elle disait un mot de travers à la milliardaire, elle risquerait de se retrouver au tribunal elle aussi.

Olivia espéra que Drake serait la dernière personne qu'elle verrait et qu'elle n'aurait pas besoin d'aller interroger cette femme effrayante.

— Erba, regarde sa photo, dit Olivia à sa chèvre, qui regardait l'écran du téléphone d'un air intelligent par-dessus l'épaule de sa maîtresse.

Mme Watkyns semblait avoir la trentaine ou la quarantaine. C'était une belle femme à la peau lisse et aux cheveux blond cendré coiffés de manière apparemment onéreuse. Comme un autre rapport précisait qu'elle venait de fêter son cinquante-cinquième anniversaire, Olivia devina que sa jeunesse apparente lui venait d'un bon capital génétique et d'une vie saine, ou alors des efforts d'un excellent chirurgien.

Quand Olivia contempla son visage fort et intransigeant, elle fut heureuse que cette femme n'ait pas participé au voyage. Elle aurait été une cliente difficile, sans le moindre doute !

Erba mordilla les cheveux à Olivia de façon interrogatrice et Olivia rit.

— Lisons un dernier article avant d'aller voir Drake, dit Olivia à sa chèvre.

Quand l'écran afficha la nouvelle page, Olivia eut le souffle coupé. Quand elle la lut, elle fut choquée. Comment était-ce possible ? Comment ?

Cette révélation inattendue changeait tout. Drake allait devoir attendre parce qu'il fallait qu'elle parle immédiatement à cette femme terrifiante.

179

Marilyn Watkyns était l'épouse du touriste mort, Rupert Curren.

CHAPITRE TRENTE

Sortant résolument de l'exploitation viticole avec ses essuie-glaces activés contre la pluie qui tombait de plus en plus fort, Olivia était sous le choc.

Mme Watkyns devait détenir énormément d'informations sur son mari. Ce serait un interrogatoire crucial et urgent. Cependant, en même temps, Olivia se sentait intimidée par la tâche qu'elle allait devoir accomplir.

Même s'il avait été odieux, Rupert avait été le mari de Marilyn. En tant que veuve éplorée, elle allait probablement être abattue. Un simple cadeau comme celui qu'Olivia apportait allait paraître superficiel, pareil à une imposture.

Olivia inspira profondément. Son seul espoir était d'y aller en avouant honnêtement à la femme en deuil qu'elle venait juste d'apprendre son existence et qu'elle était venue lui offrir ses condoléances personnelles.

Contournant le centre historique compact de Florence, elle partit dans la campagne qui s'étendait au-delà, sentant son estomac se nouer en pensant à l'épreuve qui l'attendait.

Elle se gara devant les bâtiments en marbre de l'hôtel thermal. Les jardins étaient verts et ondulants et elle vit Erba regarder l'herbe luxuriante d'un air intéressé.

— Non ! dit fermement Olivia à sa chèvre. Pas question !

Laissant la vitre un peu ouverte pour qu'Erba puisse avoir de l'air frais, Olivia sortit dans la matinée froide et pluvieuse et entra dans l'hôtel en courant sous la pluie.

L'intérieur était bleu et crème, sentait le citron et avait l'air spacieux et paisible. Une musique classique douce résonnait en arrière-plan.

— *Buon giorno*, dit Olivia à la réceptionniste.

Elle approcha du bureau, qui ressemblait à un tableau de bord de vaisseau spatial couleur pastel, et se pencha dessus pour se rapprocher de la réceptionniste à uniforme blanc.

— C'est une question difficile, confia Olivia à voix basse. Je voudrais parler à Marilyn Watkyns. Je sais qu'elle doit être bouleversée et qu'elle a probablement beaucoup à faire, mais je voudrais lui offrir mes condoléances personnelles.

— Nous n'acceptons pas les visiteurs dans cet établissement, dit la réceptionniste avec regret.

Découragée et consternée, Olivia regarda fixement la réceptionniste. Elle avait fait tout ce chemin ! Dans une Fiat qui sentait la chèvre !

— N'y a-t-il aucune possibilité ? supplia-t-elle.

Quand la réceptionniste garda son air sévère, elle ajouta :

— J'ai tant de peine pour elle ! De plus, je serai probablement renvoyée si je dis à mon patron que je n'ai pas pu le faire !

Même si elle se sentait gênée à l'idée de faire des reproches à Marcello, elle se souvenait que cette ruse avait très bien fonctionné avec le portier de la Villa Fiora.

À sa grande surprise, elle fonctionna aussi bien ici et la réceptionniste céda.

— Nous n'acceptons pas de visiteurs dans l'enceinte de l'hôtel. Toutefois, en ce moment, Mme Watkyns est dans l'hôtel thermal, où elle attend de bénéficier de soins thermaux qui vont bientôt commencer. Donc, oui, vous pouvez aller rapidement à la réception de la section thermale du moment que vous ne retardez pas Mme Watkyns.

Elle allait bénéficier de soins thermaux ? Cela étonna Olivia, mais elle supposa que tout le monde avait sa manière de faire face au chagrin. En tout cas, pour elle, c'était une chance.

— Merci beaucoup, dit-elle avec gratitude en partant vers la section thermale à toute vitesse.

Grâce aux recherches qu'elle avait effectuées en ligne, elle reconnut Marilyn sans difficulté. Vêtue d'un peignoir, la nouvelle veuve se détendait sur une chaise longue avec une tasse de tisane à ses côtés. Elle leva les yeux d'un air interrogateur quand Olivia entra.

— Mme Watkyns, dit Olivia à voix basse.

Elle était toute tremblante. Elle n'aurait pas voulu se retrouver dans cette situation. Craignant très fort de dire ou de faire ce qu'il ne fallait pas, d'offenser Marilyn ou, pire encore, de la vexer, elle s'assit en face d'elle.

— J'espère que ma venue ne vous dérange pas. Je travaille à l'exploitation viticole, La Leggenda, où Rupert — euh —

Elle regarda fixement Marilyn sans dire un mot. Heureusement, l'autre femme reprit les rênes de la conversation.

— Où il nous a quittés, dit-elle tristement. J'espère que vous comprenez que je n'ai pas envie de me rendre à cet endroit, ou d'en entendre parler, ajouta-t-elle d'une voix plus dure.

— Absolument, dit Olivia avec compassion. Je suis venue vous offrir mes condoléances. C'est une vraie tragédie. Je n'imagine même pas ce que vous devez ressentir.

— Je suis bouleversée, dit Marilyn en sirotant sa tisane. Dans un séjour touristique de luxe, ça n'aurait pas dû arriver.

Une fois de plus, ses mots étaient acérés.

— J'espère que la police pourra apporter des réponses, dit doucement Olivia.

— La police ? Les policiers italiens sont tous corrompus, incompétents ou les deux. Je n'ai aucune confiance en eux. Ils sont déjà venus m'interroger ici. Je suis sûre que je ne les reverrai plus jamais et qu'ils ne me donneront aucune nouvelle, dit dédaigneusement Marilyn.

Olivia la regarda fixement, horrifiée. Elle ne pouvait croire que l'on ose dire une telle chose de la redoutable inspectrice Caputi.

— Avez-vous une idée de la manière dont cela aurait pu arriver ? demanda-t-elle prudemment.

Marilyn la regarda fixement avec une expression étrange, comme si elle venait tout juste de comprendre à quel point Olivia était stupide.

— Je n'en ai aucune idée, dit-elle lentement. Vous avez dit que vous travaillez pour l'exploitation viticole. N'avez-vous pas remarqué mon absence ?

— Bien sûr, dit Olivia d'un ton apaisant.

Elle craignait que Marilyn ne devienne agressive mais, heureusement, cette dernière continua de fournir des détails.

— Nous avons passé le jour d'avant ici, où nous avons tous les deux bénéficié de soins thermaux. Ensuite, nous étions censés aller au voyage, mais j'ai eu une migraine le matin. J'ai décidé d'annuler le voyage et je l'ai remplacé par une séance de sauna, un massage de la tête, une séance de manucure, de pédicure, un maillot à la brésilienne, un massage aux pierres chaudes, un traitement de réflexologie et une cure d'ozone pour m'aider à me sentir mieux, avec un déjeuner léger au champagne français. Ça m'a occupée toute la journée. Mon dernier traitement a pris fin à dix-huit heures trente et je comptais aller retrouver Rupert pour le dîner. Bien sûr, ça n'est jamais arrivé. À dix-neuf heures trente, alors que j'allais partir pour le restaurant, la police est arrivée ici et m'a annoncé la nouvelle.

Elle prit lentement une autre gorgée de thé.

— Connaissez-vous d'autres personnes parmi les participants au voyage ? demanda Olivia.

Marilyn soupira impatiemment.

— La police a donné quelques noms. J'ai eu quelques relations d'affaires avec deux d'entre eux. Je ne connais pas du tout les autres, car c'était seulement le premier jour du voyage.

Olivia hocha la tête avec compassion.

— Avez-vous eu des interactions avec Drake Rafter, vous ou feu votre mari ? Ils ont semblé se disputer pendant le voyage et je me suis demandé s'ils avaient un passé commun, demanda-t-elle.

— Oh, oui. Drake et Rupert ont souvent joué au golf ensemble, habituellement à des événements caritatifs ou de nature similaire. Je sais que Drake était très jaloux du handicap inférieur de Rupert. Rupert m'a souvent confié qu'il pensait que Drake le détestait pour cette raison. Il l'a peut-être tué, dit Marilyn d'un air pensif.

Olivia leva brusquement les sourcils. Cela ajoutait encore plus de crédibilité au mobile de Drake. Il fallait qu'elle aille vite au Platino Toscana sans plus empêcher la veuve éplorée de bénéficier de ses soins thermaux.

Alors que, obsédée par la culpabilité de Drake, elle était pressée de partir, elle pensa à faire un geste gentil en se levant.

— Je sais que ce n'est pas grand-chose, mais aimeriez-vous que je vous amène un paquet de bouteilles de vin plus tard ? Une sélection de bouteilles gratuites de vin de la région, si ça peut aider à apaiser votre peine ?

— Je veux bien, dit Marilyn. Je loge dans la suite douze. Vous pouvez déposer le cadeau à la réception pour moi, ou alors l'apporter dans ma suite. Je préfère le blanc sec. Ne mettez pas de rouges dans votre sélection.

Contente que Marilyn ait accepté son cadeau, Olivia se leva et quitta les thermes sur la pointe des pieds. Quelle épreuve ! Cela dit, même si cette conversation avait été stressante, elle avait aussi été fructueuse, se dit Olivia en partant retrouver sa voiture et sa chèvre.

Marilyn avait elle-même un alibi sans faille. Comme elle avait suivi des traitements toute la journée, il était impossible qu'elle se soit éclipsée en fin d'après-midi pour aller assassiner son mari en quatre-vingts minutes aller-retour compris.

Chose plus importante, elle avait impliqué le suspect principal d'Olivia !

Olivia quitta l'hôtel thermal plongée dans ses pensées. Elle était si concentrée sur ce qu'elle allait dire à Drake qu'elle ne s'arrêta ni pour admirer le paysage qui défilait ni pour visiter le joli village qui, situé sur la route du Platino Toscana, était légèrement plus gros que son village local et doté d'un plus grand choix de magasins.

Alors, soudain, un visage familier attira son attention.

Elle freina si fort qu'Erba fut projetée en avant et se retrouva sur le siège de devant, où elle batifola pour garder son équilibre et se percha sur le bord en attendant la suite des événements.

Olivia voyait Danilo marcher dans le village.

Il était de sortie et, pire encore, il était avec une autre femme !

Olivia n'en croyait pas ses yeux. Abattue, elle le regarda parler et rire avec une brune jeune et jolie habillée à la mode, en jean taille basse et avec une veste courte duveteuse qui dévoilait deux centimètres de son ventre tonifié.

Ils étaient blottis ensemble sous un parapluie blanc. Ils le partageaient, remarqua Olivia avec dégoût. C'était un désastre. Déjà, à son tout début, sa nouvelle histoire d'amour prenait le chemin de sa précédente. Elle se faisait tromper ! Se retrouvaient-ils dans ce village voisin pour éviter les yeux curieux des gens du coin ?

En y réfléchissant, Olivia sentit un soupçon noir monter en elle.

Elle vit une place de parking libre, s'y gara et descendit de voiture. Alors, elle marcha derrière eux avec toute l'énergie de la fureur justifiée.

C'était inacceptable ! Elle avait eu tort de faire confiance à Danilo. Se frayant un chemin entre les acheteurs, Olivia se rendit compte qu'elle marchait nu-tête dans une pluie torrentielle. Ça lui était égal. Se faire tromper, c'était pire que se tremper.

Horrifiée, elle vit Danilo et la femme entrer dans une petite bijouterie.

C'était pour cela qu'ils étaient venus dans ce village : parce qu'il s'y trouvait une bijouterie.

Olivia gémit doucement en les regardant se pencher sur les vitrines étincelantes, visiblement pour parler de ce qu'ils y voyaient. Ils avaient l'air souriants et heureux tous les deux, satisfaits et à l'aise ensemble.

Danilo se tourna vers sa belle amie, les mains écartées comme il le faisait quand il demandait à Olivia de choisir quelque chose.

Alors, la jeune femme désigna un bijou de manière catégorique.

Même si Olivia était trop loin pour entendre Danilo parler, elle comprit précisément ce qu'il disait grâce à son langage corporel.

— *C'est celui-là ? Tu en es sûre ?*

La femme hocha la tête, visiblement sûre.

Danilo regarda à nouveau l'étiquette de prix et jeta un autre coup d'œil à sa jolie compagne.

— *Tu en es vraiment sûre ? C'est un article onéreux !*

La jeune femme ne céda pas. Elle plaça les mains sur ses hanches minces et hocha la tête d'un air catégorique.

Nauséeuse, Olivia vit Danilo accepter en riant et en désignant le bijou du doigt. Elle ne voyait pas ce que c'était, mais l'article semblait se trouver dans la section des bracelets. Visiblement, c'était un bijou féminin et cher.

Olivia était en train de se faire tromper par son nouveau petit ami !

La souffrance et la colère lui nouèrent l'estomac. Elle fut tentée d'entrer dans le magasin pour les confronter et faire un scandale en public. Cependant, elle ne put se résoudre à le faire. Elle se sentait trop choquée et à vif. Elle préféra se détourner et repartir dans sa voiture d'un pas lourd en se disant qu'elle n'aurait jamais dû avoir la bêtise de sortir avec un homme qui, bien qu'apparemment différent de ses petits amis précédents, semblait finalement être du même type.

Quelle idiote elle était !

Elle monta dans la voiture, trempée, bouleversée et complètement tourneboulée. Elle voulait rentrer chez elle avec une énorme pizza à emporter, la manger puis se terrer sous la couette et ne plus jamais en émerger.

Ce n'était pas possible, bien sûr.

Elle avait encore un meurtre à élucider. Malgré son traumatisme émotionnel, un assassin était en liberté. Tant qu'elle n'aurait pas trouvé qui c'était, son travail et l'exploitation viticole seraient en danger.

Erba la poussa gentiment du museau et Olivia lui caressa la fourrure, contente que sa chèvre soit là pour la réconforter. Elle inspira profondément et avec difficulté puis expira. Finalement, elle se sentit plus stable ou, au moins, assez pour pouvoir aller interroger les deux derniers suspects de sa liste.

— Eh bien, Erba, toute ma vie tombe en morceaux. Ma mère refuse de m'écouter. Mon petit ami achète des cadeaux à une autre femme. Ma chatte m'ignore. Depuis hier, tout va de mal en pis ! Cela dit, je vais faire au moins une chose. Je vais découvrir qui est l'assassin.

Serrant le volant, Olivia quitta le village et prit le tournant qui menait à l'hôtel. Elle savait que c'était sa toute dernière chance.

CHAPITRE TRENTE-ET-UN

Quand Olivia arriva au Platino Toscana, elle fut contente de voir une Maserati sortir en marche arrière de la place de parking la plus proche de la porte. Elle s'y gara, demanda à Erba de ne pas bouger, prit ses paquets de bouteilles de vin et fonça dans l'hôtel chaud et luxueux sous la pluie battante.

Heureusement, la réceptionniste et le maître d'hôtel étaient tous les deux en train d'assister à un contrôle de fuite urgent. Un des projecteurs du plafond vibrait et vacillait et un jet d'eau gouttait sur les carreaux à motifs floraux du dessous, où l'on avait placé un seau. C'était visiblement une catastrophe. La réceptionniste et le maître d'hôtel montraient tous deux les dégâts, angoissés, et, pendant qu'Olivia les regardait, le directeur les rejoignit en désignant le filet d'eau choquant de manière encore plus vigoureuse.

Comme tout le monde avait les yeux rivés sur le plafond, Olivia put entrer dans l'hôtel sans qu'on lui pose de questions. Elle s'introduisit rapidement dans le bar.

Elle eut la surprise d'y trouver ses deux derniers suspects. Drake et Sid étaient assis au bar, où ils buvaient des grands negronis. Ces cocktails couleur de soleil couchant avaient été servis dans de grands verres, avec de la glace et un soupçon d'orange.

Eh bien, supposa Olivia, c'était presque l'heure du déjeuner pour ceux qui aimaient manger avant midi. Pourquoi n'auraient-ils pas dû se rafraîchir le gosier ? Il était plus que probable que, après le dîner arrosé qu'ils avaient mangé, ils avaient décidé de soigner leur gueule de bois en s'enivrant encore plus.

— Hé, regarde qui arrive ! Et elle amène du vin !

Drake l'accueillit d'un ton si festif qu'Olivia commença à soupçonner que ce n'était pas son premier negroni de la journée. Elle espéra que l'alcool le rendrait plus bavard.

— Oui, je suis venu vous apporter ces cadeaux et vous poser quelques questions, commença à dire Olivia.

Sid, qui avait l'air moins content de la voir, fronça les sourcils d'un air soupçonneux quand Olivia plaça un paquet de bouteilles de vin devant chaque homme sur le bar en bois brillant.

— Vous avez pleuré ? demanda Drake.

Olivia se rendit compte trop tard que son mascara devait avoir bavé de manière irréparable pour se répandre en grande partie sous ses yeux.

— Elle a été sous la pluie, dit Sid avec mauvaise humeur. Elle a aussi les cheveux trempés. On dirait qu'il pleut des cordes, dehors. Je crois qu'il va falloir renoncer au golf, aujourd'hui.

— Et si on jouait aux fléchettes ? proposa Drake en jetant un coup d'œil vers le coin du bar.

Comme ils parlaient d'activités sportives, Olivia décida de s'en inspirer.

— Je vois que vous êtes un grand fan de golf. Avez-vous déjà joué ensemble, vous et Rupert ? demanda-t-elle à Drake en se passant soigneusement les doigts sous les yeux afin de retirer toutes les traînées de mascara.

— Oui, quelques fois, dit Drake en gloussant. Rupert était un très mauvais golfeur et il perdait toujours son calme pendant la partie. C'était intéressant de jouer avec lui parce qu'il était divertissant, mais ça pouvait être embarrassant quand il piquait une crise et jetait ses clubs partout.

Olivia fronça les sourcils. Ce n'était pas ce que Marilyn lui avait dit. Elle avait affirmé avec insistance que Rupert avait été un meilleur golfeur et que Drake avait été jaloux au point d'en avoir des pulsions meurtrières. Qui disait la vérité ?

Alors qu'elle se demandait quelle question poser ensuite, Drake posa la sienne.

— Pourquoi nous apportez-vous ce vin ?

— Nous tenons à nous excuser pour les embêtements que vous avez subis pendant votre voyage, répondit Olivia en souriant aux deux hommes.

— Eh bien, ce n'était pas votre faute, dit généreusement Drake en prenant une autre grande gorgée de son Negroni. En fait, je crois que c'est là-bas qu'on s'est amusés le plus. J'ai déjà fait plusieurs voyages de cette série et je trouve que les gens devenaient coincés et prétentieux. J'ai aimé le fromage grillé. C'était de la bonne nourriture.

— Tout à fait, dit Sid avec enthousiasme.

— Cela a tout de même été traumatisant pour tout le monde. Et puis, le crime n'est pas encore élucidé, dit tristement Olivia. J'espérais que quelqu'un aurait vu Rupert et aurait peut-être remarqué s'il avait été suivi. L'avez-vous vu sortir ? demanda-t-elle à Drake.

— Non, pas moi, dit Drake en secouant la tête. J'étais dehors. Je prenais l'air derrière le restaurant. Je me suis assis sur un banc en pierre et je ne suis rentré que lorsque je vous ai entendue appeler tout le monde.

Olivia vit Sid se tourner vers Drake d'un air curieux.

— Ça doit être un grand banc, dit-il.

— Pourquoi ? demanda Drake en fronçant les sourcils.

— Parce que j'y étais assis moi-même, jusqu'à ce que cette jeune dame au mascara délavé ici présente nous appelle. Or, je ne me souviens pas de ta présence !

Olivia inspira brusquement. Finalement, elle avait trouvé une incohérence dans les alibis. Un de ces hommes mentait et elle était sûre que c'était Drake. Il était peut-être un menteur compulsif, se dit-elle.

Alors, derrière elle, elle entendit un son et un choc électrique la traversa.

C'était le bruit sec caractéristique que produisait une inspectrice de police en colère qui se raclait la gorge.

Olivia se retourna brusquement.

L'inspectrice Caputi était là, accompagnée de deux agents.

— Je — Bonjour ! J'offrais des bouteilles de vin à ces messieurs. Ce sont des lots de consolation, bredouilla Olivia, qui tenait à détourner ce regard sombre et perçant avant qu'il ne la troue pour de bon.

Heureusement, l'inspectrice cessa de la regarder et se tourna vers les deux hommes, qui se mirent tous les deux à avoir l'air profondément mal à l'aise.

— Nous avons progressé sur cette affaire. Un spécialiste en médecine médico-légale a examiné l'empreinte de pas partielle qui se trouvait près de la mare. En raison des incohérences de la déclaration que vous nous avez faite quand nous vous avons interrogé après le crime, nous sommes venus directement ici. Montrez-moi votre chaussure, ordonna-t-elle à Drake en montrant son pied gauche.

— Ma chaussure ?

Une myriade d'émotions passèrent brièvement sur le visage de Drake. Il eut l'air perplexe, furtif, inquiet — et coupable. Il leva la jambe gauche haut en l'air et faillit tomber de son tabouret de bar. Olivia l'attrapa par le bras.

— Pas comme ça, conseilla-t-elle, contente de pouvoir partager sa propre expérience passée avec lui. Quand elle vous demande de faire ça, elle veut que vous enleviez la chaussure.

Une minute plus tard, après quelques maladresses en équilibre précaire, Drake tendit son mocassin en cuir éraflé à l'inspectrice.

L'inspectrice Caputi inspecta soigneusement la chaussure usée. Olivia sentit que l'atmosphère qui régnait dans le bar venait de se refroidir subitement et que l'air semblait s'être raréfié dans la salle. C'était effrayant !

Quand l'inspectrice claqua les doigts, un agent lui passa une chemise en carton et un iPad. Ils les ouvrirent tous les deux et se mirent au travail ensemble en regardant la chaussure, la page et l'appareil avant de revenir à la chaussure.

Drake prit son verre de Negroni. En faisant cliqueter les glaçons, il en avala le contenu d'un seul coup.

— C'est sans nul doute le même motif sur la semelle ! annonça triomphalement l'inspectrice Caputi en plaçant le mocassin dans un sac à preuves.

Olivia en eut le souffle coupé. Elle échangea un coup d'œil horrifié avec Sid.

Drake avait bel et bien menti. Il n'avait pas été assis sur le banc que Sid avait occupé en toute innocence. Au lieu de cela, il avait rôdé aux alentours en attendant le bon moment pour se débarrasser de Rupert, cet homme déplaisant.

— Bon, d'accord, j'ai oublié de mentionner quelques détails, protesta Drake en écarquillant les yeux, terrifié, quand l'agent de police le plus proche avança vers lui.

D'une voix maintenant plus aiguë, il poursuivit précipitamment.

— Je suis resté assis sur le banc pendant un moment. Alors, j'ai vu cet idiot aux idées arrêtées quitter le restaurant en titubant. Je veux dire, on aurait cru qu'il passait un casting pour un film de zombies. Il tenait à peine debout ! Donc, je me suis dit que c'était le bon moment pour le suivre et lui dire non seulement ce que je pensais de lui, mais aussi qu'il ferait mieux de s'acheter une conduite pour le reste du voyage.

— Vraiment ? demanda l'inspectrice Caputi.

À son insistance, Olivia comprit qu'elle ne croyait pas un mot de cette déclaration, pas une syllabe, en fait.

— Donc, je l'ai suivi. Comme j'ai pris un chemin plus direct, je l'ai vite rattrapé. Il ne marchait pas droit, précisa Drake. Quand il est arrivé à la mare, il l'a regardée comme si elle avait été un puits aux souhaits. À ce moment-là, je lui ai mis une claque sur le dos et je lui ai dit : « Écoute, il faut que tu changes d'attitude. Tu gâches le plaisir à tout le monde. Arrête d'être aussi désagréable et agressif. D'ailleurs, tant qu'on y est, tu devrais aussi changer d'attitude sur le cours de golf, soit en t'entraînant plus, soit en étant meilleur perdant quand ta balle finit dans tous les bunkers ».

— Rupert était un très mauvais golfeur, ajouta utilement Sid. Un jour, je faisais un quatre-balles avec lui. Il s'est mis en colère et a jeté son putter si loin qu'il l'a perdu dans le rough.

Si tel était le cas, alors, Marilyn s'était trompée, se dit Olivia, perplexe. Cependant, elle n'avait pas le temps de tester cette hypothèse et ce serait peut-être inutile, vu les autres preuves. En tout cas, l'inspectrice Caputi n'écoutait pas Sid. Elle fusillait Drake du regard et ce dernier rougissait légèrement.

— OK, j'ai peut-être utilisé des mots plus virulents quand je lui ai parlé, mais je dis la vérité, c'est juré, insista-t-il.

— Ce sont les actions plus virulentes qui m'intéressent, répliqua sarcastiquement l'inspectrice.

— Je ne l'ai pas poussé dans la mare ! protesta Drake, mais l'inspectrice l'ignora, avança et l'attrapa fermement par le poignet.

— La correspondance entre les deux empreintes de pas nous a fourni assez de preuves pour que nous vous emmenions au poste de police pour poursuivre l'interrogatoire. Si vous ne pouvez pas prouver votre déclaration, nous vous arrêterons pour le meurtre de Rupert Curren, annonça-t-elle d'une voix résonnante.

Drake eut l'air stupéfait.

— Hé ! Merde, quoi ! J'allais commander un troisième Negroni puis déjeuner. Attendez, ne m'emmenez pas ! J'ai besoin d'une pizza. J'ai mal à la tête. Il me faut un cachet d'ibuprofène. Vous êtes fous, ou quoi ? Rendez-moi ma chaussure, je ne peux pas sortir d'ici à cloche-pied !

L'inspectrice déterminée resta sourde à ses protestations. Un moment plus tard, Drake fut emmené à cloche-pied, serré fermement entre les deux agents robustes, pendant que Caputi marchait devant.

Olivia laissa échapper un énorme soupir de soulagement. Ce mystère avait finalement été élucidé et un suspect au mobile solide avait été arrêté. Elle était sûre que Drake livrerait bientôt des aveux complets, vu les preuves fournies par l'empreinte de pas et les techniques d'interrogatoire implacables de l'inspectrice Caputi. Quand Drake aurait avoué, Olivia espérait que l'exploitation viticole et Marcello seraient innocentés.

Comme sa matinée s'était si bien déroulée, Olivia décida qu'elle n'irait pas directement au travail mais qu'elle ferait un détour par sa ferme pour goûter son vin de glace. L'enquête pour meurtre était finie et elle espérait que ce jour, dont le commencement avait paru peu réjouissant, se conclurait en lui apportant deux réussites.

CHAPITRE TRENTE-DEUX

De retour à la maison, Olivia se dit qu'elle aurait aimé que Danilo soit avec elle pour ce moment important. Toutefois, maintenant qu'elle l'avait vu se promener dans un village et y choisir un bracelet pour une autre femme, cette idée était inconcevable, bien entendu.

Elle fut tentée de prendre son téléphone, de l'appeler tout de suite et de passer sa colère sur lui, mais elle ne pouvait pas le faire. L'épisode de la bijouterie lui paraissait encore trop vif et déstabilisant.

Au lieu d'appeler Danilo, elle sortit et prit le sentier jusqu'à la grange.

Et si le vin était très mauvais et qu'elle finissait par le jeter ? se demanda-t-elle avec inquiétude en déverrouillant la grande porte en bois.

Cette idée lui évoqua une vive image de Rupert. Ferdie avait dit qu'il était sorti en titubant et qu'il avait jeté rageusement son vin.

S'il avait jeté la plus grande partie de son vin, comment avait-il pu à devenir aussi ivre ? se demanda-t-elle. Il n'avait pas partagé le whisky de Carmody. Il n'avait pas consommé beaucoup d'alcool. Il n'avait pas semblé avoir de raison d'être là, mis à part pour insulter les gens !

Olivia sentit quelque chose bouger bizarrement dans sa tête, comme si les pièces d'un puzzle dont elle n'avait même pas connu l'existence se mettaient soudain en place.

Alors qu'elle était sur le point d'accéder à une révélation, son téléphone sonna.

C'était Marcello. Quand Olivia vit son nom sur l'écran, des émotions contradictoires refirent leur apparition en elle.

— *Ciao*, répondit-elle vite.

— Olivia ! Je voulais t'avertir.

Marcello avait l'air stressé. Il parlait vite et d'une voix basse et furtive.

— Quoi ?

Olivia sentit son cœur battre plus vite. Qu'est-ce que Marcello allait dire ? Avait-il renoncé au mentorat ? Allait-il fermer l'exploitation viticole de façon permanente ? Olivia attendit nerveusement qu'il s'explique.

— L'inspectrice Caputi vient de passer ici. Elle te cherchait, car elle pensait que tu serais retournée au travail.

— Quoi ? s'exclama Olivia.

Le meurtre était élucidé. Que se passait-il ? Drake avait-il réussi à échapper aux accusations et l'avait-il accusée, elle ?

— Que voulait-elle ? demanda-t-elle en déglutissant avec difficulté.

— Elle n'a pas voulu en dire beaucoup.

Marcello se tut un instant.

— Cependant, j'ai pu poser quelques questions auxquelles elle a accepté de répondre.

C'était un grand euphémisme, comprit Olivia avec un élan de gratitude. L'offensive de charme que Marcello avait dû lancer pour arracher quelques éléments d'information à l'inspectrice réticente et grognonne avait dû être d'une ampleur sans précédent.

— Qu'a-t-elle dit ? demanda anxieusement Olivia.

— Elle a dit que les résultats des tests toxicologiques venaient d'arriver et qu'ils ont prouvé la présence d'une substance extrêmement néfaste dans le sang de Rupert. Apparemment, environ une heure avant sa mort, il a dû consommer une chose qui s'est avérée d'une toxicité intense et rapide. Elle a expliqué qu'ils cherchent une cause antérieure. De plus, ils veulent te parler ! conclut Marcello d'une voix qui se laissait gagner par la panique.

Olivia voyait exactement où l'inspectrice voulait en venir. Elle soupçonnait maintenant qu'elle avait versé quelque chose dans le vin de Rupert, qu'elle l'avait peut-être délibérément empoisonné afin de le punir pour son comportement odieux. C'était un désastre pour elle et pour l'exploitation viticole ! Cette enquête recommençait à accuser gravement La Leggenda.

Alors qu'elle repensait frénétiquement au déroulement de l'après-midi, la dernière pièce du puzzle se mit en place.

Elle savait enfin et avec certitude comment Rupert était mort et qui avait commis le crime.

— Marcello, même si elle vient me chercher chez moi, je n'y serai pas. Je viens de comprendre ce qui s'est passé et je m'en vais maintenant, pour le prouver.

Raccrochant précipitamment, Olivia verrouilla la porte de la grange et se précipita vers sa voiture.

Elle y arriva en même temps qu'Erba.

— Pas maintenant, dit fermement Olivia. Je vais appréhender un suspect de meurtre ! Tu dois rester à la maison !

La chèvre la fit plier du regard.

Olivia soupira. Pour Erba, la journée avait été courte et elle adorait se promener en voiture. Ce qu'Olivia trouvait plus inquiétant, c'est qu'Erba avait aussi laissé des empreintes de sabots à côté de la mare. Et si l'inspectrice soupçonnait sa chèvre et venait l'arrêter pendant son absence ? Erba serait traumatisée ! Olivia ne pouvait pas prendre ce risque.

— Monte, dit-elle sèchement en décidant de céder pour la protéger.

Quand elles furent toutes les deux bien montées en voiture, Olivia démarra et fonça sur la route.

*

L'hôtel thermal luxueux n'avait pas changé depuis la dernière visite d'Olivia. Il était calme, serein et paisible. C'était elle qui se sentait différente, pleine d'émotions naissantes. L'espoir, l'anxiété et la détermination bouillaient en elle. Elle dit à Erba d'attendre et baissa la vitre de sa portière d'un centimètre avant d'entrer précipitamment dans l'hôtel.

En route, elle avait concocté quelques plans sommaires et laissé des messages vocaux importants. Olivia espérait que ces plans fonctionneraient ! Autrement, c'était elle qui serait arrêtée.

À cette idée, elle avait les mains moites et les genoux tremblants.

Heureusement que Marilyn Watkyns lui avait indiqué dans quelle chambre elle séjournait, se dit-elle. Essayant d'avoir l'air déterminée, elle avança dans le couloir et jeta un coup d'œil discret aux numéros sur son passage.

Elle trouva la suite douze. Elle tapota légèrement à la porte en essayant de se faire passer pour une employée qui venait vérifier le minibar ou apporter des lingettes rafraîchissantes. Elle trouvait qu'elle avait les mains froides. Les quelques minutes suivantes allaient être cruciales.

Marilyn ouvrit la porte et sourit comme une reine quand elle reconnut Olivia.

—Ah. Mon vin, dit-elle d'un ton satisfait.

Son sourire disparut quand elle vit qu'Olivia venait les mains vides. Cependant, à ce stade, Olivia s'était déjà introduite dans la suite somptueusement meublée.

— Je n'ai pas apporté de vin, dit-elle.

Sa voix était aiguë et nerveuse. Elle était sûre que ses soupçons étaient fondés, ils l'étaient forcément, mais, si elle se trompait, elle savait qu'elle venait de s'exposer au procès le plus monumental de l'histoire du droit. Sa nervosité n'avait rien d'étonnant !

— Pourquoi ne m'avez-vous pas apporté de vin ? demanda Marilyn en la regardant fixement avec une expression qui noua l'estomac à Olivia.

— Si je suis venue, c'est parce que j'ai besoin de vous poser quelques questions, commença Olivia en espérant débuter simplement cet interrogatoire difficile.

— Quel droit avez-vous de me poser des questions, à moi, une veuve éplorée ? Sortez ! répondit Marilyn d'une voix pareille à une lame en acier.

Olivia déglutit. Elle avait l'impression qu'elle marchait sur une banquise fine qui menaçait de se rompre à tout moment et de la plonger dans des ennuis sans fin. Cependant, quand elle réfléchit à la réaction de Marilyn, elle se rendit compte que cette dernière était étrangement sur la défense. Après tout, Olivia aurait pu venir lui demander quel vin blanc sec elle préférait !

— J'ai besoin de clarifier d'autres informations relatives au crime, dit-elle en se forçant à rester forte.

— Je n'ai aucune raison de vous dire quoi que ce soit et je ne parlerai pas. Vous êtes une personne insignifiante et probablement dérangée qui dépasse de loin ses capacités limitées. Vous pourriez même devenir violente et dangereuse ! Je vais appeler la sécurité de l'hôtel et leur demander de vous expulser.

Elle ne plaisantait pas ! Horrifiée, Olivia regarda Marilyn aller avec détermination vers le téléphone qui se trouvait sur le bureau. Dans un moment, elle passerait l'appel et tout serait fini. Bien sûr, l'hôtel croirait la cliente. Olivia sentit ses genoux commencer à trembler. Elle décida que le seul moyen de mettre fin à ce processus était de formuler l'accusation d'entrée de jeu.

— Ce n'est pas moi qui suis dangereuse. C'est vous et vous le savez, puisque vous avez assassiné votre mari. De plus, je sais exactement comment vous l'avez fait, dit Olivia en relevant le menton pour cacher sa peur.

Ce fut avec soulagement qu'elle vit Marilyn se détourner du téléphone. Visiblement, elle ne voulait plus faire expulser Olivia.

Pendant un moment d'anxiété, Olivia crut que Marilyn allait l'attaquer physiquement. Elle avait l'air furieuse ! Cependant, au lieu d'en venir là, la milliardaire croisa les bras et laissa échapper un rire insensible.

— J'espère que vous avez un très bon avocat, dit-elle en toisant Olivia d'un air critique. Ce que vous venez de dire, c'est un exemple de diffamation si grave qu'il vous faudra recourir à une compensation significative pour faire passer cette insulte horrible que vous avez eu l'audace de m'infliger en une période aussi difficile pour moi. En fait, peu importe la sorte d'avocat que vous avez. Vu vos vêtements bon marché, votre fréquentation de milieux qui vous dépassent et ces chaussures ambitieuses qui ont dû vous coûter si cher que vous avez dû manger de la brioche pendant une semaine, il est tout à fait clair que vous ne pourrez jamais payer la compensation que j'exigerai, et de loin. Cela dit, ce n'est pas grave. Nous pourrons nous attaquer à d'autres personnes qui pourront être passibles de poursuites parce qu'elles sont liées à vous personnellement ou professionnellement. Peut-être votre employeur. C'est bien l'exploitation viticole, n'est-ce pas ?

Elle s'était exprimée d'une voix brusque. Olivia s'accrocha à une bibliothèque ancienne. Non seulement elle souffrait beaucoup des insultes terriblement personnelles de Marilyn, mais elle craignait réellement que cette femme ne réussisse à détruire l'exploitation viticole en se servant de son équipe de juristes très bien payée comme d'une arme.

À ce moment, la porte s'ouvrit brusquement. Olivia virevolta.

L'inspectrice Caputi se tenait dans l'embrasure. Ses cheveux gris acier luisaient comme un bouclier. Elle était accompagnée de deux agents de police, l'un grand, l'autre très grand.

Sa cavalerie arrivait juste à temps ! Cependant, alors qu'Olivia poussait un soupir de soulagement, une nouvelle catastrophe s'abattit sur elle.

— Olivia Glass, vous êtes en état d'arrestation pour meurtre, annonça l'inspectrice d'un ton cassant mais satisfait.

CHAPITRE TRENTE-TROIS

— Non ! supplia Olivia d'une voix tremblante.

Marilyn produisit à nouveau ce rire déplaisant et insensible qu'Olivia commençait à détester.

— Emmenez-la. Je vous verrai plus tard. Nous engagerons les poursuites au civil quand elle aura purgé la peine de prison que lui infligera son procès au pénal, dit Marilyn d'un ton désobligeant.

Olivia regarda fixement la policière, horrifiée.

— Attendez, s'il vous plaît ! Avez-vous écouté mes deux messages vocaux ?

Alors, ce fut au tour de l'inspectrice d'avoir l'air déconcertée.

— Les deux ? demanda-t-elle prudemment.

Elle tendit une main pour arrêter le très grand agent, qui avançait vers Olivia menottes en main. À un moment aussi tendu, Olivia fut reconnaissante pour ce petit geste.

— Je vous ai laissé deux messages, dit Olivia à toute vitesse. Dans le premier, je vous disais où j'étais. Alors, j'ai perdu la ligne et j'ai dû en envoyer un second pour vous dire pourquoi j'y étais. Cette femme est l'assassin ! dit Olivia en désignant résolument Marilyn. Si vous me donnez deux minutes, je vous dirai pourquoi !

— Pourquoi ? demanda l'inspectrice Caputi en croisant les bras.

— À cause de la toxicologie. Vous voyez, j'ai remarqué que Rupert n'avait pas bu tant que ça. Même s'il avait bu un peu de vin, il avait passé plus de temps à l'insulter. En fait, Ferdie a dit qu'il l'avait vu jeter son vin. Pourtant, à la fin de la soirée, il trébuchait, mangeait ses mots et manquait de coordination. J'ai commencé à me demander comment ça avait pu se passer comme ça et je me suis souvenu d'un petit détail qui m'avait échappé.

— Quel détail ? demanda l'inspectrice.

— Il a pris un cachet qui ne venait pas d'un paquet scellé mais d'un pilulier doré qu'il avait dans sa poche. Il a dit qu'il prenait ce cachet pour sa santé, mais je crois que sa femme a remplacé le médicament par une substance qui allait le tuer par empoisonnement. C'était peut-être une substance qui, associée à l'alcool, a des effets nocifs. En tout cas, je crois que c'est ce médicament qui l'a tué et que c'est pour cela que Marilyn a annulé sa participation au voyage. Elle voulait être loin de lui et ne pas être soupçonnée quand le poison ferait effet.

Olivia se sentit à bout de souffle après cette explication détaillée. Bien sûr, Marilyn nia immédiatement.

— Quelle piètre histoire, qui dérive entièrement de l'imagination bercée d'illusions de cette femme ! dit-elle à Caputi. Je suis innocente, bien sûr. Cette tentative de me faire accuser est pitoyable. Je suppose que vous le comprenez déjà.

L'inspectrice Caputi eut l'air pensive. Olivia devina qu'elle se remémorait le rapport de toxicologie.

— Comme vous en êtes si sûre, je suppose que vous ne refuserez pas que nous fouillions rapidement votre suite ? demanda Caputi en fixant Marilyn de son regard sombre et effrayant.

— Je vous en prie. Allez-y. Je n'ai rien à cacher !

Même si elle n'était pas encore tirée d'affaire, Olivia ne pensait plus qu'on allait l'arrêter tout de suite. Son hypothèse avait été acceptée, ou au moins en partie. Fascinée, elle regarda les agents se mettre des gants en latex puis entrer dans la chambre. C'était une grande chambre avec beaucoup de meubles différents. Il y avait un canapé géant peint en crème immaculé, des tables de chevet sculptées avec un goût exquis, une armoire grande et spacieuse et un bureau avec plusieurs tiroirs. Finalement, Marilyn avait remisé plusieurs valises dans un coin. Olivia se dit que la fouille risquait de prendre longtemps. Elle avait aussi remarqué le sac à main en cuir de Marilyn, qui était pendu à un crochet au dos de la porte. Vu le goût généralement pitoyable de ces milliardaires, c'était un bel accessoire.

Olivia chercha le sac à main. Si Marilyn avait voulu cacher des médicaments empoisonnés, elle les aurait mis dans ce sac, c'était sûr.

Cependant, à son grand étonnement, il n'y avait plus rien de pendu au crochet.

En plus, à l'exception d'Olivia et de la police, la chambre était vide, elle aussi !

Marilyn avait disparu. Olivia se sentit choquée quand elle se rendit compte que la milliardaire avait dû s'enfuir.

— Elle est partie ! Vite, arrêtez-la ! cria Olivia.

C'était un moment crucial pour l'enquête, pour l'exploitation viticole et pour elle-même. Si Marilyn réussissait à s'enfuir, on recommencerait à soupçonner Olivia.

Les policiers se retournèrent brusquement. L'espace d'un instant, ils se figèrent. Alors, ils sortirent tous de la suite à toute vitesse, le très grand policier en premier, puis le grand, puis Olivia pendant que l'inspectrice Caputi les suivait d'un pas vif en donnant sèchement des instructions sur son walkie-talkie.

Ils foncèrent dans le couloir et, quand Olivia passa le coin et courut dans la partie la plus longue, elle aperçut un peu de bleu vif. Marilyn avait porté une veste bleu vif. Elle avait beaucoup d'avance et semblait gagner du terrain. C'était mal parti.

Olivia se souvint que plusieurs taxis et plusieurs bus étaient garés à l'extérieur. Marilyn pouvait monter dans l'un d'entre eux et s'en aller à toute vitesse. Son passeport était sûrement dans son sac à main et elle pourrait très vite quitter l'Italie.

Ils jaillirent du passage. Marilyn approchait déjà de la porte de sortie.

— Arrêtez, arrêtez ! cria Olivia en haletant.

Marilyn l'ignora et courut vers l'embrasure de la porte.

Cependant, quand elle l'atteignit, elle recula en poussant un cri, se prit un talon dans le tapis rouge, tomba au sol et son derrière glissa sur le tapis de peluche de laine.

Olivia eut le souffle coupé. Elle vit Erba, qui se tenait fermement dans l'embrasure de la porte et observait la milliardaire d'un air curieux comme si elle n'avait pas l'habitude que les humains se comportent de cette façon en la voyant.

Comment Erba a-t-elle pu sortir de la voiture ? se demanda Olivia en fonçant vers elle, plongée dans une perplexité totale.

Les policiers atteignirent Marilyn en quelques secondes. Ils l'entourèrent et la relevèrent vivement mais avec professionnalisme.

Cependant, avant qu'ils n'aient pu en faire plus, une femme toute rouge de colère avec un manteau matelassé rouge et un foulard aux couleurs du drapeau américain avança jusqu'à Marilyn et lui tapota rageusement la poitrine.

— Est-ce votre chèvre ? demanda-t-elle furieusement en désignant Erba, qui avait l'air contente d'être incluse dans la conversation.

Sans attendre une réponse de Marilyn, qui était visiblement essoufflée, elle continua.

— Je l'ai libérée du véhicule il y a un moment et je venais en parler à son maître. Savez-vous à quel point c'est cruel de laisser des animaux dans une voiture ? Ils peuvent mourir d'insolation en quelques minutes !

Elle leva les yeux pour contempler la bruine froide qui tombait avant de reprendre son attaque.

— D'insolation ou — ou d'autres causes. Elle n'avait ni foin ni eau à sa disposition. En Angleterre, ce serait un délit ! La SPA vous emmènerait à la police, madame. Je vois que les carabinieri locaux ont la même opinion et c'est très bien. J'espère que vous passerez beaucoup de mois en prison à cause de votre attitude irréfléchie ou négligente. Les droits des animaux, ça compte ! conclut-elle.

Olivia se rapprocha d'un des piliers de l'embrasure de la porte et se glissa derrière. Elle ne voulait pas être livrée à la fureur de cette excentrique ou qu'on lui retire la garde d'Erba en ce moment de tension !

Heureusement, la femme rouge de colère semblait s'être défoulée. Elle se détourna, alla à un Land Rover qui l'attendait et monta du côté passager.

La voiture s'éloigna lentement.

— Viens ici, Erba ! ordonna Olivia en émergeant vite de derrière le pilier, craignant fortement que sa chèvre ne s'enfuie dans les jardins de l'hôtel thermal et qu'il ne faille des semaines pour la capturer.

Heureusement, Erba fut contente de voir Olivia, la rejoignit en trottant et frotta la tête contre sa jambe avec tendresse.

Olivia enleva sa ceinture. Certes, son pantalon allait lui pendre sur les fesses, mais c'était un problème secondaire dans cette situation extrême. Elle passa la ceinture autour du ventre d'Erba et la tint fermement.

— Pourquoi avez-vous essayé de fuir, Signora Watkyns ? demanda l'inspectrice Caputi d'un ton dur. Passez-moi votre sac à main.

À contrecœur, Marilyn tendit le sac en cuir chic tout en fusillant l'inspectrice du regard.

— Pourquoi faudrait-il que je reste ici ? Pour écouter vos fausses accusations ? répliqua-t-elle. Je vais vous envoyer mes avocats. Relâchez-moi tout de suite ! Tout le monde sait que la police italienne est incompétente et corrompue.

Olivia plissa les yeux, s'attendant à une explosion de colère. En fait, l'inspectrice Caputi resta remarquablement calme.

— Donc, c'est ce que vous pensez ? Intéressant. Cela aide certainement à comprendre pourquoi vous avez commis ce crime en Italie.

L'inspectrice Caputi venait de retourner habilement les mots de Marilyn contre elle. La milliardaire eut l'air atterrée.

— Vous n'avez aucune raison valable de m'arrêter. Pour quelle raison aurais-je pu faire une chose aussi terrible ?

— Moi, je vois une raison, proposa Olivia.

Elle espérait qu'elle ne disait pas n'importe quoi mais, en plus de la recherche qu'elle avait effectuée sur Internet, elle venait de se souvenir d'une chose que Sashenka avait dite au commencement du voyage.

La milliardaire blonde du monde de la vodka avait montré les divers touristes à Olivia, qui n'avait pas pu les regarder parce qu'elle avait eu le dos à la foule. Cependant, une de ses remarques lui était restée en tête.

— *Il a épousé une femme pour entrer dans l'entreprise ; c'est elle qui la gère.*

Olivia inspira profondément. Maintenant, Marilyn la regardait furieusement. Ce qui avait changé, c'était que l'inspectrice Caputi contemplait Olivia sans son rictus incrédule habituel.

— J'ai effectué quelques recherches en ligne avant de venir ici. Il semble que vous soyez propriétaire de toutes les entreprises que vous possédez. Elles sont toutes au nom de Watkyns, pas de Curren. Vous les avez créées avant votre mariage. De plus, en ligne, on ne vous voit jamais avec Rupert et on ne vous présente jamais comme un couple. Je crois que votre mariage s'est essoufflé et que vous vouliez divorcer. Vous ne vouliez peut-être pas payer la convention de divorce et donner votre argent à un homme qui n'avait rien fait pour le mériter, ou alors, vous n'avez pas voulu qu'il aille dire partout des mauvaises choses sur vous parce que vous ne semblez pas aimer que les gens le fassent. Donc, vous avez décidé qu'il y avait une solution plus facile.

Erba repéra une jeune femme qui portait une coupe de fruits colorés dans l'hôtel. Elle bondit en avant en espérant se libérer mais, heureusement, Olivia était préparée et tint bon.

— Vous avez attendu jusqu'au jour où vous avez été dans un pays où, selon vous, la police était inefficace et vous vous êtes procuré une sorte de drogue ou de poison sous forme de cachet. Alors, quand Rupert est parti en voyage, vous n'avez eu qu'à substituer cette drogue à ses cachets normaux et à vous assurer d'être loin quand il prendrait le poison. Vous saviez à quel point il était odieux en public et avec quelle facilité on soupçonnerait les autres voyageurs de l'avoir assassiné, conclut Olivia.

Marilyn regarda fixement Olivia, qui vit l'incrédulité et l'horreur s'affronter mutuellement sur les traits lisses comme du satin de la milliardaire.

Alors, elle haussa légèrement les épaules et se retourna vers l'inspectrice Caputi.

— Bien, admit-elle. Tout cela est vrai. Alors, combien ?

— Combien ? répéta l'inspectrice d'un air perplexe.

— Combien pour me laisser partir ? demanda Marilyn comme si elle menait une transaction commerciale ordinaire. Cent mille euros ? Plus ? Puis-je y ajouter une belle voiture, vu que cette guimbarde grise dans laquelle vous êtes arrivée hier est vraiment trop embarrassante ?

Marilyn prit alors un ton confidentiel.

— Nous devrions peut-être entrer et en discuter, confortablement assises dans un des salons. N'écoutez pas cette blonde. Mes avocats s'occuperont d'elle et elle ne parlera pas.

Elle jeta un coup d'œil dédaigneux à Olivia.

Olivia aperçut l'expression de l'inspectrice Caputi. L'espace d'un instant, elle afficha un choc tel que l'inspectrice eut presque l'air humaine, constata Olivia avec stupéfaction.

Alors, elle reprit son expression sévère habituelle, mais avec un soupçon de satisfaction dans les yeux.

— Vous êtes officiellement en état d'arrestation, Signora Watkyns, annonça-t-elle. Vous allez devoir répondre à deux accusations très graves : le meurtre avec préméditation de votre mari et la tentative de corruption d'une inspectrice de police en présence de témoins. Maintenant, accompagnez mes agents à la voiture. Nous reprendrons cette conversation dans la salle d'interrogatoire du poste de police pendant que mon équipe effectue une fouille complète de votre suite et de votre sac à main.

Quand elle entendit cette nouvelle, Marilyn poussa un hurlement de rage.

L'inspectrice Caputi se tourna vers Olivia et hocha la tête d'un air approbateur avant de monter dans sa voiture, à la place du conducteur.

Le très grand agent aida Marilyn à monter dans la voiture, en utilisant des menottes, car elle avait commencé à se débattre et à crier. Le grand policier prit son walkie-talkie et appela des renforts avant de repartir dans l'hôtel avec détermination.

Olivia regarda la voiture jusqu'à ce qu'elle ait disparu de sa vue. Elle était stupéfaite par la tournure que les événements avaient prise.

Grâce à ses efforts, la bonne coupable avait été arrêtée. Cependant, cela suffirait-il à sauver l'exploitation viticole ?

Il était temps de repartir à La Leggenda pour le découvrir.

CHAPITRE TRENTE-QUATRE

Quand Olivia et Erba furent de retour à La Leggenda, Olivia fut ravie de voir que Marcello se tenait devant l'exploitation viticole et que les portes de la salle de dégustation étaient grandes ouvertes. Ils avaient dû être innocentés par la police et reprendre le travail.

Dès qu'Olivia s'arrêta, Marcello se précipita vers sa voiture.

— Olivia ! Tu as réussi ! Quel résultat incroyable !

Il la prit dans ses bras et Olivia le serra fort contre elle.

— Nous avons failli tout perdre. Maintenant, on nous considère comme des héros, avec l'inspectrice Caputi et son équipe, expliqua Marcello. Les gens disent que nous avons joué un rôle essentiel, avec la police, dans la résolution d'un ignoble meurtre conjugal qui, autrement, aurait pu ternir la réputation de l'Italie en tant que destination touristique ! Nous n'aurions jamais pu espérer meilleure résolution que celle-là !

Il lui sourit. Ses dents étaient blanches dans son visage bronzé.

En écoutant Marcello, Olivia sentit le soulagement l'envahir.

Un meurtre conjugal innocentait entièrement l'exploitation viticole. Si Rupert avait pris son médicament à La Leggenda, c'était par pure coïncidence.

— C'est absolument stupéfiant, dit-elle.

La tournure des événements la rendait folle de joie.

— Nous avons plusieurs interviews de prévues avec les médias et deux chaînes d'informations internationales vont venir filmer l'exploitation viticole demain. Nous avons aussi reçu des messages de remerciements de quatre des milliardaires pour avoir élucidé le crime avant qu'une publicité négative n'ait pu également porter tort à leurs entreprises.

Olivia était sûre que Chico et Aldo faisaient partie de ces quatre milliardaires. Maintenant, ils allaient pouvoir laisser leur message sur les réseaux sociaux et ce message allait inciter leurs followers à venir à La Leggenda.

— C'est merveilleux.

Elle sourit. Elle n'aurait jamais imaginé que cette situation affreuse puisse avoir une conséquence aussi positive. Le plus beau de tout cela, c'était que Marcello allait pouvoir se rendre à son mentorat l'esprit tranquille et qu'il allait être accueilli en héros à Castello di Verrazzano.

— Viens à l'intérieur. Je veux te parler dans mon bureau, dit Marcello.

Soudain, le sourire d'Olivia perdit de sa spontanéité.

Seul un sujet pouvait nécessiter une discussion en privé : il fallait encore décider qui allait diriger l'exploitation viticole en l'absence de Marcello. Olivia sentit son estomac se nouer en suivant Marcello à l'intérieur. Quand elle entra le hall, elle s'arrêta avec étonnement.

Alors, Antonio retira le tissu qui couvrait la sculpture géante en pierre qui venait d'être livrée.

La statue représentait un homme très grand, très musclé et très nu qui tenait une énorme grappe de raisins placée à un endroit stratégique. En découvrant cette statue, Olivia cligna des yeux. Elle n'aurait pas cru que cette statue serait du goût de Marcello, ou du goût de quiconque, en fait, corrigea-t-elle. Pourquoi l'avait-il choisie ?

L'estomac noué, elle se demanda si Marcello avait accordé à Gabriella le poste de directrice remplaçante de l'exploitation viticole et si elle avait déjà commencé à redécorer les lieux.

— C'est un cadeau de Drake, dit Marcello. Il m'a téléphoné pour me dire qu'il avait commandé *L'amour du vin*, comme s'appelle cette sculpture très chère conçue par un tailleur de pierre classique, pour nous témoigner sa gratitude parce que nous l'avons innocenté. Il m'a demandé de te dire qu'il avait pu retourner à l'hôtel à temps pour y prendre un déjeuner tardif et un troisième Negroni.

— C'est très gentil de sa part.

Olivia regarda fixement la construction en pierre en tentant de trouver quelque chose de gentil à dire sur elle.

— Elle est … commença-t-elle à dire.

— Exactement, convint Marcello avec un soupir. Un jour, nous pourrons peut-être trouver un endroit plus adapté à cette statue. Pour l'instant, viens dans mon bureau, je te prie.

Olivia le suivit, froide d'angoisse. Elle s'assit et attendit que Marcello ferme la porte, contourne son bureau, s'asseye sur son fauteuil en cuir puis prenne finalement la parole.

— Stella Markham est venue ici avant ton retour et nous a donné des évaluations sur le Platinum Tour, dit Marcello sur le ton de la conversation, comme pour essayer de mettre Olivia à l'aise.

— Vraiment ? Qu'a-t-elle dit ?

Et cela a-t-il eu une influence sur la décision de Marcello ? se demanda-t-elle.

— Elle a dit que les clients nous ont accordé une note extrêmement élevée. En fait, nous avons reçu les meilleures évaluations qui soient et ils reviendront l'année prochaine. Les mots clés les plus courants des évaluations étaient l'amabilité, l'atmosphère, le vin, le whisky, les en-cas, le bœuf Wagyu, les paninis au fromage, les truffes au chocolat et les chèvres.

Olivia se sentit ravie qu'ils aient réussi l'impossible et satisfait ces milliardaires si exigeants ! Cependant, l'anxiété revint immédiatement. D'après les mots clés, les clients semblaient avoir préféré la nourriture au vin et cela signifiait que c'était Gabriella qui avait apporté la contribution la plus importante.

— C'est une excellente nouvelle, dit-elle d'une voix tremblante.

— J'ai décidé qui allait diriger l'exploitation viticole en mon absence, poursuivit Marcello.

Déglutissant avec difficulté, Olivia attendit qu'il lui dise qui il avait choisi.

— Dans mon choix, j'ai pris en considération trois facteurs, expliqua Marcello en comptant sur ses doigts. Le premier, la passion. Le deuxième, le désir d'apprendre. Vous avez ces qualités en abondance, toi et Gabriella, mais il y a un troisième attribut important dont aura besoin la personne qui me remplacera.

Il veut parler des qualités de dirigeant, prédit Olivia avec une sensation d'appréhension, et cela signifie que Gabriella, qui a une volonté bien affirmée, va assumer ce rôle.

Cependant, à sa grande surprise, Marcello dit quelque chose de complètement différent.

— La responsabilité, lui dit-il. Quand on dirige une exploitation viticole, quand on traite avec tant de gens différents, il n'y a aucune place pour l'ego ou les intérêts personnels. Donc, en tenant compte de ce point, j'avais déjà pris ma décision avant même le début du Platinum Tour. Quand j'ai dit que ce serait toi ou Gabriella, ta réaction m'a convaincu du fait que c'était toi qu'il fallait que je choisisse. Tu es restée calme, tu as dit des choses positives sur ta rivale et tu as même proposé de travailler avec elle. C'est là une vraie qualité de dirigeant et tu t'en es montrée digne, Olivia, que ce soit à ce moment-là ou tous les autres jours où tu es venue travailler. Je suis entièrement certain que tu assumeras très bien ton nouveau rôle en mon absence et que je n'aurais jamais pu remettre l'exploitation viticole en de meilleures mains.

Olivia se sentit stupéfaite. Elle n'arrivait pas à croire à ce qu'elle entendait. Même si elle avait espéré et rêvé que Marcello ait suffisamment foi en elle pour lui confier les rênes de l'entreprise, elle n'aurait jamais cru que cela arriverait un jour. En son for intérieur, elle avait supposé que Marcello confierait ce poste à Gabriella.

— Merci, Marcello ! Je vais faire de mon mieux pour être en toute circonstance la personne en laquelle tu crois et pour dépasser tes attentes !

— Je sais que tu le feras, dit Marcello d'une voix douce et avec un sourire dans les yeux.

Alors, le téléphone de Marcello sonna et, en le remerciant d'un dernier hochement de tête, Olivia sortit du bureau. Elle allait être à la tête de cette magnifique exploitation viticole et cela lui paraissait encore irréel. Marcello avait placé sa confiance en elle, elle allait apprendre énormément de choses et, pour elle, cela comptait énormément. Cela lui permettrait d'en savoir plus sur l'industrie qu'elle aimait et cela ferait avancer sa carrière de façon exponentielle.

Olivia parcourut le couloir et, quand elle entra dans la salle de dégustation, elle entendit un sifflement enragé venir de l'embrasure de la porte du restaurant.

Gabriella s'y tenait et contemplait Olivia d'un air sinistre et les yeux plissés.

— As-tu dit à Marcello que j'avais changé le vin ? cracha-t-elle.

Olivia la regarda bouche bée.

— Bien sûr que non. Je n'ai rien dit.

— Tu l'as sûrement fait. Je ne te crois pas !

Confuse, Olivia secoua la tête.

— Pourquoi le lui aurais-je dit ? Il n'était pas du tout au courant.

— Tu mens ! Tu lui as tout dit dans mon dos. Pour qu'il t'ait choisie à ma place, il ne peut y avoir aucune autre raison. Les clients ont couvert ma nourriture de louanges.

— Ils ont adoré ta nourriture, mais je crois que Marcello a examiné la question en tenant compte de plusieurs points de vue — commença à expliquer Olivia.

Elle espérait qu'elle pourrait apaiser Gabriella. Autrement, cela pourrait dégénérer en hurlements et Marcello sortirait de son bureau pour les calmer !

Cependant, Gabriella semblait ne pas vouloir que ça dégénère, elle non plus, parce qu'elle répondit à voix basse.

— Je vais faire le nécessaire pour que Marcello regrette son choix. Comme ça, il changera très vite d'avis et il me donnera la place !

Quand Gabriella eut marmonné sa menace, elle n'attendit pas qu'Olivia lui réponde. Elle se détourna et partit pendant qu'Olivia la contemplait avec consternation.

CHAPITRE TRENTE-CINQ

Quelle journée riche en émotions ! Quand Olivia monta dans sa voiture, elle se sentait épuisée. Heureusement, il y a de la nourriture dans mon réfrigérateur et du vin dans mon placard, se dit-elle avec gratitude. Elle avait besoin de boire, de manger et de se reposer, dans cet ordre-là.

— Nous allons passer une soirée tranquille, Erba, dit-elle à sa chèvre fidèle. Demain, nous serons reposées et prêtes à accueillir tous les touristes, à répondre aux interviews de la presse et à refaire face à Gabriella !

Quand Olivia pensa aux informations télévisées, elle devina que sa mère entendrait bientôt parler de cette histoire. Quand elle apprendrait que ce meurtre s'était déroulé sur le lieu de travail d'Olivia, elle serait choquée. Elle tiendrait très probablement à réserver un vol pour l'Italie immédiatement pour aller soutenir sa fille pendant cette période difficile.

En fait, la période difficile ne commencerait qu'au moment où l'avion de sa mère atterrirait en Italie et c'était une chose que Mme Glass ne comprendrait jamais, reconnut Olivia avec un soupir.

Alors qu'elle avait bien planifié sa soirée, tous les plans d'Olivia s'effondrèrent quand, de retour à sa ferme, elle vit le pick-up de Danilo entrer devant elle par le portail.

Elle sentit que des épines lui poussaient sur la peau. Comment osait-il !

Eh bien, si elle avait eu le courage de passer un savon à une milliardaire, elle allait recommencer maintenant. Avant de chasser Danilo de sa propriété de manière définitive, elle allait s'assurer qu'il regrette ses actions sournoises et sa tromperie.

Cependant, quand il sortit de sa voiture et avança vers elle à grands pas, elle se mit à douter d'elle-même. Il avait l'air si beau et son sourire était si chaleureux ! Ses yeux foncés s'éclairèrent quand il la vit et la manière dont ses bras musclés se contractaient sous la chemise en coton qu'il portait la déconcentrèrent soudain.

— Merde, marmonna Olivia en essayant de rassembler ses pensées troublées.

Elle n'avait pas du tout renoncé à lui, en fait, malgré ce qu'elle avait espéré. De plus, vu la façon dont il la serra dans ses bras, Olivia devina qu'il n'avait pas renoncé à elle, lui non plus.

— Comme c'est bon de te voir, murmura Danilo, la tête blottie contre l'épaule d'Olivia. Je viens d'entendre dire que tu as élucidé le crime. Tu es stupéfiante, Olivia. Je suis vraiment fier de toi.

— Fier ?

La résolution d'Olivia de le chasser de la ferme à coups de pied faiblit.

— Je croyais que tu n'aimais pas que j'enquête.

Danilo la regarda fixement d'un air perplexe.

— Ce n'est pas du tout ça. Je craignais beaucoup que tu ne comprennes pas les risques et j'espérais que nous pourrions trouver ensemble une façon de le faire en toute sécurité et d'éviter la police, mais tu avais l'air furieuse. As-tu été en colère contre moi après notre conversation ?

— J'ai été furieuse pendant environ une minute. J'ai cru que tu essayais de me donner des ordres ! Ensuite, je me suis sentie gênée et j'ai voulu m'excuser pour t'avoir crié dessus sans t'avoir écouté jusqu'au bout. Je n'aurais jamais dû te raccrocher au nez.

Danilo produisit le rire le plus sonore et le plus joyeux qu'elle ait jamais entendu.

— Olivia ! Une des toutes premières choses que j'ai apprises sur toi, c'est qu'on ne peut pas te donner des ordres ! Tu es féroce, forte et indépendante. C'est ce que je —

Danilo s'interrompit et eut l'air perplexe l'espace d'un instant comme s'il avait failli laisser échapper une chose qu'il craignait de dire.

— C'est ce que j'admire tant chez toi. Tu es une guerrière. Tu es comme Pirate ! Je suis désolé que mes mots t'aient semblé trop négatifs. J'aurais dû te soutenir plus. Je sais que tu as dit que nous ne devions parler ni hier ni aujourd'hui, mais je ne pouvais pas rester loin de toi.

Non sans contrariété, Olivia vit que sa chatte sensible et perspicace s'enroulait déjà autour des jambes de Danilo en ronronnant très fort.

Eh bien, le petit problème des appels sans réponse était résolu : Danilo avait mal compris Olivia. Cependant, le problème énorme, incandescent et apparemment insoluble de l'autre femme existait encore et Olivia ne pensait pas que quelques paroles bien choisies allaient pouvoir le résoudre.

— Entrons. Je t'ai apporté quelque chose, dit Danilo.

Curieuse malgré elle, Olivia l'accompagna dans la ferme.

Dans le hall, Danilo lui tendit un petit sac. Intriguée, Olivia l'ouvrit.

À l'intérieur, il y avait une boîte en velours bleu profond. Quand Olivia l'ouvrit, elle eut le souffle coupé.

C'était un des bracelets les plus splendides qu'elle ait jamais vus ! Il était constitué d'or rose et d'or blanc entremêlés et la pièce maîtresse était une fleur d'un bleu profond étincelant.

— La fleur est en saphir, dit doucement Danilo. J'espère que ça te plaît.

Soudain, des larmes piquèrent Olivia aux yeux et elle les cligna pour s'en débarrasser.

— Il me plaît énormément ! Il est ravissant. C'est le cadeau le plus extraordinaire qu'on m'ait jamais offert, dit-elle en touchant la dentelle d'or délicat avec émerveillement.

— Je ne l'ai pas choisi moi-même, admit Danilo. Je n'étais pas sûr de ce que tu aimerais. Heureusement, ma nièce, Francesca, est venue avec moi. Elle a dit que c'était celui-là qu'il te fallait et que rien ne pourrait le remplacer.

Alors, Olivia eut l'impression que, à force de rougir, son visage allait réellement s'enflammer. Elle avait tout compris de travers. C'étaient ses propres angoisses qui l'avaient poussée à imaginer le pire. En fait, la compagne de Danilo n'avait pas été une nouvelle petite amie mais sa nièce et Olivia devina que Francesca devait être la jeune femme dont il avait déjà parlé.

— Est-ce celle qui te coiffe ? demanda Olivia.

Danilo sourit.

— Oui, tous mes looks bizarres, c'est sa faute ! Cela dit, elle a beaucoup de talent. C'est une artiste et je l'adore. J'aimerais beaucoup que tu la rencontres bientôt.

— Ce sera un plaisir, dit Olivia.

Elle comprenait que cette présentation compterait énormément pour Danilo et que rencontrer la famille qu'il aimait serait la prochaine étape de sa relation.

Danilo lui attacha le bracelet au poignet et Olivia tendit le bras pour l'admirer. Le filigrane d'or brillait, les pétales de la fleur luisaient de leur éclat bleu profond, mais c'était l'intention de ce cadeau spécial qui était la plus précieuse. Fascinée par ce bijou merveilleux, Olivia se rendit compte qu'il lui rappelait qu'il fallait qu'elle se libère de son

213

passé, qu'elle ait à nouveau confiance et qu'elle s'autorise à se réjouir de sa nouvelle relation amoureuse.

— Bon, nous avons un programme, maintenant, dit Olivia, déterminée à reprendre le contrôle. D'abord, nous devons aller essayer mon vin de glace. Il est presque prêt à être transféré en totalité dans le fût en chêne pour quelque temps et j'aimerais beaucoup avoir ton opinion sur sa qualité. Ensuite, nous devons monter dans les collines pour aller ouvrir la réserve. La clé fonctionne. Je l'ai testée, mais je n'ai aucune idée de ce qui se trouve derrière la porte !

— Cela me semble être un bon programme, dit Danilo avec enthousiasme. Allons-y.

Ils sortirent dans le crépuscule légèrement venteux.

— Après ça, je me dis que nous pourrions préparer à dîner ensemble, dit Olivia. Mon réfrigérateur est plein de nourriture et le placard déborde de vin.

— Ce programme me plaît de plus en plus !

Leurs mains se touchèrent et s'unirent pendant qu'ils montaient vers la grange.

Olivia se sentit nerveuse quand elle ouvrit les grandes portes lourdes.

— À mon avis, nous devrions goûter un peu de vin du tonneau et un peu d'autre vin de la cuve en métal. Ils sont forcément différents avec et sans le chêne, dit-elle l'estomac noué.

Un moment auparavant, pour préparer ce moment faste, elle avait amené des verres soigneusement emballés dans une boîte en carton. Alors, elle ouvrit la boîte et en sortit deux verres.

Elle en remplit soigneusement un avec le vin de la cuve de fermentation puis utilisa très brièvement le robinet de son tonneau pour la toute première fois afin de verser la portion de dégustation suivante.

Elle tendit le vin boisé à Danilo et prit l'autre pour elle-même.

Inspirant l'arôme, Olivia essaya d'évaluer son vin d'un point de vue aussi critique que possible, même si, à cause de sa nervosité extrême, elle ne pouvait pas réfléchir clairement. Il avait l'air alléchant, avec une couleur plus claire et plus brillante qu'un vin rouge traditionnel. Son bouquet était plein et attrayant, avec une touche de douceur fruitée, du moins selon elle.

Elle le goûta et eut envie de sourire quand des saveurs délicieuses dansèrent sur sa langue. Le vin avait un goût légèrement sucré, intensément fruité, et il paraissait extrêmement buvable.

Cependant, c'était juste son impression. Sans dire un mot, elle échangea son verre contre celui de Danilo.

Ils burent tous les deux dans le verre de l'autre et Olivia eut envie de rire de soulagement. Le contact prolongé avec le bois n'avait pas du tout gâché cette moitié du vin mais lui avait apporté une richesse et une complexité alléchante qui, savait-elle, seraient encore plus fortes quand l'autre moitié du vin serait légèrement boisée.

Cependant, elle se trompait peut-être. C'était sa propre création, après tout. Ce qui comptait, c'était l'opinion impartiale de Danilo.

— Alors, dit Olivia, incapable de supporter le suspense plus longtemps, qu'en penses-tu ? Est-ce qu'il est bon ?

Elle regarda Danilo d'un air anxieux.

Il secoua la tête et Olivia sentit son estomac se nouer sous l'effet de la déception. Au moins, il était honnête.

— Olivia, ce vin est plus que buvable. Je sais que mon anglais n'est pas parfait, loin de là, mais, pour moi, « buvable », ce n'est vraiment pas le mot. Que dirais-je à la place ?

Danilo avança les lèvres en réfléchissant.

— Je dirais plutôt unique, incroyable, exceptionnel ! Il est différent, délicieux, sucré sans excès. De plus, pour moi, il a un léger goût de fraises.

C'était exactement la saveur qu'Olivia avait espéré obtenir ! Les compliments de Danilo lui donnaient le vertige, mais son ami avait encore d'autres surprises pour elle.

— Tu sais qu'il y a bientôt un festival du vin important près de Sienne ? C'est un événement énorme qui attire des visiteurs de toute l'Italie et aussi beaucoup d'étrangers. Ils ont des étals où les vignerons peuvent vendre leurs produits et ils organisent aussi un concours du meilleur vin. Il faut que tu y ailles. Cela te permettra de te faire connaître du public et de vendre beaucoup de bouteilles. Quand les gens auront goûté ton vin, ils l'achèteront, c'est sûr.

— Tu crois ?

Olivia ne savait que penser de cette idée. Participer à un festival lui semblait être une décision énorme qu'elle ne se sentait pas prête à prendre et elle ne croyait pas que son vin soit prêt, lui non plus. Cependant, Danilo avait l'air très enthousiaste et, après tout, dès le jour où elle avait ouvert le portail rouillé de la ferme et s'était autorisée à rêver, elle s'était écartée de sa zone de confort, comprit-elle.

— C'est d'accord, lui dit-elle en souriant et en espérant que cela l'aiderait à vaincre sa peur. Réservons un étal demain et lançons le Projet Festival du Vin !

— Et maintenant, si on allait à la réserve secrète ? demanda Danilo.

Quand ils quittèrent la grange et en fermèrent les portes, Olivia se rendit compte que le vent soufflait très fort. La soirée n'aurait pas pu être plus tourmentée. Les éléments s'alliaient pour en faire un moment mémorable.

Ils passèrent sur le tas de rochers puis contournèrent les buissons de romarin et les pousses de cèdre filiformes qui semblaient être arrivées de nulle part.

Alors, ils arrivèrent devant la réserve.

— Veux-tu faire les honneurs ? demanda Olivia en tendant la clé à Danilo.

Il secoua la tête.

— Nous devons le faire tous les deux. Tu déverrouilles et, moi, j'ouvre.

Olivia inséra la clé dans la serrure et la tortilla légèrement pour s'assurer qu'elle soit au bon endroit.

Quand elle la tourna prudemment, elle constata avec plaisir que la serrure s'ouvrait un peu plus facilement que la dernière fois. L'estomac d'Olivia, noué part la nervosité et l'excitation, bougeait en même temps que la clé.

— Bien. C'est déverrouillé. À toi !

Retenant son souffle, Olivia regarda Danilo saisir la poignée rouillée de la porte. Comme la dernière fois, ses gonds grincèrent sinistrement. Cette fois, quand Danilo ouvrit la vieille porte avec fermeté, le bruit fut plus fort et dura plus longtemps.

Une odeur de moisi et de renfermé les assaillit. Le vent l'emporta.

— Il fait sombre là-dedans ! dit Olivia.

Danilo alluma la lampe de son téléphone.

La lampe éclaira de la brique crue, un plancher en mauvais état envahi par des mauvaises herbes qui se faufilaient dans les trous, un enchevêtrement de vieilles toiles d'araignées qui, pendant du plafond, firent tressaillir aussi bien Olivia que Danilo puis, finalement, une rangée poussiéreuse d'étagères en bois au fond.

C'était tout ? Il n'y avait rien d'autre dans cette réserve secrète ?

Olivia soupira. Elle avait nourri de grands espoirs. Pendant des mois, elle avait rêvé des mystères et des trésors que cette réserve pourrait contenir ! Cependant, comme elle le savait, en général, la réalité était plus décevante que les rêves à l'imagination déchaînée.

— Vide, dit-elle en laissant échapper un rire triste. Bon, je suppose que ce qui a poussé les occupants de cette ferme à l'abandonner il y a si longtemps les a aussi poussés à vider la réserve. Si ça se trouve, ils ont si bien caché ce qu'il y avait dedans que nous ne le retrouverons jamais. Ils l'ont peut-être même enterré !

— Attends !

Danilo lui tendit le téléphone et entra dans la pièce sombre. Il marcha sur le plancher puis recula brusquement.

— Argh ! cria-t-il, terrifié.

Olivia poussa un cri d'effroi et faillit laisser tomber le téléphone de Danilo. Le rayon de lumière se leva soudainement vers les poutres de plafond sombres et constellées de trous.

Respirant avec difficulté, Danilo s'enleva d'épaisses toiles d'araignées des cheveux.

— J'ai cru que c'était une vraie araignée ! dit-il en secouant violemment les mains pour se débarrasser des longues toiles.

Alors, il tendit le bras vers l'étagère du milieu et y prit quelque chose. L'objet était recouvert d'une couche de poussière si épaisse qu'Olivia n'avait même pas remarqué sa présence.

Cependant, quand Danilo l'épousseta, Olivia vit que c'était un morceau de papier.

En fait, c'était plus que ça. Danilo se tourna vers Olivia et tint le papier dans la lumière. Visiblement excité, il ouvrit soigneusement l'ancien document.

— Danilo ! s'exclama Olivia quand elle se rendit compte de ce que c'était. Nous allons peut-être trouver où ils ont caché le contenu de la réserve, après tout. C'est une carte dessinée à la main !

MAINTENANT DISPONIBLE !

MUR POUR L'AMERTUME
Roman à Suspense en Vignoble Toscan – Tome 6

« Très distrayant. Je recommande vivement l'achat de ce livre à tous les lecteurs qui aiment les romans à suspense très bien écrits avec des coups de théâtre et une intrigue intelligente. Vous ne serez pas déçus. C'est un excellent moyen de passer un week-end pluvieux ! »
--Books and Movie Reviews, Roberto Mattos (concernant *Meurtre au Manoir*)

MÛR POUR L'AMERTUME (Roman à Suspense en Vignoble Toscan) est le tome 6 d'une nouvelle série à suspense charmante écrite par l'auteure à succès n°1 Fiona Grace, qui a écrit *Meurtre au Manoir* (Tome 1), roman à succès n°1 qui, en plus d'avoir plus de 100 évaluations à cinq étoiles, est disponible en téléchargement gratuit !

Olivia Glass, 34 ans, met fin à sa vie de cadre supérieure à Chicago et s'installe en Toscane, résolue à commencer une nouvelle vie plus simple et à créer son propre vignoble.

C'est le printemps et Olivia est très excitée parce qu'elle peut finalement lancer son vin fait maison à un grand festival viticole. Le festival attire des gens de toute la Toscane et Olivia se demande si elle va effectuer sa grande percée. Soudain, un client, qui se bat pour avoir la dernière bouteille de son vin, est tué.

Confrontée à cette situation difficile, Olivia pourra-t-elle prouver son innocence ?

Désopilante, riche en exotisme, nourriture, vin, coups de théâtre et amour, sans oublier la nouvelle amie d'Olivia, la chèvre Erba, et centrée sur un meurtre déroutant commis dans une petite ville et qu'Olivia doit résoudre, LE VIGNOBLE TOSCAN est une série de romans à suspense captivants que vous lirez en riant jusque tard dans la nuit.

Le tome 7 de la série sera bientôt disponible !

MUR POUR L'AMERTUME
Roman à Suspense en Vignoble Toscan – Tome 6

Fiona Grace

L'auteure débutante Fiona Grace est l'auteure de la série LES HISTOIRES À SUSPENSE DE LACEY DOYLE, qui comporte neuf tomes (pour l'instant), de la série des ROMANS À SUSPENSE EN VIGNOBLE TOSCAN, qui comporte quatre tomes (pour l'instant), de la série des ROMAN POLICIER ENSORCELÉ, qui comporte trois tomes (pour l'instant) et de la série des ROMANS À SUSPENSE DE LA BOULANGERIE DE LA PLAGE, qui comporte trois tomes (pour l'instant).

Comme Fiona aimerait communiquer avec vous, allez sur www.fionagraceauthor.com et vous aurez droit à des livres électroniques gratuits, vous apprendrez les dernières nouvelles et vous resterez en contact avec elle.